———— 阅读之前 没有真相

午夜文库

劳伦斯·布洛克
雅贼系列

劳伦斯·布洛克 Lawrence Block (1938—)

享誉世界的美国侦探小说大师，当代硬汉派侦探小说最杰出的代表。他的小说不仅在美国备受推崇，还跨越大西洋，征服了自诩为侦探小说故乡的欧洲。

侦探小说界最重要的两个奖项，爱伦·坡奖的终身成就奖和钻石匕首奖均肯定了劳伦斯·布洛克的大师地位。此外，他还曾三获爱伦·坡奖，两获马耳他之鹰奖，四获夏姆斯奖（后两个奖项都是重要的硬汉派侦探小说奖项）。

劳伦斯·布洛克的作品，主要包括四个系列：

马修·斯卡德系列：以一名戒酒无执照的私人侦探为主角；

雅贼系列：以一名中年小偷兼二手书店老板伯尼·罗登巴尔为主角；

伊凡·谭纳系列：以一名朝鲜战争期间遭炮击从此睡不着觉的侦探为主角；

奇波·哈里森系列：以一名肥胖、不离开办公室、自我陶醉的私人侦探为主角。

此外，布洛克还著有杀手约翰·保罗·凯勒系列。

劳伦斯·布洛克生于纽约布法罗，现居纽约，已婚，育有二女。

劳伦斯·布洛克作品年表

1966 《睡不着觉的密探》
1976 《父之罪》《在死亡之中》
1977 《谋杀与创造之时》《别无选择的贼》
1978 《衣柜里的贼》
1979 《喜欢引用吉卜林的贼》获尼禄·沃尔夫奖
1980 《研究斯宾诺莎的贼》
1981 《黑暗之刺》
1982 《八百万种死法》
1983 《像蒙德里安一样作画的贼》
     《八百万种死法》获夏姆斯奖
1986 《酒店关门之后》
1987 《酒店关门之后》获马耳他之鹰奖
1989 《刀锋之先》
1990 《到坟场的车票》
     《刀锋之先》获夏姆斯奖
1991 《屠宰场之舞》
1992 《行过死荫之地》
     《到坟场的车票》获马耳他之鹰奖
     《屠宰场之舞》获夏姆斯奖、爱伦·坡奖
1993 《恶魔预知死亡》
1994 《一长串的死者》
     《交易泰德·威廉姆斯的贼》
1995 《自以为是鲍嘉的贼》
     《一长串的死者》获爱伦·坡奖
1997 《向邪恶追索》《图书馆里的贼》
1998 《每个人都死了》《杀手》
1999 《麦田贼手》《黑名单》
2001 《死亡的渴望》
2003 《小城》
2004 《伺机下手的贼》
2005 《繁花将尽》
2011 《一滴烈酒》
2013 《数汤匙的贼》

雅贼系列之十一

数汤匙的贼
The Burglar Who Counted the Spoons

（美）劳伦斯·布洛克 著

屠珀 译

新 星 出 版 社　NEW STAR PRESS

鲍斯威尔：我是说，他认为善恶之间没有明显界限。

约翰逊：先生，他要是口是心非，就是在说谎；我不认为骗子有什么值得称赞的。但如果他确实认为善恶毫无区别，那等他离开屋子，我们就得好好数一数汤匙了。[①]

[①]引自《约翰逊传》，作者詹姆士·鲍斯威尔。十八世纪时汤匙多为金或银铸成，价值很高。约翰逊说要数勺子是暗指如果那人不分善恶，会将汤匙偷走。

1

五月的一个周二，早上十一点一刻，我稳坐在巴尼嘉书店收银台后边的凳子上。一边读着克里斯托弗·斯马特的《欢呼吧，羔羊》[1]，一边懒懒地瞄着店里那位穿牛仔裤和凉鞋的苗条姑娘。她卡其色的衬衫袖子上卷，由小扣子固定住，卷袖下有若隐若现的文身。因为露得太少，我看不出文身的图案，也懒得猜或者去推测她身体的其他部位上是否还有更多的文身。我更关心的是她肩上挂着的大宽袋子和引起她兴趣的那本弗兰克·诺里斯的小说。

读到"因为我在考虑我的猫，杰夫里"时，我向窗外望去，琢磨起我自己的猫，拉菲兹。窗台的一小角在晴天的时候才能被阳光照到，

---

[1] 《欢呼吧，羔羊》克里斯托弗·斯马特所著的宗教诗歌。诗歌写于一七九五年至一七六三年。书名为拉丁语。创作时，斯马特被关在英国东伦敦的疯人院里。被关期间，斯马特感到无家可归的孤独，陪伴他的只有自己的猫杰夫里。这致使斯马特只能将精神寄托于上帝和诗歌。诗中对猫和上帝的关系多有描述，至今仍被爱猫者所乐道。该著作于一九三九年首次被发表。下文对此书有更多解释。

那里正是拉菲兹最喜欢的窝点儿,不论风雨晴天。有时它会用特有的姿势伸展身体,有时它的小爪子会在梦到老鼠的时候动一动。不过这一刻它什么也没做。

我的顾客从她的大包里取出手机。她将手上的书放下,在手机上忙着按起来。过了好一会儿她才把手机放回包里,拿着弗兰克·诺里斯的小说,微笑着朝我走来。

"我在到处找这本书,"她得意地说,"不过因为我不记得书名或作者所以一直没找到。"

"原来如此,我能明白你的难处。"

"不过当我看到这本,"她晃了晃手里的书,"忽然灵光一现。"

"啊。"

"我翻了翻,结果就是这本。"

"如愿以偿。"

"就是啊,你不觉得很神奇吗?而且还有更好的事。"

"什么?"

"这本书有电子版。是不是太完美了?我是说这本书是一百多年前写的,又没有《哈克贝里·费恩》或者《白鲸》那种名气,你明白吧?"

羡慕死你了吧,弗兰克·诺里斯。

"那两本都很有名,所以有电子版也是理所当然。但是《陷阱》?① 弗兰克·诺里斯?而且我在网上一搜,随手点点,书就是我的了。"

"就那么简单。"我应和着。

"是不是太棒了?而且你猜多少钱?"

---

① 《陷阱》著于一九三〇年。是以芝加哥一九〇〇年初麦子期货投机交易市场为背景的三部曲中的第二部。弗兰克·诺里斯不幸于一九〇二年意外去世,使三部曲成了无法完成的作品。

"估计比你手上拿着的那本便宜。"

她看了一眼书页里用铅笔写的价格。"十五块。还算合理吧,我是说这书怎么也是一百多年前写的了,还是精装版的。不过你猜我刚才在网上买它花了多少钱?"

"洗耳恭听。"

"两块九毛九。"

"真是不错。"我回答。

卡洛琳·凯瑟,在离我两条街的贵宾狗工厂店给各种狗做美容。她是我最好的朋友,多数时候也是我的午餐搭档。我们俩轮流从附近的餐厅买午饭带到另一个人那儿去吃。今天轮到她买饭到我这里来。在文身姑娘将可怜的弗兰克·诺里斯丢在收银台的一小时后,卡洛琳翩然而至,掏出今天的双人午餐。

"朱诺洛克?"我问。

"朱诺洛克。"她附和。

"我真想知道他们做的到底是什么。"

她咬了一口,咀嚼了几下咽了下去,然后若有所思地说:"我连这是什么肉都尝不出来,更别说是哪个部位的了。"

"几乎有可能是任何东西。"

"就是啊。"

"不管这是什么,"我说,"我不记得咱们吃过。"

"每次都不一样,"她回道,"而且每次都耐人寻味。"

"有时候甚至好吃得不得了。"我说,然后告诉她弗兰克·诺里斯和文身姑娘的事。

"也许是条龙。"

"你是说文身？还是咱们的午饭？"

"哪个都行。她用你的书店找到她想要的书，然后从亚马逊上买了电子版，还和你吹牛自己干得挺漂亮。"

"她倒是没让我觉得她在吹牛，"我说，"她就是跟我分享了她的胜利。"

"还狠狠地砸回你的脸上，伯尼。而你却好像毫不介意。"

"是嘛？"我考虑了一下。"哦，"我说，"我大概还真是不介意。你知道她听上去还是挺无辜的。'你瞧我省了十二块，多棒啊！'"我耸耸肩。"至少我的书没丢。我还真有点儿担心她会偷书。"

"在某种意义上，"她回道，"她是偷了。不过如果你都不在乎，我干嘛为你生气。这饭真好吃，伯尼。"

"最好吃的。"

"台中二人组。我都不知道我念对了没有。"

"我至少能肯定你念对了后三个字。"

"最后三个字，"她回道，"永远不会变。"

餐厅在百老汇街和东十一街交会的一角，对面是饶舌酒鬼酒吧，餐厅的招牌设计没有变过，几乎和我的书店同龄。但是店主来自天南海北，煮的食物也不停地换，每一位（或两位）新店主都只将前半部分字刷上。塔什干二人组被瓜亚基尔二人组取代，然后又被金边二人组取代，等等。

我们渐渐对餐厅的改朝换代习以为常——餐厅的地点似乎风水不好——而且每当我们开始厌烦当下的口味时，就可以对下一任店主的食物翘首以待。而且，即使我们每隔几天就会去二人组餐厅，纽约还有很多其他的选择——熟食店，比萨店，餐车店。

然后当坎大哈二人组弃甲而逃，台中二人组接手经营后，一切都变了。

"今天我要早点关门。"我告诉卡洛琳。

"就是今天吗？"

"就是今天，我原本想早点从城里回来到饶舌酒鬼找你，但感觉没什么意思。"

"尤其你还只喝巴黎水，是不是，伯尼？你想让我一起去？"

"还是不用了。"

"你确定？因为我早点关门也没问题。今天只有一只苏牧要吹干，主人下午三点来接它，最晚三点半。我可以陪你。"

"踩点那次你就跟着。"

"没什么大不了的，小菜一碟。"

"我觉得这次我还是单独行动的好。"

"两个人好歹有个照应。"

"我不想让监控摄像头拍到你第二次。一次没问题，两次就太可疑了。"

"我可以变装。"

"不行，变装的是我。"我说，"我这次的变装不需要身边跟着一个发型像同性恋的小女人。"

"好吧，至少小女人比矮子好听点。"她说，"而且我这个发型一点都不像同性恋，不过你的话我可以当作参考。那我就在附近转转怎么样？不行？好吧，伯尼，但我得带上手机，如果你需要我——"

"我会打电话的。不过概率不大。我偷了书就回来。"

"先查查亚马逊，"她说，"看看有没有电子版，省得白费工夫。"

2

马丁·格里尔·高顿在一九四六年的某一天停止了给身边的人找麻烦。一场脑瘤让他一命呜呼,整个过程快得让他的熟人和生意场上的朋友羡慕。马丁当了三十多年强盗式资本家,又用同样长的时间金盆洗手,做了位积极的收藏家。他走的那天双手抱头,发出了一声乌鸦啼叫般的怒吼,然后便倒地不起。他倒在高顿堂大厅厚厚的奥布松地毯上,地毯下是大理石地板。从前这里是他的家,死后便成了他的灵堂。

高顿堂盘踞在离哥伦比亚基督医院半公里远的地方,救护车几分钟之内就赶到了,可惜为时已晚。马丁·格里尔·高顿,一八八一年三月七日生于宾夕法尼亚州的拉特罗博,头倒地的时候就几乎完全断了气。

五十年过去了,他的房子仍在。他的前半生拼命赚钱,后半生拼命地花。所有的钱都用在购买绘画和其他艺术品上,并建起高顿堂来保护他和他的宝贝。

至少当初是这样设想的,有生之年他也确实做到了。原本的住宅如今已成了一座博物馆,每周对外开放六天。外地人很少来这里,旅游指南也极少着墨,它离曼哈顿中区和上东区的博物馆一条街都很远。所以这里一直游客稀少。

来这里的人一定是另有缘由,如果你碰巧来到这边,大多数情况下也会是误打误撞到附近的修道院。"下次我再去高顿堂"你这样告诉自己,只是你永远不会去。

我和卡洛琳五天前第一次来到这里,那天是星期四。我们伫立在一幅戴着羽毛帽的男人的画像前,画框下面的铜片上注明了此作出自伦勃朗。我手中的旅行指南对此表示质疑,并引用了一个常被提起的事实:伦勃朗一生只画了两百幅肖像画,其中三百幅流落在欧洲,四百幅在美国。

"所以这画是假的。"卡洛琳说。

"如果是,"我说,"我们也只是听信这本旅行指南而已。我们可以去大都会美术馆看看真的伦勃朗,但我们之所以认为那儿的伦勃朗是真的也不过是因为它们悬挂的地点。而且为了看那些所谓的真迹,我们还得花上二十五美元门票,这里只要五美元,还没人和我们贴着挤。"

"我最讨厌被挤来挤去。伯尼,这画真是漂亮。你看一眼这人的脸就能感受到他整个人的气质。"

"确实。"

"他肯定是同性恋,你说呢?"

"因为羽毛帽子吗?"

"不,就是他整体散发出来的气质。我不知道自己的直觉靠不靠谱,尤其是对几百年前的人。我只是喜欢这幅画给我的感觉,谁在乎它是真是假?"

"反正我不在乎,"我说,"我干吗在乎?我又不准备偷它。"

那是上周四的事了,今天是周二,天阴沉沉的,不过天气预报说午夜后才会有雨,一直下到周三晚上。第七台的天气预报管这个叫特别天气报道,我一直不明白能让任何人都在电视上看到的天气预报哪里特别了。

无所谓。高顿堂周三闭馆,所以无论下雨晴天我都不会去。我很喜欢闭馆前一天去参观。在这一天,他们很容易忽略我想要偷的东西。他们的伦勃朗,无论真假,和在墙上挂的、还有柱子上摆的各种展品一样,与我无关,是安全的。

即使如此,我还是觉得晚一天去也没什么大碍。

所以早上我心怀不轨地离开家,兜里装着一个小圈,上面套着各种被司法机关视为盗贼专用的金属小物,事实上随身携带它们已经犯法了。但是随身带着超市塑料袋是不违法的,袋子里装着一个棒球帽,一件运动衫和一副墨镜。不过它们对我想要做的犯法的事都有用处。

下午三点,我将我的特价书桌搬进来,给拉菲兹换了新鲜的水,锁门离去。我又拿起超市袋子,当然,盗贼的金属工具仍在贼的兜里。

巴尼嘉书店在大学区和百老汇之间的东十一街上,而高顿堂在华盛顿堡垒大道上。至于你把它归在华盛顿高地区还是内林区则要看是哪个房屋中介来烦你。从我的书店去高顿堂的最佳途径是乘直升机,你应该可以降落在博物馆的房顶上。不过我坐了L线地铁到十四街,然后倒A线一直坐到了第一百九十街。

车站距博物馆三个街区，我向反方向走了一条街找地方换行头。电话亭对超人来说可能可以用来换衣服，可是你上次见到一个电话亭是什么时候？当多米尼西亚小卖部的人说卫生间仅限顾客使用时，我掏出了一美元，买了份《西班牙日报》。他对我翻了个白眼，每个到美国的多米尼西亚人都能很快学会这个表情，向我指了指身后的一扇门。

我早上工作时穿的是卡其色裤子和GAP的T恤，T恤原本是黑色的，但多年的洗涤已使它变成了可人的深灰色。而我带来的是夏威夷大花衬衫，不过我认为这件衣服生产于孟加拉某地的血汗工厂，离夏威夷的威基基十万八千里远。衬衫上画着鹦鹉，你几乎可以猜到它们在说什么。

卫生间非常小，但是不管怎么样也比电话亭大。我把大花衬衫套在T恤上。这打扮不能算什么伪装，至少认识我的人一眼就能看出来是我。"怎么啦，伯尼·罗登巴尔，"熟人会说，"你穿得这么花里胡哨的干吗呢？"

不过我穿成这样不是想骗过认识的人，我也不会在这个地方碰到什么熟人。鹦鹉图案是给陌生人看的。衬衫本身引人注目，进而转移对衣服主人的注意力。

我戴上墨镜和棒球帽，帽子是蓝色的，带着橘黄色的纽约大都会队标。我出了小卖部，没有对店主看上一眼。如果他对我又翻了个白眼，我也不知道。我仍然提着超市塑料袋，但是袋子里只有我的报纸，而我的一美元已经花得挺值了。我向来时的方向走去高顿堂，路上扔掉了报纸和袋子。

买五美元门票时，我认出了几天前的售票员，并以为她也会认出我然后说，"哦，又是你啊。真喜欢你这衬衫，不过你那个拉拉发型的小女朋友呢？"可是她什么也没说，只是道了声谢，然后递给我门票收据。

我随便逛着,在不知真伪的伦勃朗画前再次驻足。博物馆比上次和卡洛琳来的时候还清静,但我开始有一种感觉,少数的游客开始无意中留心到我。这件衬衫应该引人注目,但不应该让人长久留心。它应该起到的效果是让人看一眼,耸耸肩,然后看向别处——至少我心里是这么设想的。

也许他们看的并不是这件衬衫。是因为我在洋基热衷者聚集的地方戴了纽约大都会队的球帽吗?就算确实如此,我应该也只会在马路或学校的操场上被狠狠地瞪一眼,但不是在这座文化的殿堂里。

哦,谁知道。也许是墨镜。今天甚至不是阳光灿烂的日子,但那不是重点,重点是哪个小丑似的精神病会在博物馆里戴墨镜?怪不得伦勃朗肖像画里的嘲讽味儿看上去比我记忆中更让人觉得郁闷。

如果引人注目的是衬衫,棒球帽和墨镜则是为了帮我在安保摄像头前掩盖身份。它们帮我藏起脸,所以我看起来只是无名路人,是任何人审查磁带时都无法辨认的路人甲。但是,如果事实上它们却引起了他人的注目……

在我左边,一个有些年纪的女人正努力把她的目光放在肖像画上,我可以感觉到她铁了心决定不看向我。如果每个纽约人每天一睁眼就要记得一件事,那就是今天不要与疯子有任何的眼神接触。这个任务在当你看不到疯子的眼睛——因为他的眼睛藏在黑色墨镜后面时——尤其具有挑战性。

视网膜色素变性症,这是我想出来的理由。我会说我得了这个病,遗传的,它会让你对光线异常敏感,而且最终会导致失明,所以我想用我所剩无几的光明看遍每一幅伦勃朗的画。

"哎哟,真是的。"我大声喊了一句,摘掉墨镜,心不在焉地甩了甩头。就在我把墨镜放回衬衫口袋的瞬间,身边的同伴明显放松了下来。她的眼睛从没离开过伦勃朗的那幅画,但她忽然松了一口气的样子是显而易见的:毕竟这样看来我不是疯子,我只是心不在焉,她的世界又恢复了秩序。

上次来的时候我确定了博物馆洗手间的位置。现在我走到那里,但没有进去,我打开卫生间对面没有标记的那扇门,门后是下楼的楼梯。我有些犹豫地走下去,然后看到了我希望看到的:一堆桌椅、盒子,还有文件柜,像迷宫一样。

同时我也看到了一位年轻女子,她带着一目了然的神情。

"你在找洗手间,"她说,"你应该向左转,但是你却往右转了。"

"哦,对不起,"我说,"我太笨了。"

"没事,这事儿经常发生,"她说,"而且这是我们的错,没有在门上写清标记。我是指这扇门,我的意思是,卫生间的门已经标记了。上面写着'洗手间'。"

"肯定已经标得很明显了,"我说,"但我就是没注意到。我看到对面那扇门,然后——"

"对面那扇门上没有任何标记,所以你以为这是你正在寻找的卫生间,我们也是因为不想宣扬,不然真该挂个牌子在这扇门上,你不觉得吗?但是牌子上应该说什么呢?"

"哦,也许该说'此门不通往洗手间'吧?"

"或者是'请回头'。"

天啊,她在和我调情。而且,在我看来,我在回应她。她身材玲珑、金发、有张漂亮的嘴巴和尖尖的下巴,脸上的书呆子眼镜只会让她看起来像最性感的博物馆管理员,不过这很可能是她工作的一部分。调情是没有什么问题,只不过需要看时间和地点,而且肯定不是现在。

"嗯，"我说，"我最好，呃……"

然后我转身逃跑了。

上次来卫生间的时候我都得排队等，但今天这里很清静，没有人排队。我将自己反锁在里面。事实上，也可以说是我把其他人锁在了卫生间外面。我伸手掏口袋，拿出我的偷盗工具。

然后我开始对窗子做手脚。

从街面向下走五或六级台阶就是高顿堂的一楼大厅，而高顿堂卫生间窗户顶部正对街外面的人行横道。窗子前面有不锈钢网防护罩，白天阳光可以照进来，同时又挡住了任何其他异物。十几个螺栓将防护罩固定在一起，并由一条复杂缠绕的电线将其接入博物馆的防盗报警系统中。

上星期四的那个下午，我有机会将它细细地检查了一番，并用手机给窗户系统照了张相以免自己忘记。现在正好派上用场。

首先是防盗报警系统。现在当然是没有开启的，而且一直到他们今天闭馆时都会保持这个状态，所以我可以在没有任何防盗报警系统的情况下随便动它。我需要做的就只是断开两根电线，并将它们重新连接到别处，以便打开和关闭窗子，而又不会触动到电子感应器。这是复杂的程序，需要久经磨炼的老手轻轻地感触，但并不是非常困难的事。

接下来是窗前的防护罩。螺栓固定得很紧，但是有容纳一把螺丝刀的开槽，我已经知道我可以转动它们。我第一次来的时候没有带螺丝刀，但是我有一枚硬币，而硬币的尺寸正好可以转动螺旋栓。即使用那枚硬币有限的杠杆我也能将其转动，而现在我有正经的螺丝刀，拧开它们就更是不费吹灰之力。

干到一半的时候，我遇到了一个比其他螺栓稍微难拧一些的螺栓，就在这个时候外面有人试图开门，却发现它被锁住了，门把手发出一道很大的声响。

"马上就好。"我说。

事实证明，我其实也不需要太久，因为我再使了一下劲儿就转动了这枚螺栓，余下的都很容易。我将这些卸下来的零件放进口袋里，最终打开了窗子的防护罩，转开窗户锁，打开很可能有好几年都没有被打开过的窗子。

我手撑在窗户上，这窗子不怎么想动，但我倾尽全力推在它身上，窗子就打开了，发出一阵噪音。如果开窗时有什么动静，别人也只是会觉得是我的肠胃在作怪，所以我才一直不出来。

把窗户打开后我不情不愿地又将它关上，这一次产生的噪音小得几乎完全听不到。我将防护罩放回它原本的位置，但没有将任何螺栓拧回去，而是用了几条一英寸左右宽的长方形胶带将防护罩固定，这些胶带足以防止罩子掉下来。不过稍微用点力气，手指就可以将防护罩推掉，可是谁会这么做呢？我看向手表，离闭馆时间正好还有十分钟。在他们把我们全部赶出高顿堂之前，可能会有另一个游客来用洗手间，或者一两个员工回家前需要再用一下洗手间，但是他们不太可能会发现我在窗户上做的这些小手脚。

我花了一点时间擦拭我可能碰到过的表面。我忘了带手套，但是即使我记得把手套带来，也不可能在把自己锁进洗手间前将它们戴上。手套会影响我手指的灵活性。而且指纹很容易用纸巾擦掉。

我做了个深呼吸，然后长长吐了口气。我总觉得自己忘记了什么东西，但我想不明白是什么。盗窃工具？都在我右手的裤兜里，窗子的那堆螺栓？都在我左手的裤兜里，里面还有我的钱包。墨镜？在胸前的口袋里，棒球帽？在我头上。夏威夷鹦鹉衬衫？我正穿着它呢。

还有什么？西班牙语报纸？我已经把它扔了。

我打开了门。早先来敲门的那个人也许并不急用洗手间，也或者找到了其他替代场所。总而言之现在这个地方已经几乎完全清空了，离闭馆只剩下几分钟。我又瞥了一眼那幅伦勃朗，把球帽从我的额头上向下拉了拉，戴上墨镜，低下头走出大门。

我故意以一种悠闲的步调走了一个街区，等待着几件不受欢迎的事情发生，也许是一声叫喊，一只放在我胳膊肘上的手，一声尖锐的警察口哨声。我并没有真的期待会有什么事发生，但凡事总有万一。

什么也没发生。但我总觉得自己忘了什么。

我又走了两个半街区才恍然大悟。该死的。

我自己忘了用洗手间。

3

我知道你要说什么。我已经去过两个洗手间,先是在多米尼西亚人的小卖部,然后在博物馆,我花时间在第一个地方买了一份自己根本看不懂的报纸,然后在第二个地方干了点儿犯法的事情,我在每个洗手间里都很忙,以至于根本没时间用两个洗手间做传统意义上该做的事情。而且那些时候我也没有真正感觉到需要用,所以没有采取任何积极行动,但是现在我很需要上。

真是地狱啊。

我走了三个街区,找到了一家有着爱尔兰名字的酒吧,里面的客人大多是拉丁裔。酒吧里的电视上正在播放一场足球比赛,但是没有开声音。吧台的调酒师是个体形沉重的家伙,脸上留着胡子,看上去不怎么高兴,我的到来显然也没有提起他的精神。我还戴着墨镜,这可能也有关系,谁会高兴看到一个在黑咕隆咚的鬼地方还戴着墨镜的精神病?

也可能因为他是洋基的粉丝。

我不需要买任何东西,但是我不得不花钱买去洗手间的权利。我不能买啤酒喝,尤其是当该干的活儿只干了一半的时候,而且我知道这里也不是买巴黎水的地方。所以我说给我来杯可乐,他脸上的表情变得更阴暗了。趁着他往玻璃杯里装冰块的时候,我找到了我要去的地方。这次我没有其他的杂事分心,踏踏实实地做了我需要做的事情。然后我回到吧台,付了可乐的钱,喝了一口就把它放下,向门口走去。

"嘿。"

我转过身来。

"这可乐有什么问题吗?"

"没有,但我一直想戒了它呢。"我说完便毫不犹豫地逃出了这个鬼地方。

我乘了不同的地铁线回家,从百老汇街第七十二街步行到我在西区第七十街的公寓。在路上,我把纽约大都会队的棒球帽送给了在地铁里满眼羡慕地盯着它的小男孩,我也考虑是否要甩掉身上的鹦鹉衬衫,但是穿着这件衣服回家似乎更简单,同时还可以留着墨镜在贴身口袋里。

我的门卫没有对我或我的衬衫看上第二眼。我走上楼,脱下鹦鹉衬衫和其余衣物,在淋浴下花了十五分钟痛痛快快地洗了个澡。然后我有一种想给什么人打电话的冲动——也许打给卡洛琳,或者我的客户。不过最终决定我还是不想在事情干到一半的时候就打电话给他们。再过几个小时,当我把今天一天的工作完成后,我就可以去打那通带着胜利感的电话。

不过如果事情不如我愿，出了大差错，我恐怕那通电话就要打给我的律师沃利·亨普希尔了。

然后，我又想到我或许可以打电话给女朋友。当然前提是如果我有一个的话……

我走进客厅，看了看墙上的画，在白色的画板上有黑色的水平线和垂直线，线与线的交汇形成了矩形方块，方块里面则填着各种原色。画看上去像是彼埃·蒙德里安①会画的东西，事实上也确实是蒙德里安画的。这幅画，至少值个公爵甚至是国王的赎金，就挂在我家的墙上。几年前，我被卷进一场乱事，整个过程异常复杂，我亲自监督了几幅蒙德里安伪作的诞生。尘埃落定时，那几幅伪作被辗转送到不同买主家的墙壁上，只剩一幅无人问津，我便把它带回了家。

而陪我回家的这幅才是真迹。

只是这画也就好到这个地步。我的意思是，我也不可能选择去卖掉它。这幅画没有任何来源证明，我也没有对它的合法拥有权，称不上什么合法交易。

当我非常罕见地有位女性访客的时候，她也会自然而然地认为这是幅仿作。有些来过的访客也会问我是否是我自己画着玩儿的。其中一位，比其他来做客的稍有些学问，对画上的龟裂纹很有研究。"看来有人费了很大的力气来把这画给做旧，"她说，"不过这画仿得颜色不太对，你不觉得吗，伯尼？蒙德里安的蓝色并没有那么强烈，而他的黄色也透着一点绿色。"

---

① 彼埃·蒙德里安（Piet Mondrian，1872—1944），荷兰画家，理论家。被视为二十世纪现代抽象画的先祖。他的代表作多由三原色红蓝黄，三原值白黑灰，以及两种指向线横与竖组成。此处所提到的故事详见《像蒙德里安一样作画的贼》。

我告诉她，她观察入微，眼睛很尖。

你猜怎么着？我想我对这幅蒙德里安的真迹最喜欢的一点就是没有人知道它是真的。真迹伪装成赝品，而这是我的小秘密，我想什么时候来看它都可以。

当然大部分时间我都对这幅画视而不见。我想我每天对挂在墙上的任何东西都一样不怎么注意。它们是视觉噪音，和背景噪音的效果一样。但是今天，在琢磨过那幅伦勃朗的真伪之后，我又细细地端详起我的蒙德里安，好似初见一般。

我倒在床上伸展开四肢，然后闭上眼睛。眯一觉是个不错的主意，但是我的心思过于杂乱而无法沉沉睡去。事实上我的大脑像个轮子一样在不停地转，对此我并不觉得惊讶。毕竟，我就像一个中场休息的戏剧演员，仍然在十分入戏的状态，休息几分钟后便要重返舞台。淋浴也许会让我稍感放松，蒙德里安的画也许让我稍觉轻快，但是我正在进行一次盗窃，在完成这次行动之前，我不能完全放松心神。

饿了吗？我想了想但是无法判断。那顿我不知内容的台湾午餐味道不错，也一直让我觉得还饱，但自午餐之后已经过了好几个小时，久到足以让我开始考虑晚餐的内容。

但是，我向来不太愿意撑着肚子闯入或者溜出某个作案现场。在我看来，饥饿的盗贼有着明显的优势。

虽然有的贼可以做得特别过分。但是至少有一次，我偷了一半停下来，到厨房里查看是否能够找到被主人藏在家里的应急现金。（你不会相信有多少人在厨房台面上的罐子里留下应急的现金零钱，也有人把零钱塞进冰箱装黄油的格子里）那一次我设法让自己相信装花生酱的罐子里有好几沓百元现金等着我，当我在那堆罐子里除了花生酱什么也没找到的时候，我就转而去找面包和果酱，花了一两分钟时间给自己做了一个花生酱三明治，然后又花了几分钟吃掉它。最后我把留下指纹的黄油刀洗干净，然后回到手头上偷盗的活儿。

高顿堂会有面包、花生酱和果冻吃吗？似乎不大可能。我自己的厨房里倒是有这些东西，但是那真是我想要的吗？

我真正想要的，我最后决定，是回到偷窃行动上。

我煮了一杯咖啡，打开电视，喝了几口，又把电视关掉，然后换好了衣服。我仍穿上卡其布裤子和运动鞋，但是换上了一件淡蓝色的翻领衬衫，并在外面套了一件深蓝色的西装外套。要不要加条领带？我考虑了两条备选，选了那条带着金色和绿色斜条纹的，然后又决定还是不戴领带的好。一件衬衫，一件外套，没有戴领带。活脱脱一位勤奋工作的小伙子，在办公室工作到晚上，然后走在回家的路上。他的衣领松开了，毫无疑问的是，原来系在脖子上的领带被他小心卷起来，妥帖地放在西装外套的口袋里，以免弄皱了。

我将咖啡喝完。

时间到了没有呢，求你了上帝，是时候去了吗？我决定是时候了，然后出发。

4

高顿堂还是我离开时的样子，这让我感到欣慰。夜晚的殿堂看起来和白天不太一样，所有室内灯都被关掉了，只有外面的一些小集光灯亮着，照在外墙的大理石上折射出微弱的闪光。

我走过大门口，等一辆过路的车开过去，然后沿着高顿堂外墙的西翼走了一段路。我已经在附近探过路，这条路线可以让我绕过任何监控摄像头照得到的范围。

我的口袋里没有装领带，因为我觉得用它来证明我所准备的借口的真实性有点儿没必要。我身上的各个口袋里仍装着作案工具：我的小螺丝刀，从博物馆窗户上卸下来的十二个两英寸大小的螺栓，我的小卷胶带，我的铅笔型小手电筒，以及一副食品加工者和电视上的警察都喜欢用的薄乳胶手套。

抵达卫生间窗前时，我已经戴上了手套。我用一只戴手套的手遮住了手电筒的光。我把它只打开了一小会儿来确定我确实站在了卫生间的窗前,而不是其他没有被撬开的窗户。确认了以后,我才放下心来,双膝跪下轻轻推开了窗子。

窗子打开时又发出了噪音,我吓了一跳,屏起呼吸一动不动,仔细地听着周围是否有什么回应的动静。当确认什么事情也没有发生时,我重拾起自己的呼吸,回到手头的活儿。我按下窗前的防护罩直到它变松动,然后双手抓牢,将其向前下方倾斜,直到防护罩轻轻地顶在下面的洗手池上。然后我爬了进来,双脚着地的时候,我保持了两分钟的绝对静止,专心聆听周遭有没有声音。

我听到远方的车水马龙,正当绝对静止的两分钟要结束时,我听到一个男人遛狗的脚步声。这个男人的声音我听到过,所以知道他说话的时候是对着他的狗,我听到他说:"斯波特,你最喜欢留印儿的地方,快去。"

斯波特听话地跑过去尿尿留印儿,然后继续他们的散步。我考虑了一下是否就让窗户这么开着,然后又否定了这个想法,并回身将它重新关闭。关窗时窗子再次发出的噪音让我将牙关紧紧咬住。我重新将防护网放了回去,并掏出两个螺栓放入墙孔中固定,代替早先的方块形胶带,我给每个螺栓轻轻拧了小半圈。

我借着外面街上射入的几束微弱的灯光完成了这一切,随后打开卫生间的门,走到外面再次将门关上。之后我就陷入了一片伸手不见五指的漆黑之中。我拿手电筒的光短暂地晃了一下,它足以让我分清自己所在的方位。这样便让我能够找到去地下室的门。当然,就是洗手间对面的那扇。我转了转门把手,又使了点儿劲儿推,但是门没开,很显然,不知哪个讨厌鬼将它锁上了。

哦,那好吧。我迅速地在锁的前面跪下来。我不需要手电筒,甚至可能不需要我的盗窃工具,尤其是在我随身带了根发夹或是牙签的情况下。

我想这样一把锁应该是有它存在的意义的。白天的时候，它可能会避免无厘头的访客把这扇门误当作卫生间打开，走下门后的楼梯。但是我白天的时候已经将门打开过，可见他们白天并不锁这个门，只是晚上下班后才锁。而这大半夜的他们想锁在外面的又是谁呢？贼吗？想什么呢，祝你好运，亲爱的。

我拿着手电筒走下了地下室的楼梯，然后环顾四周查看是否有我没想到的窗户。当我确定自己是在一个无窗的地下室后，我打开了两盏顶灯，让我的手电筒休息。

然后我深吸了一口气。

啊，多好的感觉！

盗窃这个事儿我做了太久以至于我已经将它看作是一个职业，我认为我对待它的态度是非常专业的。但是，再多的专业精神也无法超越偷盗本身带给我的兴奋和喜悦。当我发动自己的能力和资源来到本没有权利到达的场所时，便会被一种难以形容的感觉所震撼。我在俄亥俄州的一个镇子长大，直到今天可以在纽约生活，所经过的路途漫长。但是现在我在高顿堂的地下室里感觉到的兴奋并不异于我第一次闯入俄亥俄州邻居家的感觉。又一次的，我用无法言语的兴奋做着我自己知道绝对不应该做的事情。

我无法对这种感觉做出任何理性的解释，所以只能放弃解释。因为就算尝试着去解释也根本没有任何意义。我天生就是当盗贼的料，我就是喜欢偷东西本身。

事实上，我对偷盗喜欢得不得了，甚至想要延长整个过程。我想要驻留在我闯入的地方，呼吸陈旧的地下空气，然后兴高采烈地感受血液在我的血管中涌动的感觉。

地下室里有无穷无尽的宝贝，让人眼花缭乱。我的心跳加速，这里有古时的战衣，雕像，绘画，还有一把武士剑，和一卷中世纪的挂毯。更令人兴奋的是我看不到的、地下室里堆满的大收纳箱子、盒子和文件柜，里面不知都装着什么宝贝。

想要找到可以偷的东西并不难，但那不是我最想做的事。我这次有着非常明确的目的，而达成该目的的唯一办法就是将我寻找目标的精力集中在这一件物品上。

对贼来讲时间是根本。一个窃贼的时间，让我告诉你，永远是最重要的。你在敌方领土上度过的时间越短，你最后能安全回家的概率就越大。

即使如此，这次行动已经花了近一个小时。我知道我是为什么而来到这里的，但是我不知道他们把它藏在哪里。找到它可能需要更长的时间，但我还是在博物馆烦琐而奇特的收藏系统中摸索出了他们的收藏模式，搞明白了在哪里打开正确的文件柜。在文件柜顶部的第二个抽屉背面，我发现了一个浅褐色的文件夹，上面的标签写着A.L.L.B。

我并没有从首字母开始寻找，但如果准备那么找，那这正是我要找的。《倒着过的一生》①——对的，就是这个，我抽出了这个文件夹，打开它，翻了翻用无横格纸所书手稿的前四十多页，手稿原本是白色的，但随着时间的流逝现在已经变黄了。

第一页以及随后的几页里都是用蓝黑色墨水写的字。虽然我以前看过这个笔迹，但我还不能确认手稿的真伪，就好像我无法证实或否认那幅伦勃朗的肖像是真是假一样，只不过在我这双未经训练的眼睛

---

① 上面提到的 A.L.L.B（"A Life Lived Backward"）是该书书名的英文字母缩写。

看来，手稿是真的。而我也没什么理由质疑它——很多人试图模仿伦勃朗的笔触，而模仿这位老兄笔迹的却少有人在。

我又长出了一口气，而这已不是今天的第一次。我甚至没有意识到自己一直在屏息凝神。我随手翻了翻，除了第一页，每一页底部都有一个数字，每个数字都还在，一直到最后一页的43，就在"完结"一词的下面标着。"完结"二字用易于辨识的花体写成，下面是以同样的神韵写得更大一号的F.S.F。

就是它。

我解开纽扣，把文件夹放在衬衫里面，再把扣子扣好，重新套上我刚开始找手稿时脱掉的西装，关掉了照明用的顶灯，用手电筒的光导引我走上楼梯。

我其实真的不想花时间锁上地下室的门，星期四上午会有人惊讶地发现门被打开了吗？我在脑海里将这些都琢磨了一遍，最后还是锁上了门。

没什么原因。

这一次，我卸下两个螺栓，放回兜里，之后推开卫生间的窗子，用同窗边等宽的胶条将保护罩的顶部贴到窗框上，然后又加了一条等长的胶条以便稳固窗子。我把保护罩拉开，像虫子一样从窗口钻了出去，让保护罩滑回原位，最后关上窗户。

我走了一个街区，才发现还戴着手套，于是脱下来，藏进口袋里。我又走了一个街区，转过街角，然后又走过了第三个街区。一路上没有警车的警笛大作或警察的口哨声，也没有执法人员的手臂伸过来抓住我的胳膊将我带走。

呼，我长舒了一口气。

5

我通常在早上九点给巴尼嘉书店开门,而且大多是为了我的猫多于我的顾客。他们对书籍的渴望很少会在十点之前将他们送到我的门口,但我的猫会在一大早就喵喵叫着要吃的,还用自己的身体来蹭我的脚踝。

所以我决定每天早上九点开门,不过这也有例外。有时等我给拉菲兹喂食并换上清水后已经是九点半。如果拉菲兹是它所在物种的一名普通成员,我每天随时随刻就要面对一项不怎么受欢迎的杂事——清理并更换猫砂。但因为是拉菲兹,我要做的就只是走进洗手间,按下马桶冲洗按钮,因为它已经掌握了使用马桶的奇妙技巧,就像你和我一样。

不过训练它的人不是我,而是卡洛琳。在卡洛琳将它送给我好久之前它就已将此技练得完美无瑕。而且我也没有任何理由抱怨。拉菲兹是很好的伴侣,留着它也有不小的用处,绑书的旧皮革和粘书页的胶水都是老鼠的美食，而书店里所有被老鼠侵袭的迹象在拉菲兹于书店就职那天起便消失殆尽。

因为我在考虑我的猫，拉菲兹，我想起诗里的那句，然后伸手拿起我那本没读完的《欢呼吧，羔羊》。克里斯托弗·斯马特是一位十八世纪的英国诗人，与塞缪尔·约翰逊和奥利弗·戈德史密斯是同时代的人。他毫无疑问是有才华的，但也是一位癫狂的疯子，对宗教的狂热令他恳求同伴与他一起在大庭广众之下祈祷。"我很快便会和克特·斯马特①一起在街上祈祷，其余的伦敦人也一样。"约翰逊同意了斯马特的提议，但其他人就没么宽容了。斯马特成年后的多半时间都是在东伦敦贝德兰的一个疯人院里度过的，他每天都会写一行诗句。关于他的猫杰夫里的那些句子还算清晰易懂，有时甚至令人感动，但是其他的诗句却到了晦涩难懂的地步。

就让罗斯，罗斯的一家，与上帝的仆人奥巴迪亚一起欢呼，手里的鱼儿噼里啪啦……②

唉，这让人从何与他论起？

"《倒着过的一生》。"早上我的第一个客户说道。他手里拿着我从高顿堂偷来的手稿，读起手稿第一页的词句。"那是书原本的名字，你知道吗？"

"不是您说起，我还真不知道。所以您知道这个典故真是太好了。"

---

① 这是当时的朋友对克里斯托弗的昵称。
② 关于斯马特是否真是疯子说法不一。此处引用的句子是认为他是疯子的人常提到的证据。有人猜测诗中的罗斯是海边一位渔夫的名字。而斯马特在旅行时看到了这位渔夫抓鱼的过程。

"哦?"

我指向文件夹上的缩写。"不然这对我来说没有任何意义,"我说,"我的话就会一直找TCCOBB①。"

"据我所知,"他说,"《倒着过的一生》除了在原来的手稿上就没有在其他地方出现过。你知道普林斯顿收集了他的所有手稿。一共八十九个档案箱和几十个超大容量的柜子。他们还拥有这个故事的打字稿。《本杰明·巴顿的传奇一生》,是它现在的书名,也是一九二二年五月第一次在《科利尔》杂志上出现时所用的标题,那一年晚些时候它被列入了《爵士时代的故事》。"

"你怎么会知道——"

"原标题吗?是从一封作者写给一个年轻女子的信里知道的,年代久远,那名女子的身份已无人知晓。信里说'我为我那天想到的点子琢磨出来了一个故事情节。我觉得故事很不错。所以暂时先将它命名为《倒着过的一生》,因为这个故事需要名字。但是等我写好并打印出来以后,我会给它正正经经地起个名字。在我给别人看之前它必须有个更好的名字'。"

"他手写了这个故事然后又将它打了出来。"

"这显然是他的手稿,"他说,"你可以看出来,不是吗?上面的字体有不同的变化,说明它是分成几天写出来的,没准儿不止几天。刚开始他用蓝黑色的墨水,中途是黑色的,然后到最后又变回了蓝黑色的。"

"但没有多少修正。"

"没有,就只有几处把不想要的词划掉,然后重新写句子。打印

---

① 书名《本杰明·巴顿的传奇一生》的英文缩写。

出的稿子到处是修改痕迹，有的词被划掉，有的词新加进来，还有手写的整个句子写在书页边上。我的猜测是，他将自己的手稿原封不动地抄在这个打印版上，或者找了一个打字员为他打上，然后开始对稿子进行调整，润色。"他把眼神从手稿上抬起来看向我，"但是，唯一能确定这个推测的方法是再次拜访普林斯顿的收藏品，然后我可以将这些手稿与他们收集的打字稿进行比较。可惜我不想费那么大的力气。这又不是《哈姆雷特》，你懂吧。"

"哦……"

"我们手上的这本，"他宣布，"是一位虚名过旺的作者一部非常渺小的作品。但我买它也不是为了去读，不是吗？就好像某人耗资七位数买了一张英属圭亚那的邮票也不是拿它来邮寄信件一样。"

"事实上，"我指出，"你根本连买都没买。"

"上帝，我没有，可不是吗？我希望你不介意支票。"

"呃……"

"只是一个小笑话。"他说，然后打开了他的公文包。

我还没有向你描述过这个人，对吗？或者告诉你他的名字。

他初次来访我的书店时，用的名字是史密斯，但很明显他并不认为我会相信那是他的真名，无论是作为他的出生名还是法律承认的名字。"如果你坚持要问，"他说，"我也可以编出一个全名来，甚至再来个中间名的首字母，但是那对于你我的利益又有什么用处？所以史密斯就可以了。"

他比我矮了几英寸，也比我重一些。他的棕色头发浓淡适中，长度也适中，他太阳穴边缘的发根已有了灰色。他的嘴很小，嘴唇很薄，牙齿平坦。他的眼珠透着淡淡的蓝色，表情隐藏在牛角框眼镜后面，让人难以捉摸。

他在第一次拜访时穿了一件三件套的西装，灰白条纹的。他的领带，至少露在马甲上面的那部分是纯蓝色的。而他的白衬衫是单扣领口的。

但这一次，他的穿着不太正式，剪裁合身的牛仔裤配锈褐色花呢的诺福克外套①。翻领上有一个扁平的黄铜色小圆盘扣，我回想起他的西装上似乎有一个类似的装饰。今天他的衬衫是深蓝色的，在喉咙处开着口，仍是单扣领口的样式。

他交给我一个信件大小的信封。信封的重量让人愉悦。

"十。"他说。

我接过信封，他又递给我另一个，和上一个一模一样。

"十。"

第三个信封稍薄，感觉也轻些。

"然后是五。"

"谢谢。"我说。

"你最好数一数。"

我拿起第三个信封的襟翼，确定里面装满了钞票，而且每张明显都是一百美元的票子。钞票是很厚的一沓，我愿意相信里面有五十张，就像我愿意相信其他信封里各有一百张百元钞票，而且所有钞票都是真的。

---

①英式西装外套，多用于贵族狩猎时穿。一般由苏格兰呢绒布所制，背后有褶印，腰上系有一根腰带。

我告诉他，我过一会儿会去好好数数。

"你会想把这些加上，"他说着又给了我第四个信封，其厚度与第三个信封的厚度差不多相同。"五。"他说。

"哦？"

"奖金。"

"你很慷慨啊。"

"你这么认为吗？我不觉得。我给一个服务员的小费也是百分之二十，即使别人没有期待我也会这样做。而且我可能再也不会坐到她服务的桌子上，甚至不会回到同一家餐厅。不过在目前的情况下，我倒是别有用心。"

"哦？"

"事实上，罗登巴尔先生，我会在不久之后再次拜访。我们会有更多合作，你和我。"

6

史密斯先生第一次出现是在两个星期以前,那次他穿着一身三件套西装,出现在午后。当然那天他算不上是我的第一个客户。那个荣誉属于毛克利。

我认识毛克利多年,不过我不知道他的真实姓名,就像我不知道史密斯的。这个名字(毛克利,而不是史密斯)来自《森林王子》[①],但不要问我这个名字是吉卜林自己想的还是源于印度次大陆的某个地方。它只是辗转到了我的毛克利身上,而且似乎非常适合他。他有一种野猫般的品性,又不失温文尔雅。

我们相识的初期他会带书来卖给我。我刚开始不太愿意从他那里买书,以为那些书可能是他从其他商店里偷出来的,但后来我得知他是一名正经的淘书商,在跳蚤市场或私人卖场上讨价淘书,然后把买

---

① 英国小说家鲁德亚德·吉卜林所著的儿童小说。写于一八九四年。里面的主人公毛克利是和狼一起在丛林长大的孩子。故事用毛克利和动物们在丛林中的种种遭遇和故事隐喻道德标准。

来的书再倒手卖给经销商和书店，比如我这里。

后来互联网时代的到来将毛克利从供应商转变为客户。或者也许是他基本上保持不变，而巴尼嘉书店却已经变成了一个可以讨价还价的地下室。他现在有一个自己的网站和一个 eBay 小店，我每次至少卖给他六到十本书，有时甚至几十本。起初我会给他一个量多的折扣，但是不久我便取消了这个折扣，而且他似乎也并不介意，他付全价买书时并没提出过任何疑义。他甚至没有向我提过销售税，直到有一天他告诉我他搞到了一个转售许可，所以现在买书是可以完全免税的了。

多好。

他那天早上带着一个空的手提包进来，我认出包是以前他来卖给我书时装满书的那个。如今当他走出门的时候里面已经装满了，我的收银机里有我上一刻还没有的钱，所以为什么现在我的心情还是不好？

几个小时后，我在台中二人组拿了午饭来到卡洛琳的贵宾狗工厂店，她问了同样的问题，"饭菜味道真不错，"她说，"但你看起来很糟糕。什么事，伯尼？"

"毛克利。"我说。

"你以前很喜欢他，伯尼。"

"我仍旧喜欢他，但是我无法忍受看到他。"

"他现在是你的常客。"

"可不是嘛。"

"而且他全价买书。"

"然后他把所有的书都拿到网上加价卖给别人，某个在安特卫普或阿纳海姆有网上支付账户并渴望文学的傻帽儿。你知道我觉得他在做什么吗？我觉得他在检视我的存货，然后列出在他看起来很好的书籍，在网上卖掉他还没买的书。"

"但是他的销售列表上不是还有书的照片和对应的描述吗?我觉得你担心过头了,伯尼。"

"也许吧。"

"我觉得他让你感到愧疚,因为你知道你也应该在网上卖书。"

"我不想那样做。"

"我知道。"

"我想要经营一家书店,"我说,"那种传统的书店,人们来寻找想看的东西,收藏家来寻找珍宝,我们彼此进行聪明人之间友好的对话。"

"而且偶尔,你还能遇到一个女孩。"

"非常偶尔才会,"我说,"但是,如果我确实遇到一位,她很有可能是喜欢阅读的。"

"我在卡比洞酒吧遇到的一些女孩就喜欢读书,"她说,"不过另一些就不行,而且我太肤浅所以也从不在乎。今天的饭真好吃,伯尼你问过她是做什么的吗?"

"问了又怎么样?看看我们花了多长时间才能弄清楚朱诺洛克是你不喜欢①的意思。"

"用了更长的时间说服她是她想错了。"

"她还是那样说,"我回道,"她就是觉得说出来好玩。'朱诺洛克',然后咯咯地笑。"

"她笑起来时很可爱,不是吗?"

"好吧,她是很可爱。"

"你应该约她出来。"

"我?你为什么不问她?"

---

① 英文中朱诺洛克(Juneau Lock)和你不喜欢(You no like)发音相似。

"我不认为她喜欢女孩。"

"你怎么知道?"

"如果她喜欢女的,在我给她的长久注视下什么语言障碍都能被克服,明眼人肯定能明白。"

"不过,她也一直朝着你傻笑。"

"她是朝着我们两个人笑,伯尼。当一个直女朝另一个女人咯咯笑起来,意味着她觉得这人很有趣。而当她向一个男人笑时,意味着她喜欢他。"

我不信她的话。台中二人组刚开业的时候,就只是一家普通的中餐外卖店,有着能让人看懂的菜单,比如左宗棠鸡和橙汁牛肉,还有芝麻酱凉面,等等。每一样都做得很好而且味道也不错,直到有一天,我注意到他们有着一组稳定的中国顾客群,而他们打包回家的菜和我们在菜单上看到的完全不一样。

"他们给自己的同胞做了特别的菜,"我向卡洛琳报道,"我真的很想尝一尝他们的特别菜,但是每当我问他们做的是什么菜,就怎么也问不清楚。"

"她说了什么吗?"

"朱诺洛克,"我说,"但这没有任何意义。我不认为阿拉斯加有哪门子运河①,即使有——"

"也许这是某道中国菜的名字。只是你这未经训练的耳朵听起来像朱诺洛克。"

---

① 朱诺是美国阿拉斯加州偏远的州府。只能由飞机或游船抵达。洛克在英语中有内陆运河的意思。

"但是,它怎么可能是每一道菜的名字?我指向这道菜,是朱诺洛克。我指着旁边的一个,她告诉我一样的事情。无论那菜是什么,无论它们其中的任何一个是什么,我们都无法尝试。"

卡洛琳的脸色暗下来,"咱们走着瞧。"她说。

只有上帝知道卡洛琳第二天和她说了些什么,而且说实话我也很高兴自己不是停在墙上偷听这段特定对话的苍蝇。顺便说一下,台中二人组的厨房一尘不染,即使有苍蝇也不会在墙壁上停留太久。无论如何,不管卡洛琳那天说了些什么,她明确地表示,在没有拿到朱诺洛克名下的那些特殊菜品之前,她是绝对不会离开的,这倒是撬开了朱诺洛克的秘密。

从那天起,我们便点起那些菜大快朵颐,而我们也一直不知道自己吃的是什么,甚至连菜里的成分都无从猜起。我或者卡洛琳去那里时就用手指出想要的菜,而台中二人组的小宝贝儿会把食物装好包递出去。有的时候她会低声说:"朱诺洛克!这个太辣了!"而我们依然坚持要吃,并忍下一整天。就像有一次,那是一场决定性的胜利,特别菜肴是一道不知是什么动物的哪部分器官,被炖煮到在黑暗中发出荧荧红光。当我们狼吞虎咽地吃下以后,我们自己身上恐怕也辣得发光,而同时也感到味觉上的满足和对辣椒的上瘾,我们从此对台中二人组的景仰又上了一个新高度。

那也标志着我们对台中二人组试用期的完结。我们从此成为常客,而朱诺洛克便成为我或卡洛琳去那里买饭时对台中二人组的小可人儿的代号。

即使台中二人组的饭菜一流,也没能除去毛克利带来的阴霾,让我高兴起来。

"巴尼嘉书店有麻烦了，"我告诉卡洛琳，"我不能怪毛克利。世界在变化。客人为什么要来我的书店？你可以在十分钟内找到任何书，而且不用离开书桌。如果是一本电子书，你可以用点儿零花钱就将它买进，而且在几分钟内便可完成交易。如果是本已停印的书，你更用不着去十多个古董书店里翻找，就算你想找，这世上也没剩下几个我们这样的旧书店。你只需去abebooks.com上做个标题搜索，下一秒就有个在伊利诺伊州莫林市的某人有一本二手书，你可以用一块九毛八买走，还包邮。"

"那卖书的人能赚到什么钱吗？"

"谁？莫林市的那个人吗？我估计可以吧，如果他能大量卖出的话。他可能只需在家里工作，而且不用付房租。"

"你也不用付房租，伯尼。"

因为一次不太合法的冒险使我能够用现金购买下我所在的楼。"我不需要付房租，"我同意道，"这是一件好事，因为如果我不得不支付租金，我如今的收入肯定入不敷出。而那样的话我就不能再卖书了，我也买不起。我的一个好客户最近不幸去世了。"

"我很抱歉听到这个消息，伯尼。"

"是个不错的老头儿，纽约大学一位退休的古典文学教授。他多年来一直光顾我的店。即使他找不到任何东西要买，我们也会进行一些愉快的谈话。你知道，那种你可以在一家老式书店里侃侃而谈的对话。然后我有一段时间没有看到他，一天下午，他的妻子打电话告诉我他已经去世了。"

"真是太遗憾了。"

"是啊，显然他病了有一段时间了，而当一切该结束的时候终于结束倒是一种仁慈。不过他妻子打来电话是因为他告诉她,如果需要变卖书籍,应该来找我。他向她保证,我是一位绅士,也是一位知识渊博的书商,会给她一个合理的价格。"

"这一定让你感觉很不错。"

"是的,而且可以获得那个人的整套藏书对我来说很有吸引力。他从我那里买了很多好书,我可以想象他这些年来从其他地方也获得了不少好东西。这些日子我店里的存货不多,你不能卖掉你没有的东西,所以我对他的藏书很期待,希望能用它们来填充我的书架。"

"发生了什么事呢?"

"我和他的妻子预约了时间,"我说,"我在钱包里放了一张空白的支票,但她一直道歉。她的孙子想出了在eBay上单独一本本出售爷爷的藏书的绝妙想法。他会列出所有书的名字,而她可以帮助小孙子把这些书好好打包起来交给成功的投标人,他甚至可以帮她把书扔到邮局里寄给那些人。而他们来分享自己赚来的钱。"

"她以为这是个好主意?"

"我问她我是否可以看看这些书,"我说,"她几乎不能说不,老爷子的图书馆完全符合我的想象。我告诉她,我只要不到两个小时就能给她一个估价,如果她接受我的提议,我会当场写出一张支票给她,并在几天之内便将所有的书籍从该处搬走。而且我指出,虽然她和她孙子的策划让人钦佩,但是要在网上出售全部书籍需要几个月甚至几年时间,而且这其中有很多书是永远都卖不出去的。"

"而且还不算运费,伯尼。还有记录账本的时间,以及客户退还书籍的费用,还有——"

"还有其余的。我把所有这些都告诉她了。"

"可她仍不相信你?"

"哦,她相信我。但是她现在怎么能改变主意,让她的孙子感到失望呢?"

"哦。"

"而且她现在还在乎什么钱呢?相比之下,什么能比得上让孙子每天下课过来玩的快乐呢?"

"他们两个并肩工作,把每本书放进厚皮邮件袋里。"

"附上错误的标签,这样当客户抱怨时,他们可以玩得更尽兴。"

她皱着眉头:"伯尼,这个孙子是个高中生吗?"

"我记得她说是斯都维森大学的三年级学生。"

"你觉得他会愿意每天出现在奶奶家里多久呢?"

"嗯,我没有见到那个孩子,"我说,"也许他相信自己是新一代杰夫·柏泽斯,准备推出自己的亚马逊网上书店。但也许不是,当新奇感消失殆尽,他可能会失去网上创业的动力。"

"而她仍会有一屋子的书,所以她迟早会拿起电话打给你。"

我摇了摇头:"她会打电话,但是会打给别人。她会觉得给我打电话太尴尬,她会告诉自己,她已经对那位好心的罗登巴尔先生叨扰甚多。所以这事已经结束了。"

我吃完午餐后,向西走了两家店,再次把书店的门打开,把我卖特价书的桌子拖到街上,即使我心里都不知道自己为什么要费这个力气。这么说来,我为什么在午餐时间还费劲将桌子搬回来呢?为什么不把它就留在人行道上呢?任何偷书的人都算是帮了我一个忙。

在一小时之内,自称史密斯先生的人就出现了,并给了我一个可接可不接的活儿。只是我为什么要拒绝呢?

7

"这本书。"他说。

我看着他走进来,看着他找到经典小说区,然后把注意力转回了杰夫里·迪弗,他最近的林肯·莱姆小说系列被我从装满惊悚小说的纸箱里翻了出来。那位在轮椅上的英雄刚刚解决了一切疑点,并拯救了所有人,但还有四十多页才到结局。所以我正在全心等待作者的标志性剧情大逆转,比如最后才发现书中的一个大好人是最坏的人。一个迷人的人物可能会遇到一个可怕的结局,就当我认为书里的人物阿米莉娅·萨克斯真的死了的时候,却发现原来莱姆一直领先杀手一步,而一切也都会如他所料地变好,让人在回味无穷中等待系列中的下一本书。

我明白到底应该期待什么,而且我也知道迪弗会让我感到惊讶。所以我现在最不想要的就是别人来打断我的阅读,但同时我也欢迎这个打扰,因为这可以使书读起来更长些。

哦，没关系。

"菲茨杰拉德的第二部短篇小说集，"我说，"《爵士时代的故事》，斯克里布纳父子①出版社于一九二二年出版。状态非常不错，这本书的前任主人只在书的扉页上签了个名。"

他看着，读出了名字："韦尔玛·福克。"

"如果是威廉·福克纳②，"我说，"这本书就值钱了，可以要个高价。再理智的人都会忍不住想买。不过我应该指明，这是第一版，但并非首次印刷。我本打算用铅笔在价钱旁边做注解的。"

"你已经这样做了，就在福克小姐蜘蛛网似的签名下面。而且你说得很对。我刚刚检查了二百三十二页第六行，有个有问题的单词是'and'。它在首版印刷时被错打成了'an'。"

"您是位收藏家。"

"不足一提。"

"那么你应该知道如今真正的首版是多么难得。我看到有的首版印刷本要价将近一千美元，前提是你能找得到。"

"其实，"他说，"我倒是有一本。"

"一本一版一印的？"

"不过我倒是没有付出那么昂贵的价格。"

我指着他手里拿的这本书："如果引起你注意的是书的防尘书衣，"我说，"这不是原版的。原版的防尘书衣真的很难找到。这一张是由马

---

①斯克里布纳父子（Charles Scribner's Sons）出版社出版的《斯克里布纳》杂志，是于一八八七年至一九三九年在美国发行的杂志。该杂志是第一家引入彩色插图印刷的刊物，发行期间有很多名人为其撰写文章。包括海明威和总统罗斯福。一战后销量下滑，最终停业。

②威廉·福克纳（William Faulkner, 1897—1962），美国作家。曾获诺贝尔文学奖、普利策奖小说类，和美国国家图书奖。他的作品受爱尔兰作家詹姆斯·乔伊斯的意识流写法的影响。代表作为《喧哗与骚动》。

克·特里仿古防尘书衣印刷店①在旧金山做的仿品。书的前任主人,在本书离开了福克小姐颤巍巍的手多年后得到了它,并为它买了特里防尘书衣,因为他知道自己永远也买不起原件。他说,这书配上这个封皮在他的书架上看起来好像也很不错。"

"我肯定它看上去很不错,"他说,然后清了清喉咙,"我倒是有一件原装防尘书衣。"

"你有?"

"是的。"

嗯,你干得不错,我想道,这么有钱你没事儿来我的店里是什么?

"我有一本《人间天堂》的首印,"我说,"菲茨杰拉德的第一部小说,不容易找到。为了安全起见,我把它放在后面的保险箱里。如果你想看看——"

他摇摇头:"我对斯科特·菲茨杰拉德并不感兴趣。"

"你对菲茨杰拉德不感兴趣?"

"不感兴趣,真的。没有什么比因酗酒而早亡更能提高作家的声誉。加以漂亮的长相和早期的成功,还有一个在疯人院的美丽妻子,结果更是令人不可抗拒。"

"朱诺洛克。"我说。

"你说什么?"

"没什么。您好像不认为《了不起的盖茨比》是——"

"美国小说中的杰作?不,远远不是。我关于盖茨比真正的困惑,是为什么如此多本来观察入微,判断有力的人士都对其表示欣赏。你

---

① 马克·特里仿古防尘书衣印刷店(Mark Terry's Facsimile Dust Jacket Printshop)创建于一九九五年。专门翻印一九七六年以前出版的精品书的防尘书衣。至二〇一六年九月,店里已收集有近五万本旧书的防尘书衣设计。

知道为什么杰伊·盖茨比是这样一个谜题吗？那是因为菲茨杰拉德本人从来就没有清楚地说过这位老兄到底是谁。一个初来乍到的人，一个暴发户似的男人，如果愿意你也可以称他为创业者，在赚钱发家的过程中他把手弄得有点儿脏。这在那个时代并不罕见，波士顿有一个有类似故事的人，最终让自己的儿子入主白宫。菲茨杰拉德不知道该怎样看待盖茨比，而文学殿堂里的各位权威决定为他的无知搭堂建塔，让其万世不朽。所以我不怎么看得上盖茨比，也看不上你的菲茨杰拉德先生。"

我选择用沉默代替支吾回答。

"除了首印的版本及其原装的防尘外套，我也拥有一本廉价的精装再版。它有一个不同的书名，那就是为什么我会把它添加到我的收藏。你知道书名吗？"

我不知道。

"《本杰明·巴顿的传奇一生及其他故事》。也许你看到过一本。"

"就算我看到过，那也是几年前。"

"但你读过标题故事？"

我点了点头："不过是很久以前。布拉德·皮特的电影出来时我倒是去看了。"

薄薄的嘴唇给了我一个微笑。"菲茨杰拉德的代理人将影片制作权出售给了一个名叫雷·斯塔克的制片人，"他说，"他从来没有想过如何去拍摄这个故事。他于二〇〇四年去世，制片权也随着遗产卖给其他人，四年后电影发行了，只保留了故事的标题和开头，剩下的全改了。这是对原稿的改进，但又几乎不得不是。你知道开头是从哪里来的吗？"

我不知道。

"是从马克·吐温的一句感慨得来的,他说最好的生活是在人生的一开始,而最后的生活是最糟糕的。因此,菲茨杰拉德认为他的主角应该是位老人,然后每年都会年轻一岁。菲茨杰拉德出生于一八九七年,当时他写这个故事时不过二十多岁。所以故事只反映出了一个毛头小子的洞察力和成熟程度也就毫不奇怪了。"

"你听起来——"

"蔑视这个故事?你是收藏家吗,罗登巴尔先生?"

"收藏家?"

"什么都算。书籍、硬币、邮票?芭比娃娃?"

"不,我哪种也不收藏。在我买这家书店前,我小打小闹地收集点儿书,但是你不能同时收集又买卖某样东西,所以我从前的收藏便成了我的书店存货的一部分。我在家里还有一堵书墙,但里面的书也只是为了阅读和参考。那些书本身倒是收集了不少灰尘,但这还不足以让它们成为收藏家的藏品。芭比娃娃又是从哪里来?"

"我记得是马特尔公司。我刚刚提到只是因为有些人会收藏,但是你我都不。"

"咱们意气相投。"

"确实。我收藏《本杰明·巴顿的传奇一生》,罗登巴尔先生,但并不是因为我是一位奢侈的崇拜者,无论是对这个故事还是其作者。只说我这么做是有理由的可以吗?"

"当然。"

"我拥有我告诉过你的书,还有很多其他的书。这几年来,这个故事已经被编辑们广泛地选择收录了,当然我并没有试图把这些全都收藏起来,我只是选择了十几个我喜欢的来收集。在斯克里布纳出版社买下《爵士时代的故事》的几个月前,科利尔的杂志发表了它。我敢说，科利尔的这一期要比书的数量少多了，当然想要争取得到它的收藏家也少了很多。"

"我猜你就有这么一本。"

"我有两本，"他说，"我买了一本品相还好的杂志，只是封面有一些损坏。但里面的书页都还在，而詹姆斯·蒙哥马利·弗兰格画的本杰明作为一个老年婴儿的插图也在，那幅画真是既可怕又美好。顺便说一句，这两个词原本是同义的①。"

"我知道。"

"然后，我又找到一本品相特别好的，几乎可以算是完美无缺，而价格并不比我不得不付给封面上有咖啡污渍的那本贵多少。所以我买下了它，我不需要这么多本，所以我可以卖掉一本。但那也赚不了多少钱，而且我也不需要钱。"

"那为什么不留着呢？"

"那正是我的想法，蒸汽机车的收藏家可能会有所不同。他们可能没有足够大的空间保留重复的东西。但是一本旧杂志不会占用太多的空间。"

"的确是这样。"

"对我这样只收特定藏品的人，罗登巴尔先生，空间并不是一个问题。但你能猜到问题是什么吗？"

我没有花太多的时间去想便回答道："找到你想要收藏的东西。"

"你也许的确不是一位收藏家，先生，但你对收藏家的难处有透彻的洞察力。当然，你是非常正确的。我听说，鲨鱼必须一直保持游动。如果停下来，它就会淹死。你认为这是真的吗？"

---

①可怕（awful）一词在十四世纪时意为"美妙而有启发性的"，来自词根"awe"（惊叹），后演变为"可怕、糟糕"的意思，原义则由"awesome"一词继承。

"我对鲨鱼不太了解。"

"你以前没听说过吗?关于它们需要保持向前游?没听说过?如果是这样的话,你现在比以前又多知道了一件关于鲨鱼的事情。不过这个新的知识可能不准确。"

"但是可以作为谈资。"

"是的,咱们现在的谈话不是恰好佐证了这一点吗?而且,收藏家与鲨鱼都有一个共同点,那就是无法想象的贪婪。如果一个人无法再收藏新作,他又如何才能保持对收藏的兴趣呢?而当收集的兴趣集中于一个简单的故事时,他又如何得以继续寻找新的材料来收集呢?"

确实是。他要怎么做呢?

他说:"于是他开始去寻找其他相关物品。你知道罗达·罗达吗?"

"这是我好几年来都没有再听到的名字。"

"你真的知道?"

"如果它们还在的话。我会告诉你,那要追溯到我在俄亥俄州的小时候。我们家旁边的院子里有一棵特别大的老垂柳,它的根部会一直长到下水道里面。所以每到那时我妈妈会打电话给罗特·罗特的人,他们的卡车会来,然后开始干活儿。我想,他们是在切开树根,好打通下水道,这样的话我们的下水道就不会堵塞,至少是直到柳树的根再次长出来对其进行新一轮的攻击之前。"

我对着记忆摇了摇头。我还记得在他们卡车上的标志,还有它开动时发出的音乐铃声也强行进入我的大脑里。"铃声唱着'麻烦走了,冲进下水道',"我说,"要是真那样就好了。我不记得上次看到罗特·罗特卡车是什么时候了。我不认为你在纽约会有机会看到这样的车。"

他脸上的表情让我从回忆中醒来。

"但是我不认为你说的是罗特·罗特的工人。"我说,"是吗?"

8

"亚历山大·罗达·罗达,"我告诉卡洛琳,"出生于一八七二年,在摩拉维亚的一个读不出名字的镇里,现在是捷克共和国的一部分,但当时是属于奥匈帝国的领地。而他的家人搬到了奥西耶克——"

"又是读不出名字的镇子。"

"似乎在现在的克罗地亚,但曾经属于斯拉沃尼亚。不要问我后来斯拉沃尼亚发生了什么事情。"

"我也不想知道。"

"他的名字原本是桑德尔·弗里德里希·罗森费尔德,但他改成了亚历山大·罗达·罗达。你可能想知道为什么。"

"我相信肯定有他的理由,伯尼。"

"罗达是克罗地亚语里鹳的意思。"

"你看吧?我就知道他有一个很好的理由。"

"鹳在他奥西耶克的房子烟囱里筑巢。我想他是想记住它们。"

"我想肯定有两只,所以他想确保自己记得它们两个。"

"他成了一名作家,"我说,"二十岁时出版了第一部作品。他写戏剧、短篇和长篇小说,不过是用德语写的,据我所知,他从未用英文发表过任何作品。一九八三年,他移民到美国。"

"他可能想到改变名字也无法糊弄纳粹。"

"他本可以试着用新居住地的语言来写作,"我说,"亚瑟·科斯特[①]辗转到伦敦后就是那么做的。但是,没有证据表明罗达·罗达做出过这种转变,也有可能那时他已经完全放弃了写作。当时他已经写了快五十年,一九四五年在纽约去世。"

"一个叫罗达·罗达的男人,"她说,"最后归属于一个名叫纽约·纽约的城市。我可以明白他到这里的时候为什么会厌倦写作,但是我猜这也意味着我可能没有看过他写的任何东西。"

"哦,他写了一本名为《勃姆勒,舒姆勒和罗斯图姆勒》[②]的书,"我说,"我很喜欢它的发音,虽然我意识到这可能在翻译后就没那么有意思了。但这不是他成为我们谈话的话题的原因。"

"哦?"

"四十九岁时,罗达·罗达发表了一篇名叫《帕多瓦凡得林的安东尼斯》的短篇小说。"

"那么这就解释了一切,伯尼。"

"实际上,这确实解释了很多。这个故事与菲茨杰拉德的故事非常雷同,讲的是随着时间的推移,一个生下来是老头的小宝宝越长越小,而罗达·罗达的这篇小说在《本杰明·巴顿的传奇一生》发表在科利

[①] 亚瑟·科斯特(Arthur Koestler, 1905—1983),匈牙利作家,散文家和记者,犹太裔。代表作《正午的黑暗》、《第十三个部落》。
[②] 德语发音的直译,书名可译为《浪子,骗子和无业游民》。

尔杂志的前一年就发表了。"

"你认为菲茨杰拉德偷了这个故事的创意？"

"我确定他从来没有听说过，也没有听说过罗达·罗达。我认为这两个人或多或少在同一时间有了相同的想法，而两个人各自写下了他们自己的故事并将其发表了。"

"你知道人们怎么说吧，伯尼。英雄所见略同。"

"普通人也一样。这种事情经常发生。每个人都认为埃德加·爱伦·坡的《莫格街谋杀案》是第一个真正的侦探故事。"

"我敢打赌你会告诉我不是。"

"早在一八二七年，有个男人比坡早了好几年就写了一部这样的小说。他叫毛利茨·克里斯托夫·翰森，不幸的是他用挪威语写了那个故事，所以根本没有人注意到他。他后来写了一本短篇小说《工程师罗尔夫森谋杀案》，也一样没有被人注意到。"

"至少在挪威之外没有。"

"你看看在挪威之外的世界有多大啊。几乎是整个世界。但是回到罗达——"

"罗达·罗达，伯尼，但是我想我们可以简单地称他为罗达。"

"史密斯先生设法得到了一本他写的故事，还付钱找了个人为他翻译。"

史密斯先生确实是这么做的。"你比我有优势，"我听他说话的时候提到，"你明显知道我的名字，因为你已经用了四次，但我却不认识你。"他点点头，好像承认了我的观察属实，然后他想了一会儿说："史密斯，你可以叫我史密斯。"

"那么安东尼斯在小说里是和本杰明·巴顿一模一样的人物吗？"

"我也只是猜测，"我说，"但是我会说，标题暗指的是帕多瓦的圣安东尼①,那是当你不记得你把阅读眼镜落在哪儿的时候,会去转身求助祷告的老兄。"

"圣安东尼,圣安东尼,请你快来,我丢了东西,必须找到。"

"想象一下这在德语中应该是多么顺口。而我还有一个猜测,但是我太懒了,没有去网上查,不过我敢打赌,凡得林在德语里是弃儿②的意思,而罗达的故事里,那个年老的婴儿就出现在地方教会台阶上的一个篮子里。"

"就如同在猫尾草篮子里的摩西③那样,"她说,"除非法老的女儿编出了那一块儿,嘿,等一下,伯尼!本杰明·巴顿不就是个弃儿吗?"

"那是在电影里,"我说,"但不是在小说里。菲茨杰拉德原本的设想中老婴儿是一位批发零件商,罗杰·巴顿的儿子。"

"哦。也许那个电影制作人读了罗达·罗达的故事,即使菲茨杰拉德没有读过。你说史密斯读了它吗?他说那本书怎么样?"

"他说德文写得也没多么惊艳,但比菲茨杰拉德写得好。"

"换句话说,虽然书仍旧平庸,但足以让他收藏起来。如果他根本不在乎这个故事,为什么还要收集?"

"他有他的理由,"我说,"但具体是什么原因我就不知道了。再说罗达,他无法追溯原本发表该故事的杂志,但次年这篇故事被选进一本名为《七种心绪》的德语书中,于是他便弄到了这样一本书,以

---

① 圣安东尼出生于葡萄牙里斯本,死在意大利的帕多瓦。是被推崇最多的圣人之一。掌管寻回丢失的东西。
② 英语(Foundling)与德语(Findling)里弃儿的拼写只差两个字母。
③ 出自《圣经》故事。埃及法老下令杀死所有犹太裔男婴,摩西被母亲放入防水的草篮里求生,被法老的女儿在水中拾起养大。摩西最终带领犹太人逃离埃及四百年的奴役。最有名的典故是摩西分开红海让族人逃生。

及维也纳出版商档案中所存的该书原稿，上面还有编辑的标注以及罗达·罗达自己的修正批注。"

"这一定是很稀罕的东西。"

"哦，它肯定是非常特别的。如果有人非常在意亚历山大·罗达·罗达的话，甚至可能是很昂贵的。"

"不管怎样，也是一份手稿。那么本杰明·巴顿呢，伯尼？我敢打赌他想要菲茨杰拉德的原稿。"

我没有说什么，但我想我脸上的表情有些奇怪。她说："故事有点儿长，我们得在这里再待会儿，不是吗，伯尼？"然后她举起手来，在空中画了个圈，这个手势引起了玛克辛的注意。我们在饶舌酒鬼酒吧，这里是我们下班后经常见面的地方，而玛克辛多年来一直为我们端送酒水，所以她已然娴熟地掌握了卡洛琳所有的手势信号。她抬起眉毛当作回应，于是卡洛琳伸出两根手指。玛克辛点了点头，然后就送过来新一轮酒。两杯苏格兰威士忌，卡洛琳那杯加冰，我的加苏打水。

我给卡洛琳讲起史密斯告诉我的故事。菲茨杰拉德的母校普林斯顿是聚集那位作家所有手稿的地方，在那里它们帮助无穷无尽的学者写下关于他的没完没了的博士论文。想要去看他的手稿需要有学历背景不错的人士给出推荐信才行，史密斯便找到了一位这样的人给他写信，然后乘坐火车前往普林斯顿站，又在那里打了一辆出租车前往校园。他预先给学校打了电话过去，一个戴着鼻环，态度有些傲慢的研究生把他带到桌子前，让他开始对手稿的查阅。

这个故事他们有两个版本，一个来自科利尔的档案，另一个来自斯克里布纳出版社。他们还藏有编辑审阅稿和最终样本，以及关于这个故事的大量信件。菲茨杰拉德在好莱坞的代理人，一个名叫斯旺森的人，手中就有六打类似的简记。

而且他们允许史密斯把手稿和几封信复印一下。

"不要开玩笑，"卡洛琳说，"我还以为他们不让这样做。"

我也对史密斯说了同样的话，但是他的回答是："如果你想让一个研究生按规定行事，那么你真的应该付她一份可以养活自己的工资。"

"他贿赂了她，是吗？"

"我觉得更正确的说法是他大大方方地补偿了她，因为她履行了一项不在自己工作描述范围之内的职责。"

"所以他现在有了复印件，"她说，"但原件还是在普林斯顿。"

"而且会一直留在那里。"

"哦？"

"他说得很明确。他说自己确实想将两本中的任何一本或两本一块儿据为己有，但他意识到它们应该待在大学里。大学对手稿的监护任务态度严谨，如果他像真正的收藏家那样渴望这份手稿，他就会同样非常尊重那些研究手稿的学者们，所以他觉得应该让他们的收藏保持原样。而他关于本杰明·巴顿的收藏品，包括罗达·罗达的那些材料，在他去世以后将会被送去普林斯顿。为此他已经在遗嘱里添上了一笔。"

"你说他几岁呢，伯尼？"

"我不知道。四十五？五十？差不多吧。"

"所以普林斯顿还得等上一段时间。"

"嗯，不过这事儿永远也说不好。但希望如此。"

她拿起酒喝了一口，当她把玻璃杯放下的时候，里面已经没剩下什么了，只有正在融化的冰块。她又看了看我半空或者是半满的杯子，怎么说要看你当时的心情,然后又给了玛克辛一个手势,举起一根手指,接着把手指向她自己。

"我们来听听剩下的故事。"她说。

当她的第三杯已经快喝完的时候她说:"我一直很想去高顿堂,伯尼。"

"你从来没提到过。"

"嗯,它不在我待办事项列表的最上边,大概在列表第三页的某个地方,和我要减五磅体重以及读普鲁斯特在一起。但我确实想过这事儿。那个人的名字叫什么来着?"

"史密斯?"

她翻了翻眼睛:"我是说高顿。"

"马丁·格里尔·高顿。"

"他就只是跑来跑去到处买东西吗?"

"他没有威廉·伦道夫·赫斯特①那么有钱,"我说,"他也没有雇用代理人去欧洲各地帮他买下他们看到的一切值得收藏的东西,但是他以自己的方式做了小型收集,而且最终把在华盛顿高地区的一栋豪宅变成了东海岸版的圣西蒙。他买下了整栋宅子,连同那些他收集来的艺术品和文物。他也收藏了不少纸张和手稿,如果不是满卡车那么多也至少是整箱整箱的,那里面肯定有不少没什么价值的垃圾,但也有一些足够体面的东西,至少足以组成一个博物馆。"

---

①威廉·伦道夫·赫斯特(William Randolph Hearst, 1863—1951),传媒业大亨。在美国加州一号公路边的圣西蒙建了一座豪华城堡。修建过程历时二十八年,里面的装修极为奢华,以室内外的游泳池闻名。

"而且其中的手稿之一……"

"就是菲茨杰拉德本人所写的《本杰明·巴顿的传奇一生》。"

"我想,史密斯会很想要它。"

"确实如此。"

"他不能去贿赂在博物馆里的某个人去给他复印一下吗?"

"在这种情况下,"我说,"恐怕他只会要原版的。"

"他见过原版的稿子了吗?"

我摇摇头:"他们把它存放在地下室的档案里,而且只限员工进出。他可以辗转找人让他进去,但是那样的话他们就会知道他去过那里,他其实也不想读这玩意儿。他只是想拥有。"

"这就是为什么他去了你的书店找你。"

"恐怕是的,没错。"

"他不只是知道你的名字,还知道你的副业。"

"如果你想这么说的话。有时很难说哪个是副业,哪个是主业。但是,没错,他知道我不太为人所知的一些活动,溜门和撬锁。"

"但是你从来没有偷过博物馆。"

"没有。"

"而且如果你怀疑某本书是从图书馆偷来的,你甚至不会买进。"

"的确。"

"那这有什么不同吗?"

"手稿在那间博物馆里唯一的作用,"我说,"就是被丢在地下室里。我几乎想说'收集灰尘',但也必须得是被放在外边才能落上灰,可它是被放在一个没有人理睬的箱子里。它被博物馆列出并编入目录了,否则史密斯也不会知道它的存在,但它上边写的是菲茨杰拉德原来的标题,所以他们并不知道那是什么,而且很可能永远都不会知道,因为那里没有谁会在乎这些。你知道手稿应该在哪里吗？应该在普林斯顿，与那个作者其余的材料一起，而唯一可以让它去那里的方法，就是让我的朋友史密斯拿到它，再把它留在自己的遗嘱里。"我皱着眉头，"什么事，卡洛琳？你坐在那里看起来像只聪明的老猫头鹰。"

"我喝太多威士忌了，"她说，"酒精释放了我内心的猫头鹰。但是我坐在这儿听你说呢，伯尼，如果你还没有说服自己去接下这个活儿，我会说你已经快了。"

"我想我会接下这个活儿的，不然我要把这五千美元还给那个人。"

"你刚刚说什么？"

"我说会接下，不然就——"

"我知道你说的话，伯尼。你是说他付了五千美元吗？"

"这只是预付款，"我说，"交货时我会得到剩下的。"

"剩下的是多少？"

"另外两万五。"

"加一块儿就是三万美元。"

"你数学还真是不错，"我说，"甚至在喝下三杯以后。我必须得承认这点。"

"伯尼，你觉得它值多少钱？"

"三万。"

"因为这是他自己出的价？那在公开市场上卖呢？"

"什么公开市场？这书是一个非营利机构的合法财产。我想我可以去找出近几年来菲茨杰拉德的信件和手稿的交易状况，尽管我怀疑那些能有多少可比性。而且这种交易也不会很多。即使如此，我也不会找到太多信息。"

她拿起玻璃杯，喝了一口大部分是融化冰水的酒。

"三万美元,"她说,"那是很多钱啊。"

"不久前,"我指出,"某一家大银行与政府刚刚和解了一个据说是在债券交易中的违规行为。"

"我也读到了一些相关的消息。也可能是在电视新闻里看到的。"

"他们一方面拒绝承认有任何不法行为,一方面支付了不止五亿美元。"

"如果他们没有做错事——"

"为什么还要交这些钱呢?你一定会这么想。要我说,这才是很大一笔钱,但也只是那家银行当年利润的百分之十还不到。"

"好吧,我明白你的意思。但对于一个在东十一街开二手书店的男人来说……"

"那是很多钱。"

"但是要冒险,"她说,"从博物馆里偷走一份手稿并不像,呃……"

"从婴儿手里抢糖果那么简单?"

"或者从糖果店里抢。他们没有监控摄像头吗?"

"现如今,"我说,"糖果店也是有的,婴儿的棒棒糖还有保姆摄像头监控呢。我没有孩子是件好事儿。"

"是吗?"

"我有两种谋生方式,"我说,"我不能昧着良心去鼓励我的任何一个孩子进入其中任何一个职业。我们已经谈过卖书这行,而盗窃这行更糟。监控摄像头无处不在,而那只是开始。而且盗窃里的一些分支已经完全消失了。以前一个贼可以靠偷酒店来过上体面的生活。那虽然是一种高度焦虑的行当,但它是令人兴奋的,因为过程中充满了各种可能性。而你永远都不知道你会在门的另一边找到什么。"

"还有很多酒店,不是吗?"

"现在只要是每晚十五美元以上的房间，都会有那种在插槽中刷一下就可以开门的房卡。你要怎么去撬一个电子锁呢？"

"哦。"

"我不是说做不了。你租一个房间，然后等到不同的大堂职员值班时回去，告诉他你的钥匙没法用。这些卡很容易消磁，他会问你的姓名和房间号码，然后为你重新编程。'我的名字是维克多·克托维兹，住在四一七室。'前台听了在电脑上点上几下以后，你就能以克托维兹先生的名义过去开门了。"

"这手很漂亮，伯尼。"

"而且也不费劲儿，除非那位大堂的前台记得你想要冒充的家伙有一把大胡子，至少重三百磅。"

"哎呀。"

"高顿堂也有真正的锁，"我说，"和最先进的防盗系统，连接到那里的各个角落。我想我明天会去那里。但只是从远处看看，在附近走走。然后几天之后，我再准备进去。"

"你怎么进去呢？"

"我付五美元买门票进去，"我说，"就像其他人一样。我会让监控摄像头把我拍下来，但我不会做任何事情。我只是另一个来看艺术展的普通公民。"

"一个无人陪伴的公民。"

"如果你陪我去，我就不是无人陪伴了。"

她的眼睛亮起来："我以前也当过你的帮手，伯尼。你记得吗？"

"就好像昨天的事儿一样。不过这次有所不同。我们不会做任何违法的事。"

"我们当然会，"她说，"我参与了犯罪的一环。我们是有目的性地去,即使只是看看画而已。"

在接下来的几天里,我去踩了几次点儿来考察博物馆附近的地形。然后星期四和卡洛琳一起,终于走进了这个地方。

我弄清了哪扇门通向地下室,并注意到它靠近洗手间。我去了洗手间,检查了窗户。当我们离开那里的时候,我已经知道这活儿我是可以做的。

"他们的安保措施还可以,"我在回市中心的路上告诉卡洛琳,"但并不完美。"

"你发现了一个漏洞。"

"我想是的。一个小漏洞,但我可以把它扩大。"

"那不是两个人的工作,对不对?我估计也不是。我只能参与一小部分,那也算可以了。我确实很想去那个博物馆。"

"这倒是提醒我了。"我说。

"这是什么,伯尼?"

"一个礼物,"我说,"现代图书馆出版的《在斯万家那边》[①]。既然现在去高顿堂已经不在你的列表上了,你可以开始读一读普鲁斯特。"

[①] 法国诗人、作家马赛尔·普鲁斯特的七卷长篇巨作《追忆似水年华》的第一部,作品以讲述非自愿想起的回忆为主题。

9

时光流逝。

时间就是这样，你有没有注意到？有时日子如龟爬，有时却如白驹过隙，但每天都有二十四小时，不知从哪里来，也不知到哪里去。移动的手指在书写，而你又能得到什么？

和《十六吨》[①]里面唱的差不多，我得到的也不过是又老了一天，只不过我没有深陷债务。我好好地利用起史密斯先生的赏金，还了我欠的钱，把余下的留起来以备不时之需。不过在此之前，我先将其中多出来的五千拿给了卡洛琳，她拒绝收下，说自己不过是陪我去了趟人们不常去的某个博物馆。

"而且你甚至为我掏钱买了五块的门票。"她说。

[①] 美国著名乡村音乐人莫尔·特拉维斯（Merle Travis）创作的《十六吨》描述了当时肯塔基州的矿工生活，其中著名的句子有"你每天搬十六吨东西又得到了什么，不过是又老了一天还深陷债务"和"我死不起，我的灵魂已经卖给公司了"。

"是的,但是你刷了自己的公交卡。而且你算是罪犯的同谋,正如你之前指出的那样。参与了犯罪过程的一环,一个共犯。"

"参与了犯罪之前的过程,伯尼。我星期四不过是做了一个陪衬,而真正的犯罪是昨天晚上才发生的。我觉得自己怎么也得再多参与些才拿得起这五千。"

"那样的话……"

"什么?"

"那么,"我说,"我在想。高顿堂今天闭馆。但明天它开始营业的时候,只有一件事情可能会引起他们的怀疑。"

"他们的宝贝之一失踪了?"

"他们永远不会注意到手稿的失踪。但迟早会有人需要移动洗手间窗户上的防护罩,然后发现它是被胶带固定在那里,而不是用螺丝拧上去的。"

我无须细说卡洛琳便已明白。"但是,如果你明早出现,花五美元的门票就可以去洗手间把螺丝拧回去。"她笑了起来,"只是你昨天已经去过那里,穿戴着你的纽约大都会队帽和你的鹦鹉衬衫。不过如果你有一个值得信赖的搭档来为你解决这件小小的事情,岂不是更安全?"

"我可以提供螺栓,"我说,"和螺丝刀。你要做的只是在洗手间里待五分钟。"

"任何在洗手间里花费不到五分钟的女人,"她说,"都是对她性别的背叛。"

"这活儿五分钟足以。而且把螺栓拧进去比把它们拔出来容易得多,而且也快得多,因为拔出来的时候有的螺栓会卡住。"

"所以螺栓们会很高兴回到它们原本所属的地方。好吧,伯尼。你说服我了,而且给我点儿事做也好坦荡荡地拿这五千美元。虽然有你那本书当礼物就已经足够了。"

"关于那本书。"她一个星期左右以后说起。

"《在斯万家那边》?"

"我几天前开始读了。"

"你觉得怎么样?"

"我拿着它上床了,"她说,"书的前两页还不错,然后我的闹钟就响了。"

"你看着看着睡着了。"

"嗯,那晚我喝了几轮,先是去亨利叶塔那里,后是卡比洞,所以看书时我脑子不太清醒。但是第二天晚上我是清醒着读的,而这一次我读到第三页就结结实实地败下阵来。"

"所以你一共看了五页,而且——"

"不,只有三页。我第一晚读了什么都没搞明白,所以第二晚我就又重新从第一页开始读。"

"原来如此。"

"之后的那天晚上,我喝了几杯,所以我甚至没有试图去读什么。但是再之后那天晚上——"

"所以已是第四个晚上。"

"随你怎么说。是我和我姑姑阿米莉娅一起吃晚饭的晚上。我告诉过你,对吧?"

"那晚你把玛克辛吓坏了。我不得不承认,当你开口要苏打水而不是酒时,我心里也咯噔了一下,还以为你打算出去入室抢劫。"

"阿米莉娅正在戒酒，"她说，"她总是告诉我，我和她在一起时喝点儿酒完全没有问题，她一点儿都不介意。"

"但你不相信她。"

"以前和她一起出去时，我喝了一杯白葡萄酒。是一杯霞多丽，也许她是不怎么介意，可是我介意得很。"

"你感觉到她对你喝酒的不赞同？"

"她一直瞪着我，喝酒也瞪，不喝也瞪，我可以感觉到她已经准备好随时把我数落一番。"

"是要挤对你吗？"

"他们戒酒有一些步骤，"她说，"其中一个是劝别人也戒酒，于是他们可以一起闷闷不乐，坐在教堂的地下室，对彼此倾诉过去有酒的日子是多么有趣。我坐在那里举着一杯可怜兮兮的霞多丽，我最想做的就是来一杯三倍龙舌兰马提尼，然后大喝特喝。"

"但你没有。"

"当然没有了。但是从那以后，每当我躲不开和阿米莉娅姑姑一起吃饭，我会特意让自己身上什么味也没有，嘴里只含一块薄荷糖，然后让她看着我喝苏打水。伯尼，我刚才到底讲到哪儿了？"

"《在斯万家那边》的三页。"

"啊对。所以我回到家里，头脑很清楚，清楚得都透明了，而且时间也早，所以，我没在床上读那本书，而是坐在椅子上，把阅读灯调到刚刚好，一只猫坐在我腿上，另一只蜷缩在我脚下。我想到如果有一杯白兰地会使这幅画面更完整。不过我应该先读几页，然后再去给自己弄来一杯喝喝。"

"那你看了多少？"

"到第四页底部。接下来我只知道太阳正在窗前照着，而我的猫正告诉我到了喂食时间。我头脑特别冷静清醒,而且我竟然在椅子上睡了一晚,连衣服都没脱。"

"马塞尔再次正中红心。"

"这要是传出去,"她说,"做安眠药的药厂都得倒闭。这书更快更便宜,而且不会让你在半夜起床,突袭冰箱里的零食。"

在她读不下普鲁斯特的时候,我忙着不发展一段认真的关系。

说实话,我已经放弃了尝试。我和一个女人约会已有几个月了,我们到了彼此会在对方公寓里保留几件东西的地步,我渐渐开始想知道如果某天我们决定义无反顾,挑明了干脆住在一起会是什么样子,然后有一天她宣布她的公司正式将她调到了他们的伦敦办公室。

"哇哦。"我说。

"我一直没给回复,"她说,"因为我不知道我是否真的想搬,这是很大的升迁,但如果我拒绝调动,反倒会降职。"

我当时可以说些什么。比如不要去。或者留下来,我们是会结婚的。又或者像其实我一直想住在伦敦试试。

但事实上我说的是:"听起来好像是个很好的机会。我会想念你的,凯罗尔。"

"我也会想念你的,伯尼。而且,你知道,如果你来伦敦……"

"我一定会去叨扰你的。"

她迷惑地看着我,我解释说这是英式英语,是给你打电话的意思。而不得不对此做出解释这件事,我必须告诉你,缓解了一些她离开带来的痛苦。

我把我的东西从她的公寓里拿走了,第二天晚上她来到我的住处找回她的东西。我们看着对方，那一刻，我们两个人中的任何一个都可以把另一个人带到卧室里，但是我们谁也没有。

于是这样便结束了。

我从来没有把凯罗尔当作真正的理想伴侣，只是对她喜爱到可以将她视作此刻的理想伴侣而已。即使我们有彼此的陪伴，我也会偶尔看到周围的女性，然后在脑子里意淫一下，只是我从未采取任何行动。

所以你可能以为我会在凯罗尔离开后马上回到游戏中来，但事实并非如此，因为这事实在太麻烦了。有些女人在我看来很不错，有些女人让我觉得她们可能值得深入了解。她很可爱，我会对自己说。她看上去聪慧有趣，我会注意到。

然后，我便放下念头。

然后，六月某日的傍晚，天亮得有些不太真实，一位名叫珍妮的女人走进了我的书店。

10

我的门顶上有一个小铃铛,虽然它不像监控摄像头和动态探测器那样高科技,但是当我有访客的时候,它会忠实地发出声响让我知道。当小铃铛宣布她的到来时,我抬起头来,然后我又看了一眼,因为她值得。

事实上她简直惊为天人。她穿着天蓝色的名牌牛仔裤和一件贴身的绿色丝绸上衣,乡村歌曲的作家会告诉你,她的头发是图珀洛树般蜂蜜似的颜色,但他可能不会指出那头秀发做了个昂贵的造型。她唯一的缺陷是嘴唇和胸部有些丰满,我准备忽视那些。

几个月前,我会和她搭腔,但现在是现在,现在的我留守在柜台后座位上,注意力转回到我眼下看的书,这是迈克尔·康纳利的一本小说,我上次错过了。在这本书里主人公哈里·博斯已经把洛杉矶警察甩在脑后,自己单开了一家私人侦探所。也正因如此,康纳利显然觉得他不得不用第一人称来讲述他的故事,而不是用康纳利的视角来叙述。我看得津津有味，但是我觉得博斯并不这样想，回到警察部门令人欣慰的怀抱和第三人称的叙述也没准儿是对他的一种拯救。

然后她开始和我攀谈起来。

"真是一只可爱的猫！"

我抬起头，这第三眼没有看到她任何额外的缺陷。"它是个尽职的员工，"我说，"也是非常好的伴侣。"

"但它没有尾巴，是吗？它是曼克斯猫吗？"

"它更愿意你这样认为。但是，它似乎并没有那个品种像兔子般跳来跳去的特征。所以它可能只不过是一只坐了太多摇椅的流浪猫。"

"嗯，它还是很可爱的。它的名字是什么？"

"拉菲兹。"

"嗨，拉菲兹，我是珍妮。"

"我是伯尼。"

她转身面对我，那笑容可以照亮整个房间。"嗨，伯尼。"她说。

我们开始交谈。我不记得具体的谈话，或者说了些什么，我甚至不确定那些交谈有什么内容。我的意思是，无论我用了哪些词汇，我所表达的不过就是你很可爱，我敢打赌你的品位也不错，以及我想进一步认识你。而她的已经让人记不起细节的回复主旨则是，继续和我聊吧，因为也许我对你也有兴趣。

最后她说她真的应该看看书，因为我们是在一家书店里。我请她自便，并试图回到我自己的书中去，但是和我与这个可爱的精灵分享的纽约相比，博斯的洛杉矶似乎突然间变得平凡无趣。

打烊的时候要到了，可我又怎么能让她离开呢？所以我原地不动，试图对书里博斯的烦恼感兴趣，然后抬眼看向我的访客。

"我打个电话行吗？"

"当然。"我说，对这句打破沉默的话感到欣慰。我指了指柜台上的电话，她摇了摇头。

"我有手机，"她说，"但是我想到一家书店可能应该像火车安静席的车厢一样。如果你介意，我可以去外面打。"

"你和我，"我指出，"是今天这班火车里唯一的乘客。"

于是她打了电话。"嗨，我是珍妮。"她对接电话的人说。后面的交谈我没有听到，只听到接下来她说的是，"哦，当然，我明白了。那么下次再说吧。"

她结束了通话，把手机放进了包里，说："真是的。"

"让你失望了？"

"有那么一点点，"她说，"某人刚刚取消了和我约的晚餐。"

"真是一株奇葩，"我说，"没有任何正常人会错过和你共进晚餐的机会。不过，这显然是一个非常意外的巧合。"

"什么巧合？"

"不到一个小时前，"我说，"也有某人取消了和我约的晚餐。是我的会计师，所以在某种意义上，就好像我的牙医打来电话要改约在下个星期五一样。"

"所以说结论是你并没有失望透顶应该没错吧？"

"一点都没，但我不得不面对独自用餐的悲惨未来了。"

"我懂了。"

"你真的懂了？因为我们似乎有这点共同之处，而在我看来，我们两个的问题在世上就只有一个像样的解决方案。"我深吸了口气，"你愿意和我一起吃晚餐吗？"

"我很乐意。"她说。

我打电话到饶舌酒鬼,并让玛克辛转告卡洛琳她今晚要独自一人喝酒了。我把我的特价书桌拿进屋里来,然后钻进后面的房间,换上一件干净的衬衫,和我穿去高顿堂的那件西装外套。

书店外,明亮的六月下午已变成了一个完美的六月傍晚。我问珍妮,她是否喜欢意大利美食,她毫无悬念地说喜欢。你有没有听什么人说过不喜欢呢?

我选择的地方在第五大道不远的东十街上。每当我和卡洛琳有什么可以庆祝的事情就会一起去那里。餐厅很高档,这意味着桌布是白色的,桌与桌的间隔很好,装蜡烛的是银色的器皿,而不是玻璃瓶子,而这里的价格会让你很高兴他们是收信用卡的。

食物当然也非常棒,只不过铺红色方格桌布的小店里食物也一样很棒。

我们从开胃菜开始。然后她点了煎鱼,而我吃了小牛肉,我们分了一盘意大利通心粉。我记得是叫螺旋面,但我可能记错了;就是那种像床垫的小弹簧一样形状的通心粉,配的酱汁浓厚而美味。

她说比起白葡萄酒她更喜欢红葡萄酒,无论有没有鱼,所以我点了一瓶巴多利诺,第一瓶见底后又要了瓶一模一样的。食物和葡萄酒本来就足以让我们保持彼此的兴趣,不过我们的谈话也很愉快。我们聊起了书籍、艺术、音乐,还讲到了纽约,其实我不记得当时聊的大多数东西。话题在聊的当时非常有趣,但远不如她的陪伴那么让人惬意。

当我给我们满上第二杯葡萄酒时,她用手扶住我,强调了一处谈话的内容。虽然动作随意，但以我多年来的了解，当一个女人主动碰你的手时，通常是一个好兆头。

她稍后又再做了一次，这次她把手放在了我的手上。

最后我们都不想要甜点，但都想喝浓缩咖啡。服务员可能觉得我们是迷人的一对，于是给我们倒了两杯免费的餐后甜品酒。我拿出史密斯先生给的两张印有本杰明·富兰克林肖像的票子，然后挥手免去找零，这做法更增加了我们的魅力。

在餐厅外她说："我住在望台高地区①，那里环境很好，只是很难打到愿意拉我到那边的出租车。你说你住在西区大街。"

"而且出租车司机们会很高兴去那里。"

"那么好吧。"她说，我正好赶到路边拦了一辆及时出现的出租车。

---

①纽约布鲁克林的一个区。纽约出租车圈有不愿过东河从曼哈顿岛到布鲁克林的说法。

11

* * *

 这算是老派风格,不是吗?三个星号,噢,看在上帝的分上,都这个时代了。

 如果我够谨慎,我会对我在自己公寓卧室里做的事情闭口不言(而且这么说来,还要包括在客厅沙发上做的,还有不要忘了在淋浴室里做的),嗯,其实我只需一笔带过,或者用一两句话来总结。所以为什么要用星号呢?

 我不得不说它们的存在是有理由的。它们的存在表示我已经花了很多时间来记住那个晚上的时光,而且准备随时拿出来回味。

 即使我并不打算和你分享记忆里的内容。

* * *

"伯尼，我要走了。"

"你要走？为什么？"

我睁开了一只眼睛——实际上是睁开了双眼，然后看到她正穿了一半衣服。她的紧身上衣正覆盖在她腰部几英寸之上，手里拿着天蓝色的牛仔裤，准备穿上。

"已经很晚了，"我说，"你为什么不留下来过夜？"

"不，我不能。"

这样的回复并没有真正回答我的问题，但是她的声音非常不容置疑。

我坐了起来。"嗯，"我说，"今晚真是——"

"我知道。对我来说也是一样。"

"我是故意要避免用真棒这个词来形容刚才的事，但这是事实，即使上帝来定义也不过如此。你这周末有什么计划吗？"

"哦，伯尼……"

"因为我在想我可以租一辆车，我们可以逃到离城一两个小时车程以外的地方。比如特拉华州一些古老的石头旅馆，就是那些在《纽约客》里投放广告的地方之一，上面会告诉你那些小馆子是多么迷人。而且天气应该会像今天这样持续下去，所以肯定非常有利于在月光下漫步，但是如果天气不如所料，下起雨来，那么，我想我们可以待在房间里，而且不会觉得在房间里有多不自在，还有——"

她脸上的表情让我只说了一半就戛然而止。

"哦，伯尼，"她又说，"我想我应该等你睡熟以后再悄悄溜出去，不留只言片语。"

"你为什么要那样做？"

"就是为了避免现在这样的谈话，"她说，"伯尼，我不会再见你了。"

"那实在是荒谬。"

"不,我恐怕正是如此。"

"你结婚了。"

"还没有。"

"还没有?那意味着什么?你订婚了吗?"

她摇摇头:"我打算要结婚。而且这是一个非常真实的规划,尽管我还没有遇到我未来的丈夫。伯尼,我二十八岁了。"

"所以?"

"所以我想在三十岁之前结婚,想在我三十五岁的时候有两个孩子。"

"只要两个?"

"也许三个。我觉得等我要了第二个,我就可以更好地判断我是否还想要第三个。"

"这是很有道理的,"我回道,"但是——"

"但是如果我要去找一位丈夫,"她说,"我就不能浪费时间在一段没有任何希望的感情上面。"

事情发生的速度比我想象的要快,但是如果我不采取任何行动,她就会行动,走出我的大门,离开我的生活。

"谁说我们不能有一段有希望的感情?"

"伯尼,你最不想做的一件事就是结婚。"

"这不一定是真的。"我说。

"你结过婚吗?"

"没有,但是——"

"你当然没有。你为什么要那样做,你已经过上了为你量身定制的生活,你也很享受这样的生活。你的书店,你的猫,你迷人的小公寓——"

"伯尼·罗登巴尔,这是你的生活。"

"唔,不是吗?"

"这是我现在一直过的生活,"我说,"过一天算一天。而且在大多数情况下,我喜欢现在这样的安排。但是,这并不能说明婚姻就是我绝对排除的东西,而且如果我遇到了合适的人——"

"就此打住吧,伯尼。"

"好的。"

"我不是你的那杯茶,更重要的是,你也不是我的那杯。"

"我不是?"

"哦,对于一些女人来说,也许你是,但不是我的。我去你的书店是因为我的朋友克洛伊说她觉得我可能会喜欢你。"

"我不认为我认识任何叫克洛伊的人。"

"她上个月有一次在你的商店里乱晃。没有买东西。"

"那真是把寻找范围给缩小了不少。"

"她很漂亮,有一头深色的头发,和我的身高差不多但是更瘦些。她说,当她把书放回书架并在亚马逊上买了本电子版时,你甚至没有感到不高兴。"

灵光一现。"她的上臂有文身。"

"就是她。我永远不会在自己身上文文身,但她的文身比大多数人的都好看。"

"我不知道文的是什么。我的意思是说我当然可以看出那是一个文身,但是我看不到全部,猜不出文的是什么。"

"是一条蜥蜴。"

"一条蜥蜴。"

"实际上是一只壁虎。它应该看起来像是要爬向她的肩膀。"

"然后爬到她耳边低语,"我说,"好卖给她汽车保险①。看,我让你笑了。这很重要,珍妮。克洛伊认为你可能会喜欢我,看起来她好像是对的。"

"哦,伯尼。"

哦,伯尼。说这句话时可以有很多种语调,而她选择的那个语调的意思是说,哦,伯尼,如果我等你睡着了再走,我们就不必这样对话了。

"和克洛伊谈过后,"她说,"我曾路过你的书店。那应该是某个工作日的下午三点左右,而你的店里空无一人,只有你自己。"

"只有我和我可爱的猫。"

"我就知道克洛伊为什么那么说了。"

"为什么说你可能会喜欢我吗?"

"她说你很可爱。"

"但我猜你没停下进店。"

"嗯,我正在赶去参加会议的路上,伯尼。我只是多走了两个街区绕道去你的书店偷偷看看你。"

"然后你想着,上帝啊,克洛伊是对的。"

"也对,也不对。我听到铃声响动。"

"你打开了书店的门?我以为——"

"不是那个门铃,呆瓜。是当你遇到一个男人,心动的铃声,因为那个男人——"

---

① 美国一家汽车保险公司(盖科)与壁虎发音相同,但字母拼写略有不同。公司吉祥物是一只壁虎,在电视宣传广告上曾以英音及澳大利亚音演员配音。下文仍有提及。

"很可爱。"

"对。而且那个铃声一直响着,即使我脑子里同时响着'不是当丈夫的料'的警报声。"

"你怎么知道呢?我的意思是,警报器如何知道什么时候应该响呢?"

"直觉,我学会了相信我的直觉。所以是的,我一直走了过去而没有进门。"

"然后今天下午你又走回来再次查看了。"

"我很确定你不是一个可以结婚的对象,"她说,"但是我正巧在附近,而且似乎也只有这样才能确定。"

"你走进来,然后开始谈论我的猫。"

"那是一个很好的开场白。"

"是的,你不是第一个想到它的人,但它确实让我们有了一个愉快的开始。而且你意识到我其实有可能是当丈夫的料。"

"没有。"

"但是——"

"我觉得你确实很可爱,"她说,"而且我早就这么认为了,继而又觉得你很性感。所以决定和你上床。"

"就这么决定了吗?"

"嗯,而且你不是也做了同样的决定吗?我看得出来你偷看我的样子。所以我让你请我吃饭——"

"你根本就没有什么晚餐约会,"我说,"电话也只是个幌子。或者你甚至都没按下什么电话号码,我打赌你只是对着空电话瞎聊了一通。"

"不,事实上,我在跟克洛伊通话。"

"我想你告诉她你要和我睡觉了。"

"嗯,"她说,"我是对的,不是吗?但是我没想到会得到这样一个美好的晚餐。当你提出意大利菜的时候,我以为我们会去汤普森街的某个小破馆子。"

"那看看我把你往哪里带。也许我最终仍是做丈夫的料,不是吗?"她摇摇头:"不是。"

"为什么不是?"

"我怎么能考虑嫁给一个冲动之下一顿饭就能挥霍二百美元的男人?"

"也许我是个有家底的绅士,"我建议道,"也许二百美元对我来说不算什么。"

"伯尼,别把这话往坏处想。你的书店没有任何生意,当你的租赁期满以后,你不会承担得起上涨的租金。"

"你还不知道,"我说,"那栋楼其实是归我的。"

"你还不知道我其实是罗马尼亚的玛丽女王呢。不,我把一切都看得很清楚,当我扔出新娘花束时,你不会是站在我身边的那个人。这也让我大松一口气,因为这意味着我可以和你上床。"

"否则你就不会吗?"

"不会,当然不会在第一次约会就做,傻瓜,也可能不在第二次甚至是第三次。但是,你和我只有这一次约会,所以为什么不充分利用呢?"

"嗯,我们的确是充分利用了这个机会,"我说,"你是想把我们之间的整个关系压缩进几个小时。"

"我确实是这样想的。"

"而且你在试图否定它,"我说,"但是你在床上的表现分明表示也许你觉得我们还是有些未来的。"

"你错得离谱。"

"我错了?"

"伯尼,如果我是这样以为,今晚就不会是这样的做法。我们今晚做了一些很狂野的事情。"

"确实如此。"

"有些事情,不是你应该对未来丈夫做的。即使是结婚以后,你也不会马上就做,至少一两年之内不会。"

"因为你不想让他知道你是什么样的女人?"

"当然不想。但是如果我们只有一个晚上,而且你再也不会看到这个人了——"

"那就让条条框框见鬼去吧,为什么不做呢?"

"正是如此。我很清楚我们一定不会结婚,所以我想和你一起尝试一切。"

"我想我们也确实是那么做的。"

她脸上露出一种表情。"不过……"她说。

"不过什么?"

"不过还有一样是我从来没有试过的。我只在哪里读到过,你可能会认为那很怪异,病态而且令人作呕。"

"那是什么?"

"如果我告诉你,"她说,"你会觉得我很怪异,病态而且令人作呕。但那又如何?我们也不会再见面了。"

她把唇放在我的耳边,轻咬了一下我的耳垂,然后低声诉说。

"嗯,伯尼?你觉得怎么样?"

"我觉得你最好把上衣脱掉,"我说,"回到床上来。"

* * *

"你最好留在这里过夜，"我说，"这个时候绝对不会有车带你到布鲁克林，上帝知道你也绝对不会想坐地铁。"

"哦，伯尼。"

"你不住在布鲁克林，是吗？"

"咱们在餐厅那里时，我就可以直接走路回家。我说了布鲁克林的谎话是为了可以来看你的公寓。"

"所以我就看不到你的？"

"哦，伯尼。"

她现在已经穿着妥当，画上口红，用我衣柜门上的镜子为自己的打扮做最后的检视。

"我不会问你的电话号码，"我说，"但是你知道如何与我取得联系。"

"但我是不会和你联系的。"

"狩猎丈夫的时候也不能休息几个小时？"

"不是这样的，"她说，然后转身面对我，"有这一晚上就好。如果我再次见到你，而我们已经做了一切，那么再做什么都只会是令人沮丧的，不是吗？"她垂下眼睛，"或者如果不是令人沮丧，我可能会爱上你，伯尼。那将是一件非常糟糕的事情。"

12

"直女,"卡洛琳说,"我从来没理解过她们,而且我永远也理解不了。"

"阿门。"

"伯尼你觉得怎么样?被利用了还是被糟蹋了?"

"如果我有力气去感受的话,"我说,"没准儿会是那种感觉。反正前一部分是的。后一部分嘛,我真的不能称之为糟蹋。"

"是啊,受害者通常不会觉得自己的经历有那么美妙。这实在是一位花花公子的终极幻想,不是吗?她漂亮而且富有激情,做了一切你可以想得到的,还做了点儿你想象不到的,然后就走掉了。没有什么能比这更好的了。"

"可以变得更好。清晨四点钟,她可以变成比萨饼。"

"手里再拿着凤尾鱼。"

"没有凤尾鱼的比萨饼,"门口的声音说,"就像不带苍蝇的精油。"

我抬起头,而卡洛琳则闭上眼睛,我看到一个大个子穿着昂贵却不合身的西服出现在门口。他的名字是雷·基希曼,是纽约市警察局的一名探员,多年来,他偶尔会充当我精油里的苍蝇。

"你好,雷。"我说。

"你好,伯尼。你好,卡洛琳。"

她短暂一顿,时间拿捏得刚好,表明自己对他的心不在焉,卡洛琳说:"你好,雷。"

"无论你们在吃什么,"他说,"我不得不说它闻起来比看起来好吃。从你们在用筷子吃来推断,我想应该是某种中国菜,我从来没有掌握用筷子的窍门。"

"那正好,"卡洛琳说。"反正我也没有多余的一双给你。"

"如果你给我一双,我还真不知道该拿它们怎么办。"

"我可以给你提点儿建议,"她说,"不过无所谓。反正也没剩什么可吃的了。"

"而且我已经吃过了。"

"但你仍出现在这里,雷。我打赌下一步你会告诉我们你为什么而来。"

"一个人尽力表现得比较友好,"他说,"可又有什么用处?他走进这里,他对拉拉女没有任何惹人厌的评语,他甚至没有说什么黄色笑话,尽管上帝知道这两样他都可以说上不少。可他又得到了什么样的回应呢?"

"一定是他潜意识里渴望被虐待,不然他为什么还要走进门来?"

他摇摇头:"你真是难搞,卡洛琳。伯尼,你昨晚在哪里?"

"昨晚?"

"是的。具体来说就是昨天下午一直到今天早上的那段时间。"

"我晚餐吃得早了点儿,"我说,"然后待在自己的公寓里。"

"我想是单独待着。"

"不,有人陪伴。"

"我猜是一位女士,"他说,"除非你已经开始向另一边报到了。"

"我的性取向还没有改变,"我向他保证,"虽然有时候我觉得如果真是那样,事情可能会更简单。"

"她有名字吗?我怎么和她联系?"

"你联系不了她。"

"你有一个不在场证明,"他说,"但是你想自己留着不告诉我,这么做对你能有什么好处呢?她是谁,伯尼,是不是位已婚女士?你往别的男人的窝里卸货了?"

"这是我这么久以来听到的最糟糕的比喻,"我说,"不过无所谓。无论如何,我没有。"

"你没有什么?"

"没有做你说的事。她没有结婚,至少目前还没有。反正我知道的也就只是她的名字,而且我感觉那可能甚至不是她的真名。我既没有她的电话也没有她的住址。"

"那你怎么能再见到她呢?"

"我见不到了,我也不在乎她能不能给我一个不在场证明,而且我到底为什么需要那种东西呢?"

"因为它们很有用,"他说,"可以把盗贼挡在监狱外边。"

"我已经不做那行了,雷。"

"是是,就算吧。但是如果你还做,有一个不在场证明的证人不会害你。"

"昨晚发生了什么?"

"发生了什么？嗯，我会说发生了几件事情。如果有人愿意相信的话，罗登巴尔夫人的儿子，伯纳德，幸运地和一个神秘的女子共度春宵。而且，我也只是碰碰运气，我猜凯瑟夫人的女儿卡洛琳又在哈得孙街的某个小黑馆子里喝到酩酊大醉。"

"如果你没有什么别的正事好说，雷，你待在这儿也就只比流口水稍有些样子。"

"谢谢，卡洛琳。现在我们来看看还发生了什么事情呢？那么，昨晚纽约大都会队赢了，洋基队输了，也或许结果是反过来。哦，对了，还有人在东九十二街的某栋联排别墅里杀死了一位女士。"

"在盗窃期间被谋杀了。"

"猜得好，伯尼。咱们假设你这就是一个猜测，而不是自己个人的回忆。"

"雷，你不会真的认为那是我做的吧。"

"不会，"他说，"当然不会。你得相信我一些，伯尼。咱们认识多久了？"

"很长时间了。"

"就是很长时间了，我不得不说我对你知道得不少，可能比你自以为我知道得还多些。我知道你仍是一个贼，无论你怎么上上下下地发誓自己已经变老实了。豹子改不了自己身上的条纹，就像贼改不了彻头彻尾的贼心。"

我叹了口气："我想你可以随便相信你想要相信的。"

"没错，我想我会的，尤其是当我想相信的就是真相的时候。不过除了你骨子里就是贼以外，还一直以来都是一位绅士。"

"谢谢你，雷。你这么说真是不错。"

"别误会我，"他说，"你还是一个闯入别人家里，偷走他们东西的低等贼子。但同时你也是为数不多的雅贼之一。你不会相信都有些什么歪瓜裂枣进了你们这行。"

"我能想象得出。"

"不去好好钻研学习撬锁的艺术和科学,他们嫌麻烦直接踹开门,进屋也不是小心翼翼地不惊扰住户,而是直接把人叫醒,强迫人家交出自己的贵重物品。"

"昨晚就是那些人其中的一个杀了一位女士。你确定这是一个盗贼做的吗?"

他点了点头:"除非她自己把自己的房子弄了个乱七八糟。她是一个寡妇,丈夫过世后将这栋四层高的红墙别墅留给她。她的孩子们想让她搬到一间公寓里,她还在考虑这个提议,但是如果她搬了,房子里所有的艺术品和古董该放在哪里呢?"

"哦。"

"是啊。如果她还有命欣赏它们的话,那肯定是她想做的事儿。她当时在听歌剧,是一部很长的剧——"

"所有歌剧都不短。"卡洛琳说。

"好吧,看起来我们终于发现了一件可以让彼此意见统一的事儿,卡洛琳,因为人们怎么能坐下来去听那玩意儿完全让我无法理解。不过这部歌剧很特别,是那个叫希特勒的疯子很喜欢的一部。"

"是瓦格纳的。"我建议道。

"就是那家伙。无论如何,我猜奥斯特迈尔夫人也就只能忍受那么多。"

"那是她的名字?奥斯特迈尔?"

"她姓奥斯特迈尔,名字叫海伦。听到一半她告诉她的朋友她觉得累,我猜那些没完没了的尖叫声让人在剧院里连睡都无法睡过去。

于是她离开歌剧院,出门打了一辆出租车,其实她在原地不动会更好些。"

"我猜你没能找到出租车司机。"

"嗯,你总算猜错了一回,伯尼。司机自己来了,而且还记得载过她。他告诉我们,她从出租车许可证中读到他的名字,还猜出他来自海地,而且他的确是那里的人。年轻的时候,她告诉司机,自己和丈夫在海地度了一个多礼拜的假。司机说她是一位非常好的女士。"

"他把她放在家门口,他是最后一个看到她活着的人。"

"除了那个在屋里等着她的家伙。菲利普说,他曾向她提出要把她护送到家门口,但她说自己没问题。即便如此,他还是在路边徘徊了足够长的时间,确定她打开了门进去后才开车离去。"

我们都沉默了片刻。然后卡洛琳指出,已经没有几个富贵的老太太人好到可以和一个出租车司机聊聊他的祖国了。

"我们不能让这样的好人无辜被杀,"我说,"雷,她是怎么死的?"

"你看,我本是想好好地问你,伯尼。但是如果你没干,那你可能就无法想出答案。"

"难道你还不知道死因吗?"

"原因很清楚。就是有人破门而入。否则她还会有脉搏。"

"医学鉴定上的死因,雷,不要告诉我她就是停止了呼吸。"

"嗯,她好像就是那么死的,"他说,"至少我们能肯定的也就只有这么多。几个警察接到电话,发现她躺在客厅的中间。当我到达那里时,法医检查室来了个姑娘在旁待命,她告诉我,在老太太身上找不到子弹孔、刺伤,或瘀伤的痕迹。"

"也许她心脏病发作了。"

"正是我能想到的第一个推断,"他说,"她进了屋子,然后发现里面被搞得天翻地覆,所以她很害怕,心跳骤增,无法呼吸。"

"基本上,"卡洛琳说,"你是说那可怜的女人是纯粹被吓死的。"

"如果这词儿的意思和它听上去一样像么回事儿,那她的死因就是那个。不过如果心脏病真是像人们一直认为的那样,受点儿惊吓就倒地不起一命呜呼。为什么人们还总是把心脏病怪到彼得·罗格①的牛排身上?"

"当他们拿到账单时,惊吓就来了,"我说,"而且是当你知道他们家只收现金不刷卡的时候。"

"所以死因有可能是她的心脏,但也可能是其他任何原因,这就是为什么我们必须等着法医报告来说明。但你是懂法的,伯尼,以你撬门的密集度。即使她死于一只飞过她鼻子的蜜蜂,那个贼也会被判谋杀罪。"

"违法活动导致死亡时,肇事者就犯有谋杀罪。"

"谋杀重罪,"他说,"警察学院里教了一个案例一直让我记忆犹新。有个人在伪造支票上签字,笔里的墨水飞到收支票人的脸上,那家伙对墨水有过敏反应,当场死亡。而这个签假支票的人就因谋杀罪而判刑。利索吧!"

"现在不行啦,"卡洛琳说,"你必须要有一支墨水钢笔来犯这个罪,不是吗?"

"我觉得这个案子根本就没有发生过。但重点不是案子的真假,而是法律到底是怎么处理这种情况的。"

"法律总是难以捉摸,"我说,"雷,如果你真的以为我跟这事有什么关系——"

---

①纽约布鲁克林著名的牛排店,是百年名店,也以坚持不收卡,只收现金而闻名。

"哦，我知道跟你无关，伯尼。就算你真在那里，假设她付了出租车费，走进房子，而你在那里检查里面的贵重物品。"

"然后呢？"

"我不知道。我想也许她受到惊吓倒地不起，当人心脏病发作时，你还能做什么呢？"

"给她吃片阿司匹林，"我说，"然后打电话给九一一。"

"我想她甚至没有那个机会。所以说，伯尼。如果你去过那里——"

"而我没有去过。"

"我知道你没去过，但是如果你去了，你会亲自打电话给九一一的。我说得对吧！"

"嗯对，我不会眼睁睁地看着她死在那里，雷。"

"你瞧！这不就结案了。所以你不在现场。"

"但是你，"卡洛琳说，"还是来了这里。"

他点了点头："我想我只是想问问你有没有在圈儿里听到什么动静，伯尼。"

"事实上，我听到了。"

"你听到了！"

"就在刚才，"我说，"在这里，从你那听来的。"

"哦。有那么一秒我还真以为——"

"我还能听到什么呢？我又不是在这个圈子里交了什么朋友。我被送进去过一回，雷，他们放我出去的时候特意嘱咐我避免与其他犯罪分子接触。"

"你从心底记得这个建议了。"

"字字句句都记得清清楚楚，因为这做起来很简单。在进去之前，我就不认识什么同行，而在里面遇到的那些人并没有让我有跟他们保持联络的渴望。"

雷点点头:"如果你不是一个不可救药的窃贼,"他说,"真的很难让人相信你是一个骗子。我刚才叫你什么来着,伯尼?"

"我想你说我是最后的雅贼。"

"一个正在消失的品种,"他说,"虽然我也不知道起先到底有几个像你这样的,你是我见过的唯一一个。"

"还有拉菲兹。"卡洛琳说。

"拉菲兹那只猫?这是要开始讲毛茸茸的猫贼①的笑话了吗?"

"A.J.拉菲兹,"我说,"他是英国作家E.H.霍恩所写的系列故事中的主人公,霍恩与创造了福尔摩斯的亚瑟·柯南·道尔爵士是亲戚。在我看来,应该是他的妹夫。"

"就是其中一个与另一个的姊妹结婚了。"

"我想是这样,"我说,"但我也有可能说的不是这个人。我可以查查看。"

"以后吧,"他说,"等我离这里远远的时候。这与你的猫有什么关系?"

"我的猫就被命名为A.J.拉菲兹。"我说,"他在上学的时候一直是个了不起的板球运动员,后来成为同样优秀的业余开锁人。换句话说,也是一个盗贼。"

"他是位英雄吗?"

"他谦和文雅风度翩翩,"我说,"经常为有困难的人提供帮助。而且他像罗宾汉一样,只从富人身上偷东西。"

"不偷他们偷谁去?他们才是有东西可偷的人。什么样的贼会把时

---

①英语里将主人在家时入室抢劫的盗贼称为猫贼,和中文里的飞贼是一个意思。

间浪费在偷穷人身上?"

"房东,"卡洛琳说,"还有商人和——"

"好吧,"他说,"你歇会儿吧,小个子。这个拉菲兹,伯尼,你这么欣赏他,甚至用他的名字来命名自己的猫,他不是一个真人吧,是吗?"

"他是一个写得很不错的人物,雷。一百多年后,人们还在读关于他的故事。"

"但他只是一个人物,对吧?一个故事里的人物?"

"实际上他有好几个故事。"

"一本书里的故事。"

"不止一本书。"

"所以,当我让你再叫出几个雅贼的名字时,"他说,"你最多能想出来的就是几个故事里的人物。这就结了,伯尼。你属于一个正在消失的物种,一直都是。"

13

卡洛琳在雷离开后几分钟也走了,我回去装成书商的样子。而后有几个人走进店来,其中几个人还真掏钱买了书,一个穿着阔版短裤的年轻人,身上套着布鲁斯·斯普林斯汀[①]的T恤,打开背包,为我提供了六本看起来全新的畅销书。

我提出可以给他十美元买下这些书,无论他怎么讨价还价我也不让步。最终他如我所料地接受了那十美元。等他出门以后,我把新书摆上货架,并给每本定价为9.99美元。过后不到十分钟,我的一名常客走了进来,她在附近的牙医店为人洗牙,她像寻找眼镜蛇的猫鼬一样寻找S.J.罗珊[②]的新书。"哦,我爱死她了,"她说,"我一直在找她的新书。如果你这里没有,我就去买新书了。"

[①] 布鲁斯·斯普林斯汀(Bruce Springsteen),美国当代创作歌手。
[②] S.J.罗珊(S.J.Rozan)美国纽约当代女作家,建筑师。以写犯罪侦探小说、惊悚小说知名。

所以我想这对于我们两个人来说都算是一件很好的事情，我甚至觉得和那位斯普林斯汀粉丝的交易也是可以接受的，因为从诚实度上来看，他拿到那些书的渠道和我说我是罗马尼亚的玛丽女王一样不靠谱。

然后我想起上次有人提起那位流言蜚语中的女王的情景，以及和她相关的故事。这让我回到了之前似乎怎么也甩不掉的心情中。

几个小时后，我在饶舌酒鬼已经喝了两轮，卡洛琳抓住了我正要向玛克辛举起的手腕。

"不了。"她说。

"不要吗？"

她举起自己的手，只是在空中做出签字的手势。从来没有人在饶舌酒鬼签过字，也许签赎金单倒是有可能，但结账的手语全世界都一样，然后玛克辛给我们拿了账单过来。"我来付钱，"卡洛琳说，"因为你要买一整瓶酒。"

"什么一整瓶？"

"在我们回到我那里的路上要买的第五瓶苏格兰威士忌。今晚你需要喝醉。"

"你说得对，"我说，"我通常不会喝醉的。我通常就喝一两杯，有时候会喝到有点晕乎乎，但很少放开喝到酩酊大醉。不过有的时候，我是需要喝到那个地步。"

"我知道。"

"今晚是需要喝到那样的晚上，我甚至都没有意识到这一点。但你可以看得出来，卡洛琳，你比我自己更了解我。"

"嗯,"她说,"总得有人这样做。"

卡洛琳住在阿伯巷,是曼哈顿西村那些隐蔽的小巷之一,游客们不会知道这里,出租车司机也找不到。我们到了她那里之后安顿下来,我开了威士忌酒瓶,而卡洛琳为阿奇和尤比拿出了猫粮。然后又为我们拿出了人吃的食物,把我们在路上顺手买的玉米片和坚果巧克力零食填满了两个碗。"因为我们必须吃点东西,"她说,"但是我们不需要非得费大力气做些什么出来。"

我拿出一对装酒的玻璃杯,里面加上冰块,然后把威士忌倒进去,刚好可以覆盖冰块。这是教师牌的高地酿,是我要选的顶架上的纯麦威士忌下面那排架子上的酒。"那是买来一小口一小口品着喝的,"卡洛琳说着把酒从我那里拿走,然后又把它送回我手里,因为她个子太矮无法够到顶层架子把酒放回去,"而且今晚不是品酒的夜晚,伯尼。我倒不是说今晚就该牛饮,只不过我们不会想花太多时间来品味纯麦威士忌的浓香辣味。此外,你也不会想把史密斯先生的钱这么快挥霍一空。你也许需要这些钱来支持一段时间。"

"我已经在卖偷来的畅销书,"我提醒了她,"赚起钱来如变戏法一样简单。"

我们在各自的座位坐定,手中拿着酒杯,盛着冰块的冰桶触手可及。我举起了玻璃酒杯,却想不出可以为什么而干杯。

"为了快乐的日子。"她建议。

"你真是爱做梦。"我说,喝下了一口。

"也许我是到了该结婚的时候了。"

"伯尼，"她说，"我就知道你会这么说的。你脑门上刻着这些话呢。"

"说的是实话？"

"好，差不多是吧。你为什么认为你应该结婚？为了和玛丽过一辈子完美的夜晚吗？"

"珍妮。"我说。

"对我来说，伯尼，她永远是罗马尼亚的玛丽，我会说玛丽是她真名的概率和珍妮一样大。"

"她看上去和你看上去像罗马尼亚人的概率也一样。"

"哦？我外公出生在布加勒斯特[①]。"

"真的吗？"

"不是，而且他的名字既不是玛丽。也不是珍妮。"

"你在逗我呢，"我说，"别这样。如果我想结婚，也不会是和玛丽。"

"是珍妮。"

"随你怎么称呼她。她不是我想要结婚的那种女人。"

"因为她第一次约会就和你睡了吗？"

"我不知道为什么我们这样说，"我说，"相信我，我们一刻都没睡着过。但不，那也不是原因。"

"那是为了什么？因为没有男人愿意娶一个肯为他做他一生都在梦想做的事情的女人吗？"

我皱着眉头。"两杯酒下肚之前，"我说，"我还能理解这句绕口的

[①] 罗马尼亚首都。

话的意思,我甚至可以考虑出应该如何回复。你看,我不是珍妮想要的人。她想要一个务实的有钱人。"

"吃早餐,穿布克兄弟①的那种。"

"这话我在哪里听过。"

"《红男绿女》②里的。"

"对呀。可我通常是吃早餐的,也有一件布克兄弟的西装外套。"

"你告诉我那是你从一家二手商店里买到的。"

"嗯,但它一开始不是在二手店里。拥有它的第一个主人是在布克兄弟门店买的。它还很新,样子也好。我不知道为什么他就不要它了。"

"他在外有了奸情,所以老婆把他所有的衣服都丢掉了。"

"但愿如此。我总以为也许是他死了,比起来我更希望相信他还在外鬼混呢。我们刚才在说什么来着?"

"说什么有关系吗?"

"不,"我说,"几乎没有什么是有关系的。"

"你知道,"我说,"你现在可以结婚了。而且是合法的了。"

"你记得兰蒂·梅辛格吗?她曾想和我结婚。"

"那是好几年前了啊。和现在比那时离合法远着呢。"

"呃,但也不是什么大罪过。他们不会把你铐起来。他们只是不给你结婚证书。可是那时有很多同性恋婚礼,你和我就一起去参加了

---

① 美国中产阶级喜欢的时装牌子。
② 一部百老汇音乐剧。于一九五〇年首映成为美国百老汇上演时间最久的一部戏。获剧作最高荣誉托尼奖的多项殊荣。

一个。"

"金吉和乔安娜的,"我说,回忆起来,"在西十三街和第七大道转角的那个教堂里。其中一个穿着一件长到地板的白色礼服。"

"那是金吉。"

"另一个穿着燕尾服。"

"不,那是在夏天,乔安娜穿着一件白色晚宴礼服外套。"

"她们美得轰动全场。然后就搬到某个地方去了。"

"莱茵贝克[①]。"

"不是说她们其中一个人想怀孕要孩子吗?我猜就是金吉吧。"

"是她。她们那时在找精子捐赠者,但是你对此不感兴趣。"

"我当时觉得好像太奇怪了,但是现在看来似乎并不奇怪,不知道为什么。也许我错过了一个很好的机会。"

"也许不是。"她说。

"哦?有个儿子可能是件好事,我可以欢欢喜喜地教他我的两个本事。"

"卖书和偷盗。"

"那样的话我就不会是最后的雅贼。他可以沿着我的路走下去。"

"如果金吉生了个女孩呢?"

"谁说女人就不能卖书?斯特兰德书店[②]的主人就和他的女儿一起经营。"

"那你的另一份工作呢?"

[①]纽约州北部一个小镇。
[②]纽约著名的二手书店。店里也卖折扣新书,已存在了九十年,被纽约市民和各地游客所珍爱。斯特兰德书店的名字来自于伦敦市中心的一条文豪会聚的大街——斯特兰德。创始人佛瑞德·巴斯在一九二七年开店时希望自己的书店像斯特兰德大街一样可以吸引全世界的作家。

"那又怎样？谁说一个女人不能入室偷盗？"

"所以她不会是最后的绅士雅贼，"她说，"她倒可以是第一个淑女雅贼。"

"为什么不呢？"我的酒杯已经不知不觉地空了，于是我又把它斟满，"金吉后来怎么样了？生了个男孩还是女孩？"

"她做了变性手术。"

"啊？"

"她和乔安娜分手之后，"她说，"她们卖掉了莱茵贝克的房子，然后两人都搬回了市里，只是到不同的公寓去了。金吉意识到她一直在压抑真正的自我，这就是为什么她总是超级女性化。她内心深处一直觉得自己其实是个男人。"

"所以她去动了手术。"

"激素治疗，咨询，最后是外科手术。"

"有效吗？"

"曾经是金吉的那个人，"她说，"现在是一个名叫吉姆的男人。事实上，你还和他遇上过。"

"我有吗？"

"在我的美容店里。有一次我们正在吃午饭的时候，他带了自己的矮鬃犬来做洗剪吹。"

"我记得那只狗，"我说，"哦，上帝啊——我也记得那个人。那真是金吉吗？"

"是吉姆。"

"他看上去就是一个普通的男人。"

"他本来就是一个普通人，伯尼。也许他的过去没那么普通，但他现在就是那样。"

"那他去约会吗?我的意思是,他和谁约会呢?我的意思是——"

"你的意思是他去找男孩还是女孩,那倒是一直没有改变。他被女性吸引。"

"哦,他必须是啊,"我说,"吉姆没什么可大惊小怪的。那你也碰巧知道乔安娜对这些有何感想吗?"

"她现在是约瑟夫了。"她说。

14

"你几乎没怎么喝酒,卡洛琳。"

"我在喝呢。"

"你是在品,"我说,"我应该买下那瓶高级苏格兰威士忌。但是你劝我不要买。"

"我们现在喝得就挺好的。为什么要浪费那个钱?"

"也就只贵几美元而已,看看我们还跳过了晚餐,这不是又节省了不少吗?买它还是很值得的。还记得托斯丹·范伯伦①的炫耀性消费理论吗?"

"什么,伯尼?"

"我希望你会记得的。"

"我甚至不记得他是谁。"

---

① 托斯丹·范伯伦(Thorstein Veblen,1857—1929),挪威裔美国经济学家,社会学家,以对资本主义诙谐的描述而闻名。

"嗯，"我说，"如果你能睁着眼睛看完《在斯万家那边》，范伯伦就是你的下一个阅读宝贝。如果你偶尔发现自己处在一条书牛横冲直撞的路上——"

"是犀牛。"

"谢谢。如果你发现自己在那种情况下，只要把托斯丹·范伯伦的书打开，开始阅读一段，你绝对可以让那头横冲直撞的狮子停下来。"

"一分钟前，你还说是一头犀牛，伯尼。"

"我不想为了说它而让我的舌头打结。但是你已经想出了一个办法，不是吗？把犀牛说成简化版的。只有两个简单的音节而不是四个。'把它们放在一起，你就有什么了？比菩提·鲍菩提·波'①，你记得那首歌吗？"

"不记得。"

"我也不记得了。范伯伦讨论了炫耀性消费，但你喝酒的方式更像是不显著消费。但不要以为你可以骗过我，卡洛琳。我明白你在做什么。"

"我在做什么呢，伯尼？"

"你在扮演司机的角色。我们没有车，也不会去任何地方，但你做的事和这差不多，对不对？"

"好吧，我可能是喝得轻松了点儿，"她承认道。"即使如此，离可以开车的状态也太远了，这样也好，毕竟我从来没有学会过开车。"

"你想学吗？我可以教你的。"

"今晚不行，伯尼。"

---

① 灰姑娘中教母所唱的咒语歌，将南瓜变成马车，老鼠变成骏马时所唱。写于一九四九年，出自三位作曲家的合作。一九五〇年被迪士尼在灰姑娘的电影里第一次使用。也被称为《魔法歌》。

"当然不是今晚，"我说，"今晚我是要喝酒的。"

卡洛琳说："我曾为同性婚姻斗争过。我写过信给国会议员，某位可怜的工作人员不得不阅读我的长篇大论还得予以回应。我还签了请愿书，去参加筹款活动。我还去游行了，伯尼。我讨厌游行，讨厌示威，讨厌所有这些废话，即使如此我还是为同性恋者的权利做了一切努力。"

"我知道。"

"当游行队伍①经过纽约的街道时，我跑去街上跳舞了。如果当时我戴着帽子，我会把它抛到空中去。"

"那你应该和我说一声，我帽子多得是。"

"然后当最高法院做出正确的决定时，我又从头到尾庆祝了一遍。"

"我记得的。"

她向前斜过身，放低声音："现在我要告诉你一些你永远也不许向另一个活着的人重复的话。"

"没问题，"我说，"不过就算你现在说了我可能也记不住。"

"我害怕的是，"她说，"你会记得是我告诉你的，但你会忘记你应该把这些话留在自己心里。不过，我还是打算告诉你。我不太确定同性恋婚姻是一个好主意。"

"你是威士忌喝多了吧，"我说，"我觉得你比我以为你喝的要多不

---

① 纽约一年一度的自豪游行，为支持同性恋、变性人及其法律权益特别举办。始创于一九六九年纽约市格林威治村一家同性恋酒吧的一次动乱。自一九七〇年开始正式游行，如今已在全世界各地都有效仿。标志为彩虹。

少啊。"

"哦,婚姻是我们应有的权利,有这个权利对我们而言当然是有利的。所有拥护它的论据都一如既往地真实正确。也许这对男同性恋者来说是不同的。但给女同性恋者结婚的权利是一件很危险的事情。"

"你为什么这么说?"

"伯尼,一个拉拉两次约会会带来什么?"

"搬家公司,"我说,"你很久以前就告诉过我这个笑话。"

"而且它仍旧好笑,"她说,"因为这是真的。我们有一种无法控制的筑巢本能。'哦,你喜欢我吗?嗯,我也喜欢你。看我们多么有共同点!我看到你有一只猫。我也有一只猫!这不是很好吗?连我们的猫都彼此相爱!噢,让我们再来第三只猫吧,我们可以一起琢磨出一个超级可爱的名字!'"

"你说得夸张了。"

"也没夸张多少。'哦,咱们一起住吧!两人可以分享一个衣柜,还可以互相穿上彼此的衣服。你不是特别喜欢 L.L. 宾尼这个牌子吗?'"

"那些格子衬衫。"我说。

"最糟糕的是它们永远也穿不坏。'嘿,我有一个想法!让我们找个捐赠者和家用导精管,一起生个小孩儿。我们可以一起当妈妈,当同性恋床笫死神宣布我们的性生活就此结束时,至少孩子会给我们一些事情来做。或者也许我们应该有两个孩子,所以当我们爱上别人的时候更容易做出分配。'"

"哦,别这样。这不公平。有很多女同性恋者能够彼此扶持共度一生。"

"我知道。"

"事实上，我并不确定异性恋的婚姻成功率就有多高。"

"那有什么好啊？伯尼，每一场婚姻都要以离婚或死亡做结束。你有没有想过这个？"

"不，"我说，"而且我希望现在不用再想了。吉姆和约瑟夫怎么做的？我的意思是，当他们还是金吉和乔安娜的时候？"

"他们做了什么？"

"他们结婚了。我们还去参加了他们的婚礼，目睹他们结婚。当他们决定分手时，他们都做了什么？"

"我已经跟你说过了，伯尼。他们卖了莱茵贝克的房子，分了钱财，然后两个人在城里各自找到了一个安身的地方。哦，其实只有金吉找到了。乔安娜最后去了皇后区的某个地方安身。而且我猜乔安娜收养了那些猫，是因为吉姆现在有一只狗。"

"一只矮鬃犬。"

"而那狗碰巧是可以去参展作秀的级别，不过吉姆还没有疯狂到真去走那些啰里啰唆的形式去参展。"

"搞了半天就是这些吗？"

"啊哈，这正是我想说的重点，伯尼。他们举办了一场美丽的教堂婚礼，并且作为妻子和妻子一起生活了一段日子，然而时间推移，她们最终选择分手。但她们不需要打电话给自己的律师。可是如果一个女同性恋的婚礼具有法律效应，那么当婚姻变得无法挽救时，你就必须离婚。"

"一个女同的离婚。"

"嗯，怎么说都行。一个女同的离婚在过去就是简单的大喊大叫，一哭二闹的过程，然后最终分手后，再决定由谁来享有租金稳定的公寓。"

"你们还是会那样做，不是吗？"

"但是要附加一点点东西。其实为什么婚姻律师同盟会是同性恋婚姻权利最大的支持者,这一点也不难理解,不是吗?"

"所有这些新添的业务,"我说,"所有那些为争取抚养权要打的官司。"

"也许让你一个人喝掉所有的酒是不太公平,"她说,然后自顾自地斟满了她的玻璃杯,"其实不光是分起手来更加复杂,同性婚姻权还给了同性恋们一些全新的理由来争吵,比如一个想要结婚,而另一个不想的时候。最后无非就是在婚礼前还是婚礼后分手的区别。"

"我从来没有想到过这样的事情。"而且我的思路源源不断,"你知道吗?下一次我们再看《快乐的离婚者》①,那将会是一部被歪到全新角度的戏。"

苏格兰威士忌的炭烤味一旦喝到了一定程度就失去了喝的紧迫感,酒精便进而变成了我们对话里的背景音乐。我们两人有无穷无尽的话题可以聊,我相信我记不起的话题和我记得起的一样生动有趣。

"我可以明白为什么人会想结婚,"我说,然后这个话题再次出现,"你遇到了一个人,你爱上这个人,你们想要一起生活,或许再要一两个孩子。或许在郊外还要来一栋房子——"

"啊。"

"但也许不是,因为如果我想养一个孩子,我宁愿让他长在曼哈顿,就在我自己现在住的这个区里,这样我们才可以步行到美国自然历史博物馆去看展览。"

---

①于一九三四年在美国首映的一部热闹的音乐剧。

"因为那很重要,是吗?"

"人们总是没完没了地说他们有了孩子后将如何离开这个城市,只有这样他们的孩子才会知道一头牛是长什么样子的。然后他们大张旗鼓地折腾起来,最后终于能搬到郊外了,可怜的小浑蛋却从来没有机会看到恐龙的样子。"

"我倒是从来没有这样看过这件事。伯尼,如果他们只是想要这种生活,为什么需要结婚呢?"

"他们不需要,"我同意道,"但同时我也可以明白他们为什么会想结婚。但那不是应该在你遇到某个人,并与其坠入爱河之后再做的决定吗?珍妮将这些步骤全部都反过来弄。"

"罗马尼亚的珍妮。"

"她脑海里一直有这个画面。一栋大房子,两个孩子,还有她手指上挂着的一枚戒指。这就是她想要的,所以她正在寻找画面里那个可以站在她身边的男人。"

"然后把那枚戒指套在手指上,烤箱里烤着两个圆面包。"

"对我来讲那似乎是本末倒置的,"我说,"也可能不是。如果你先去坠入爱河然后再做其他的,结果到头来他不是真命天子可怎么办?"

"你全心扑在去看牛的身上,他却一直等着恐龙。"

"随便你。这是需要仔细琢磨的事情。"

然后,一小会儿以后:

"伯尼,有趣的是那个罗马尼亚女孩完全错过了重点。"

"我真的不认为她是罗马尼亚人。"

"就算她是伊特鲁里亚人我也无所谓,伯尼。她看着你的衣服,书店,还有你的公寓,一切都摆明了是低租金低级货。"

"那也没错,我的公寓租金确实很低。这栋楼本来就是租金管制区①范围内的。我是白痴才会搬走。"

"对啊。"

"书店的店面租金也一样低得不能再低了,因为我根本不需要付任何租金。否则那会是天价的。"

"我知道,伯尼。"

"还有我的衣服——我的衣服有什么问题?我告诉你它是来自布克兄弟的西装。"

"只是它在二手商店里兜了一圈,伯尼。"

"可衣服标签上并没有这样说。你刚说她错过了重点。她错过了什么重点?"

"至少从钱财的角度来看,你实际上确实有很好的前景。她觉得你为一顿晚餐花两百美元是不负责任的。其实你只不过是需要庆祝一笔不错的意外之财。书店里没什么人又怎样呢?你刚刚在几小时内就赚了三万五。"

"当然,可我能有几次这样的机会呢?"

"不多也不少,至少你没饿过肚子。你的公寓里也许没有高价的家具,但你的墙上挂着一幅画,一幅至少值七位数的画。"

"如果我可以卖掉它的话。"

"它值这个价,无论你是否可以出售。事实是,如果你想要出手的话,你就可以卖掉它。也许不是全价,而且也无法公开售出,但一定

---

① 纽约州特别的法律。由于纽约地价昂贵,为了保护低收入居民利益,自一九二〇年开始纽约州实行各阶段租金管制法。租金管制区的地租稍微便宜,而且每年上涨幅度也受限制,使类似区域的房子尤受欢迎。区域内居民流动性小,以保留享有低租金的权利。

会有收藏家肯出钱买。他们买了也不是为了展示给任何人。就像史密斯先生和他的手稿一样。"

"所以我其实一直是她在寻找的那个人,只是她太笨了没有发觉。我就是那首曲子中的斯加斯湾的加拉哈德①,随时准备为她在威斯特彻斯特②买下一栋豪宅,然后到邻居的家里偷东西好让她过上享受的生活。如果出了什么问题,我就在离家半小时左右的星星监狱③里。"

又过了一会儿:

"卡洛琳,我不想结婚。"

"我很高兴你跟我说了,伯尼。我刚才一直在为向你求婚做心理准备呢,你这么说刚好免了我很多尴尬。"

"你是认真的吗,卡洛琳?"

"哦,天啊,当然不是。"

"我也这么觉得,但我想特别确认一下。你知道我想要什么吗?"

"我希望不是比萨饼。这个时候做比萨的店都关了。"

"我想要一切都保持不变。"我说。

"我也是。"

"我想每天和你一起吃午饭,打烊后在饶舌酒鬼喝几杯。我希望玛克辛永远做着那个没有前途的破工作,这样她就可以一直为我拿酒喝。"

"她不敢走。她知道她要是敢辞职我会杀了她的。"

---

①出自《红男绿女》里的典故。斯加斯湾是音乐剧里的富人区,而加拉哈德是亚瑟王圆桌骑士中传闻的骑士之一,被誉为最完美的骑士。
②上纽约州,居民多为中产阶级。
③纽约州看守最为严格的监狱,有执行电椅死刑的权力。名字来自土著美语的谐音,星克·星克。是监狱所在的土地的本名。

"我也不想在网上卖书。我想保留我的书店,即使大部分时间里就只有我和拉菲兹在。"

"还有带着电子书的女孩。"

"那个带着电子书的女孩,"我说,"帮我安排了多年来最为激情的一晚。"

"而当那晚结束时——"

"我感觉很糟糕,但它是值得的。而且我最终还是会释怀的,你知道为什么吗?"

"因为还会有别的女孩。"

"是会有的,"我说,"而我会继续想着未来的某段感情是会有结果的,但其实永远也不会有什么结果,而那才是我想要的。没有希望的浪漫一段接着一段,一路上有很多美好的时光。"

"我也希望那样,伯尼。"

"有件事你想知道吗?即使我和她一起在床上——"

"珍妮。"

"珍妮,玛丽,随你便。即使我们如梦如仙,魂儿都跑到了外太空,在银河宇宙里,我的一部分也知道我迟早会想要摆脱掉她。"

"你要一直记住那个想法,伯尼。那个想法有个名字叫理智。"

"你愿意这么说也行。别说结婚了,我知道即使在一起,我们的关系在夏天结束之前就会结束。"

"那不是很快?"

"也许偶尔还会来个一夜情,看在旧情分的面上。这酒瓶子已经是空的了吗?"

"恐怕是空了。"

"嗯,也没关系。我想咱们也喝得够多了。我说到哪里了?"

"和珍妮玩完了,只剩一年一度的相聚。"

"《明年的今天》真是一部很棒的舞台剧,然后成了一部很棒的电影。这样的事情多久才会发生一次?"

"不常发生,"她说,"而它本质上,伯尼,是一个美丽的幻想。"

"是最好的幻想。卡洛琳,我很高兴她离开了我的生活,真的。但如果可以和她再来一个晚上,我愿意付出很多。"

"有那么好,是吗?"

"是啊。真的是。"

她想了想,"我没有见过她,"她说,"但是听你说的让我觉得我对她已经了解了不少。我想她会找到她要找的那个人,然后结婚。"

"哦,我确定她会。"

"她会有两个孩子,甚至三个,但我猜她有了两个孩子以后便会停下来。然后他们就会离婚。"

"为什么呢?"

"谁在乎?因为这个或那个,她的婚姻最后以离婚收场的概率很高。"

"嗯,我不想让她不开心,卡洛琳。我和她度过了美好的时光,我希望她过得好。我不会坐在这里祈祷她的婚姻以失败告终。"

"但是,伯尼,她的婚姻有或没有你的祷告都很可能会以失败告终。然后她就会搬回曼哈顿,人们都是这么做的,然后你和她会再有一次机会。"

"上帝啊。"

"假如说这整个过程需要七年时间。她会有多大,三十五岁?她到那时一定已是一个瑜伽普拉提外加私人教练型的姑娘,所以她的身材会非常好。当然,经历了那么多她会更有经验,所以上帝才知道她还会想在床上做什么样的事情……"

15

我在卡洛琳的沙发上醒来，有一只猫趴在我胸前。不要问我是哪一只。我现在的状态下，唯一能做到的就只是确定该物种为猫。

在厨房桌子上，卡洛琳留了一张字条，向我保证她会在上班的路上顺便喂拉菲兹。"如果你愿意就留下来，冰箱里有吃的随便拿，如果你能吃得下的话。"

我吃不下，在淋浴、换件衣服之前我也无法面对世界。她的字条用一瓶阿司匹林压着，出门前，我从里面拿了两片吞下。

洗完澡刮完胡子，我居然感到精神焕发。想起我最近一直想找理发店打理头发，于是我又去了理发店，离开的时候我的胃口也回来了。我在餐厅停下来吃饭，还喝了第二杯咖啡。我到市中心的时候差不多已是中午，开店上班。

拉菲兹向我发出我饿死了，快来喂我的讯号，过来蹭我的脚踝，这是它在猫学校学到的招数。"想都别想，"我对它说，"卡洛琳今天早上已经喂过你了,你以为我们彼此不通话吗?"

说到这里,我打电话给卡洛琳告诉她,我不过去吃午饭了,感谢她让我睡她家的沙发,还想着帮我喂猫。"你真是个好朋友,"我说,"希望昨天晚上我的状况不是太糟糕。"

"你挺好的,"她说,"也没有呕吐,你甚至没有和我特别伤春悲秋一把鼻涕一把泪的。我本想把床让给你,自己睡沙发,我个子小睡在那里比较适合,但是你,呃——"

"那时已经直接呼呼大睡过去了。呃,我记得对吗?金吉和乔安娜?"

"是吉姆和约瑟夫。"

"他们还保持联系吗?"

"他们现在是好兄弟了,伯尼。他们一起去看球。"

"球赛啊。"

"你懂的。男人喜欢的东西。"

我开门的二十分钟里来了三位顾客,如果你把那两个进来打听怎么去斯特兰德书店的游客也算上,那么我有五位顾客。我打了几个销售电话,等他们清了账,拿起了我的书。可还没等我看完一页,就来了另一个人。

"嗯,你总算来啦,伯尼。"

"你这么想吗?"我低头看看我的手表,"下午好,雷。"

"我两个小时前就来这里了,"他说,"但你不在。你还在按盗贼的时间表生活吗?"

"卡洛琳和我昨晚喝多了,"我说,"一边喝苏格兰威士忌,一边谈论变性手术。"

"是吗？你俩谁变，你还是她？"

"我们无法决定啊。"

"嗯，这你是要好好谈一谈。我猜等你喝完回家时已经很晚了。"

"你真是老奸巨猾，雷。"

"怎么说？"

"问个问题还设陷阱套话。你明明知道我昨晚没有回家，一直待到今天早上，这意味着你昨晚可能很想找我。为什么？"

"唉，昨晚我坐在电视机面前的时候突然有了个想法。我本想打电话给你的，但当时已经很晚了，而且我以为这个想法可能很愚蠢。"

"那它有没有阻止你来找我？"

"我今天早上醒来后，"他说，"这个想法还在我脑子里盘旋，只是我不觉得它有那么愚蠢了。所以我来你的地方找你，也许能赶在你吃早餐之前。"

"这是什么时候的事？"

"也许八点或者八点十三分。我开车到你的住宅楼前，打电话给你，可只听到留言机留言。"

"那你有留言吗？"

"我为什么要那么做？我去找门卫按你公寓的门铃，但没找着你。所以我只好和自己吃了个早餐，然后去了附近的区域，做点儿这个，做点儿那个，然后十点之后我来到店里，因为我知道你已经开门了。"

"但我没有。"

"没有，你还真没有。这让我有更多的时间来决定我的想法是否愚蠢，我仍认为它可能确实不太聪明，但我似乎无法把这个念头甩出我的脑子。"

"也许分享一下你的想法会对你有帮助。"

"你是心理医生吗？我正要说呢。"

"对不起。"

"这与另一件我心里放不下的事情，也就是九十二街的奥斯特迈尔夫人的案件有关。"

"你不会是真的认为我——"

"上帝啊，不，伯尼。我知道那事儿和你无关。我就是觉得这案子里有什么地方显而易见，可我就是看不见想不出。"

"你想跟我说说吗，雷？"

他摇摇头，"我想做的是，"他说，"带你去看看。你是一个小偷，对吧？"

"曾经是。"

他看了我一眼："你就是一个贼，伯尼，我想的是，你可以用盗贼的眼睛帮我看看情况。"

"我以什么身份去呢？我是什么啊，纽约警察局的某位平民顾问？"

"如果你愿意，你可以这么想。你就是给我帮个忙。这么多年以来，我看你好几次从好几个帽子里变出了好几只兔子，有不少坏蛋是因为你的迅速推理和出神入化的游走才能被定上谋杀罪锒铛入狱。被杀的是位好心的老夫人，她被杀只是因为她没有听完某个胖姑娘唱歌就离开了剧场，这没有天理。"

"是啊，是不对。"

"那你怎么说？我的车停在外边的消防栓旁边，咱们走肯尼迪高速开上去，很快。两小时内就能回到这里。"

"这两个小时我没有，"我说，"我刚刚开门，雷。我有生意要照看。"

"是啊,我可以看到这里的顾客多到人满为患。咱们的对话在他们不停的打扰下真是很难进行下去。"

"六点钟怎么样?我不去和卡洛琳喝酒了,和你一起去上东区检查。这样行不行?"

"其实,"他说,"那可能会更好。到时候我就有验尸结果了。倒不是说知道死因就能让找到凶手更容易些。"

"但是,"我说,"也不是件坏事。"

门上的铃声响起,书店的门随之打开,一位顾客走了进来。

"你看?"我说,"我告诉你什么来着?我是有生意要照看的,雷,就像我说的那样。我会在六点时跟你走。"

于是他离去,我等门在他身后关好以后才走向我的访客。

"下午好,史密斯先生,"我说,"有什么是我可以帮助你的?"

16

奥斯特迈尔家的房子位于上东区的第九十二街,距离列克星敦大道只有几步远。房子是本地对红墙别墅定义的标范,红色并不仅局限于具有该颜色的外墙石板。这栋标准建筑门前入口处用的是石灰石,我不得不同意奥斯特迈尔的孩子们的看法:让一个独身女人来住这里是太大了点儿。

我随着雷走上通往楼层入口的石阶。黄色的犯罪现场胶带密封住了门,门前由纽约警察局的特用挂锁锁着。

雷撕下胶带,伸手到口袋里。"我知道这时候在你这种有才能的人面前不需要用这个,"他说,拿出一把钥匙,"但咱们得注意点邻里影响。"

房间里能闻到空气清新剂的味道,这大概都是为了好闻才喷的。空气里藏着空气清新剂想要掩盖的味道,你不会错把那认成是香奈儿五号。我们穿过一个装满镜子的门廊进入大客厅,我的眼睛看向那位女士倒下的地方。现在已经不再用粉笔画出受害者的所在地，连电视上都不这样演了，不过其实画不画都差不多。

"椅子上，"我说，"是她穿的外套吗？"

"一定是吧，脱下外套顺手搭在椅子上。"

"是件好大衣，"我说，"暗绿色，裘毛领。她走进门口，本该脱下外套把它挂起来，但她却决定倒地死在地毯上。"

"大家知道的也就这么多。也许当她快死的时候外套已经脱到了她的手臂上，最后落在她旁边的地板上。"

"然后入侵者把它给移到椅子上了吗？也许。"我仔细看了一眼她倒下的地方。"特伦特·巴林地毯，"我说，"美国制，三十年代新艺术时期的风格。"

"你瞧，只有你会注意到这种事，伯尼。但是为什么要研究地毯呢？你知道这玩意儿有多重吗？偷个热炉子可能还更容易些。"

但其实，较小的东方地毯更便于携带。而且质量好的话，也有不错的买家市场，更容易找到买主。但是我并不觉得有必要指出这一点。

"很容易看出你发现她的地方，"我说，"因为地毯的其余部分都覆盖着各种各样的东西。书本，零碎小物，相框什么的。中间刚好有一个装尸体的空间。她的头是朝那边吗？她是俯卧还是仰面？"

"我永远记不清楚哪个是哪个。她的脸朝上。"

是仰面，我想，但有多少人能把这词拼对？"是仰面，"我说，"面朝下的称为俯卧。"

"好像我这就能记得住了似的，伯尼。这又有什么关系呢？"

"没什么。"我在一个三英寸高的雕刻旁边跪下来看，刻的是一个有中国特色的男子，脸上挂着细细的胡子。他的身子靠在手拄的拐杖上。

"这是象牙的。"我说。

"你现在已经不能把这东西带回这个国家了。一切都是为了大象。"

"当这个小像刚被刻好的时候还是可以的。她还有一只大象脚做的伞架，雷。在那边的钢琴旁，你猜钢琴的琴键是不是象牙的？"

"反正黑色的不是。"

"象牙和乌木，"我说，"他们好多年前就停止用象牙做钢琴键了。我倒是想知道他们是否仍然使用乌木。你不用杀死大象就可以得到乌木，但我知道那也是一个濒临灭绝的树种。"

"现在所有好东西都是濒危的，"他说，"除了没有人想要的垃圾。"

"纸牌，"我说，"到处都是。有没有人把它们数一数？不难相信有五十二张在这里。"

"假如她用一整套纸牌玩的话。"

"一个空的礼物盒，"我说，继续查看房间里的摆设，"盒盖子在那边。就是不知道盒子里有什么。"

"随你选，伯尼。里面可能是这地上的任何一个垃圾。也或者这只是一个她留着的空盒子。"

"看到那些包装纸没？我打赌它原本是在盒子里的。还有一尺长的蓝丝带。盒子是浅蓝色的，所以用深蓝色的丝带来配是一个不错的选择。"

"伯尼，那到底又能有什么区别呢？"

"谁知道？你把我带到这里查看现场，不是吗？所以我正在查看啊。现在我正在观察一个打火机，就是那种罗森牌纯银的打火机。罗森当年肯定卖出了上百万件。"

"我的父母就有一个。"

"我父母有两个。我记得我家原本有一个,然后有人又送了一个,我母亲不得不假装这是她一直想要的礼物。你一定要为你的客人准备好打火机,房间里还要布满烟灰缸,所有的桌子上都要有香烟,直到香烟慢慢受潮、发霉,而你的客人抽着自己带的烟。"

"我们家的烟可不会被放坏,伯尼。你可以猜猜是谁把它们都抽了。"

"你也可以猜猜是谁抽了我们家的。我记得当初你戒烟的时候,雷。你过得很是艰难。"

"是最难的时候。你抽烟吗?我一直试着想象你手里拿根烟的样子。"

"我被送进去的时候就戒了。"

"你不是说大学的时候。"

"不,不过也有人会把大学说成那样。"

"我想你也可以在里面接受教育。你为什么选择那个时候戒掉?你不认为在那时烟可以帮助你消磨时间吗。你买不起?"

我摇摇头:"它们太贵重了,舍不得抽。在我被关的地方,香烟就是货币。抽烟就好像在烧钞票。"

"现在也是一样的,你都不需要被关进哪里去。你看到如今一包烟已经卖到多少钱了吗?"

我们谈到了香烟的价格和一加仑天然气的成本,我感觉自己变得有点像我父亲,回忆起当年一美元九十五分可以让你在克雷普饭店的餐厅吃一顿四道菜的牛排晚餐。

"这些东西,"我说,朝地上挥挥手,"是怎么弄的?"

"那贼把东西从架子上拉下来。又把抽屉拉出来,搞了个天翻地覆。看见那边那个抽屉了吗?它是从最那边的桌子上抽出来的。"

"可是都没有什么损坏。"

"咦?"

"看看这些陶瓷装饰品。每个都完好无损。这只小狗过去曾被打破过一次,你可以看到打坏的地方是怎么被修好的,那个晚上没有任何东西被损坏。而这些都是不堪一击的易碎物品。它们之中至少有一个落地而碎才比较正常。"

"这是一块非常柔软的地毯,伯尼。"

"或者它们也有可能被脚踩碎。奥斯特迈尔太太是怎么跨过这么多东西,而且没有踩到任何一件,直到地毯的中央才死掉的?"

"要我猜?大多数东西是在他杀了她之后才被抛出来的。"

"前提是如果是他把人杀了的话。"

"确实很难猜测到底发生了什么事情,"他承认道,"她心脏有问题,验尸结果上说她的心脏停止了跳动。"

"但是这一点我们还是知道的。"

"是的,因为她死了呀。他们说,是我从来没听说过的说辞,说是因为空心。"

"那是什么意思?"

"我也不太清楚,"他说,"你知道心脏是一个泵,它会将血液压出你的动脉,然后再流转回来?"

"通过你的静脉。"

"对。就是。但如果静脉本身拉不动,那血液就不能按照原本的方式回到心脏。所以你就会有一颗空心。"

"什么情况下会导致空心的发生呢?"

"比如静脉扩张太多了,"他说,"还是扩张得不够,我忘了是哪个。它们这样做的原因,还是不这样做的原因——"

"行了,无所谓。"

"这在不同情况下是不一样的,但就现在来讲,法医部最多能推断是因为休克。"

"发现入侵者的时候受到的惊吓吗?"

"不是,是一种特殊的休克,我就是记不起来那个词。就是为什么他们在飞机上不给你花生的原因。"

"因为那种随意的善行会导致你空心?"

"不是,因为有的孩子过敏,那不是一件挺严重的大事吗?真不知道没有花生酱的人是怎么度过童年的。"

"花生过敏。"我说。

"或其他类型的过敏,这是有个特殊名字的,叫——"

"过敏性休克。"

"感谢上帝。正是我记不起来的那个词。就是如果你是对蜜蜂,或者对其他什么过敏的体质。"

"所以也许还真有只蜜蜂飞过了她的鼻子。"

"你说什么?"

"没什么。"我说。

"如果是由某种过敏反应引起的过敏性休克,"我说,"也许她从来都没有看到入侵者。"

"怎么说?"

"就是说他进来了,找到了他想要的,然后就离开了。然后她回到家……不对,那样的话没有任何道理。"

"因为如果是那样的话他为什么会把这个地方弄得像被炸弹空袭了一样乱七八糟的呢?那样做的意义又是什么?"

"所以让我们假设她回到家,她的房子就像几个小时她离开前的那样。她走了进去，脱下外套，把它放下——"

"然后一只蜜蜂飞过她的鼻子。"

"或者某位空姐给了她一袋花生。咱们没法知道到底发生了什么，但确实是发生了什么事情，以至于让她倒地身亡。"

"独自一人死在自己的客厅里。"

"然后，过了一会儿，有人打开门，走进她的房间。时间上是怎么样的，雷？在你们收到电话之前，她死了多久？"

"可能已经很久了，伯尼。我们只知道她什么时候回的家。"

"就是她离开剧院后，那个司机菲利普什么时候将她放下车的。"

"哦，对了，那个司机。歌剧是九点十五分进行中场休息的，菲利普的行车记录报告上说他在九点二十八分将她接上车，十分钟后她下车到家。开车时一路直穿中央公园，那个时候路上没有什么堵车的问题可言。"

"所以，如果她走进来，还有时间脱掉外套，但却没有足够的时间把它挂进衣柜里——"

"也就是说十点一刻之后的任何时间都可能是她的死亡时间。她的尸体是清晨两点刚过被她女儿发现的。"

"什么女儿？"

"老太太的女儿。不然还能是谁？这位女士有四个孩子，一样两个。多多少少吧。"

"啊？"

"好吧，就是其中一个儿子是同性恋，但是走进来发现母亲的是女儿之一。小女儿，叫迪尔德丽。"

"她没有住在这里，是吗？"

"没有，我没有告诉你只有这位老太太一人住在这里吗？他们都想让她搬出去。不过她的那个女儿住得也不太远。就在约克大街那边其中一栋高楼里。她在十二点之前试图打电话给她的母亲。"

"那么晚了？"

"嗯，她知道母亲会在歌剧院听戏，要到午夜才能结束。"

"难怪奥斯特迈尔夫人提前离开了。"

"是啊，要听鬼哭狼嚎那是久了点儿。所以如果歌剧在午夜结束，十二点半打电话是一个不错的时机。她那时应该在家，而且应该还没睡。"

"但没有人来接电话。"

"对，她等了十五分钟又打了个电话，还是没有人接，所以她试着给母亲的朋友打，就是和老太太一起去剧院的那个朋友。"

"然后她发现母亲应该在几小时前就已经到家了。"

"'哦，她早就回去了，我打赌她到家就直接睡觉了，根本就没有听到电话响。'母亲的朋友这样说。但这位女儿知道自己母亲的睡眠极轻。"

"所以她就自己过来看看。"

"她说她太担心了睡不着觉。于是她又打电话，并且让电话响了很长时间，随后她就赶来这里按了半天门铃，最后她干脆打开了大门自己走了进去。"

"她有钥匙。"

"他们都有钥匙。她用的是自己的那副，我不认为她搞砸了犯罪现场。当然她触动了尸体，但她马上就知道母亲已经死了。"

"因为身体已经冷了。"

"好吧，反正是凉了。她用手机给九一一打电话，留在这里等着警察过来。"

"我猜当你出现的时候，她还在这里。"

"啊哈。无论如何，这就是你要的时间顺序。在老太太到家和她女儿出现之间有四个小时。在这段时间内来几个盗贼也不是不可能的。"

我想了想："所以他进来了，而她已经死了。正好倒在地毯上，那她一定是他进屋看到的第一件事。为什么他不转身离开呢？"

"一定是真有什么他想要的东西，伯尼。"

"我猜也是。"

"他急于找到那个东西然后再出来，这就解释了为什么这里乱成这样。他没有时间把活儿干得整洁漂亮。"

"所以他就多耗了几分钟让这个地方看起来像一个空袭现场吗？"

"你不会想空手离开这里，不是吗？但是你也不想浪费时间到处去找。所以干脆就把抽屉都倒出来，把东西从桌子架子上都扫下来……"

"但什么都没有打破。然后呢？找到你来这里想要找的东西后就离开了吗？"

"或者根本没有找到，"他说，"但他还是离开了，因为被发现比没找到想找的东西更糟糕。"

"那你说他想找的是什么东西呢？"

"上帝啊，伯尼。我怎么会知道？"

"你跟那个女儿谈过话。"

"小女儿，迪尔德丽。那天晚上我找她谈了，昨天又找了其他几个孩子说话。一个儿子是餐饮生意的合伙人，他和他的伙伴住在切尔西。不是餐饮生意合作的伙伴，是生活里同居的伙伴。"

"好的。"

"他叫博伊德。我是说那个儿子。不是他的任何一个伙伴。另一个儿子叫杰克逊，是一名税务律师，已婚，住在布鲁克林。我记得是公园坡地区。他在市里的金融中心工作。还有另外一个女儿的名字是什么来着？"

"我不知道。"

"我也没问你，伯尼。我正绞尽脑汁地回忆呢。另一个女儿已经结婚，但她保留了她的姓氏。她和丈夫住在阿尔法百特城的一个街区，几年前你连走都不会走到那里去，现在那地方你根本住不起。她叫梅雷迪思。"

"看来绞尽脑汁还是有点儿用处的，"我说，"你一天都在到处跑。"

他摇摇头："我把他们都叫到这里来看看，也就只是看一眼，因为这里仍算是未结案的犯罪现场。顺便说一下，把你带到这里让我违反了至少十几项规定。"

"那是因为我千方百计求你带我来，而你实在无法拒绝。"

"嘿，这确实是我的主意，你在帮我的忙。但我仍然违规了。"

"我不会把你供出去的，雷。"

"的确，我想我的秘密在你那儿是安全的。你问的那个问题，没有人知道小偷到底是来偷什么的。楼上卧室的墙上有个保险箱，她曾经把一些值钱的珠宝放在那里。虽然一般情况下是放在银行的保险箱里，但丈夫去世后，老太太觉得来来回回去银行实在麻烦，所以就把珠宝留在了那里。"

"留在楼上保险箱里？"

"留在银行里。虽然谁也没有提到，但我觉得保险箱主要是丈夫用的。他在世时是搞房地产的，和盖房子的家伙们一起工作，所以有时候他手头必须得有足够的现金。"

"而保险箱就是他存放现金的地方。"

"嗯。他过世时，他的妻子和孩子们早在税务局开始对其感兴趣之前就把现金拿走了。而保险箱还在那里，而且上着锁。"

"没有人知道密码组合？"

"其中一个人说在家里什么地方写了。我看了看，盗贼也许不知道这个保险箱，或者他进来后还没有来得及上楼就意外看到早归的老太太。保险箱外面挂了一幅画来遮掩它的位置。"

"因为谁会想到要去西班牙贵族肖像的背后寻找保险箱呢？"

"那画的是一个女人，"他说，"不要问我是不是西班牙的。就像这里这幅。不是那边那幅，伯尼。那边那幅画的是田野里的几头奶牛。"

黑白花的奶牛，还有一名赤脚挤奶娘在看着它们。"是荷斯坦。"我说。

"我猜他很有名，"他说，"如果连你也认识这位画家。"

"其实，"我说，"看起来更像是康斯太勃尔的画。荷斯坦是牛的品种名。"

"你说什么就是什么吧。其余的都是人的肖像，从他们的打扮来看，他们都死了好一段时间了。还有那边的那个人好像被塞得鼓鼓的。"

真的可能是康斯太勃尔的画吗？离得更近一些再看，我发现自己对艺术家倒是猜对了，但这不是一幅画。而是一幅高品质的印刷品，那种在博物馆礼品店里可以找到的高级复制品，用有品位的框架装上，随时可以在墙上挂起来。

我对着它研究了一会儿又看了看周围的墙壁，然后走过去仔细观察了那幅肖像画。像房间里的其他肖像画一样，他们是被室内装潢师称为先祖的人——尽管他们很少与拥有他们的主人有什么关联。

"是被塞得鼓鼓的。"我同意道。

"也可能是做了防腐处理面色油亮。他与楼上的那位男爵夫人看上去很搭配。"

"那为什么她不在那里陪他作伴呢？"

"总要有幅画去挡住保险箱。我想这个盗贼可以把画拿下来再放回去，但是他费那个劲干吗？那个把楼下搞得乱七八糟像龙卷风过境的人？"

"那阵龙卷风，"我说，"是否往奥斯特迈尔夫人的身上吹了什么七零八碎的东西？"当雷看起来很困惑时，我又改了种问法，"当那位女士被发现倒在那里时，尸体上有没有客厅里散落的那些物件？"

"你会想要让现场保持得完好无损，"我说，"但是在将尸体从现场移走之前，你必须先清理她身上落下的杂物。"

"就是说在移动她的时候她身上是否有什么东西被挪开了？"他皱着眉头，使劲回忆起来，"我记得没有，伯尼。如果有的话，也会在犯罪现场的照片上。身上有东西会有什么不同意义吗？"

"这个年代还有什么事是有意义的呢？但是，如果他胡乱地把东西抛在地上，可是却什么都没有打碎，也没有什么落在特伦特·巴林地毯中间的死者身上——"

"或者其中一只陶瓷小狗装饰掉到她身上又弹了下去。伯尼，应该就是那样。"

"你这么想吗？"

"我们可以试着做个实验，"他说，"你在地毯上躺平，我往你身上扔东西。"

"我们那样做不会破坏犯罪现场吗？"

"而且浪费时间，但是可能值得一试。尤其是可以往你身上扔那个银打火机。而你也可以在那个叫什么来着的地毯上躺一躺。"

"是特伦特·巴林地毯。雷，像这样的房子，一定是装了防盗报警器的。"

"在进门的墙上有密码锁板。"

我看过去,不知道我怎么会错过它。我的眼睛一定是直奔犯罪现场的核心地带了。"是四位密码,对吧?四个一?"

"一二三四。"

"那将是我的第二选择。"

"所以,奥太太进门关掉了报警器,也或许她从来就没有把它打开过。据她的孩子们讲,她并不总费那个力气去设报警器。"

"当她女儿走进屋里——"

"报警器没有被重置。"

"但也有可能报警器一开始就没有被打开,所以这不能说明什么,不是吗?老太太走进来,把外套放在椅子上。而他已经在这里了,她闻到他嘴里的花生味,以致心脏变空倒地不起。"

"这有可能发生吗?"

"我不知道。但是如果她走进来正好撞上他,为什么还要停下来脱外套呢?雷,很难从现有的物证来解释这一切。"

"就是说啊。"

"她走进屋里,而他已经来过并且已经走了。这个地方被搞得乱七八糟的,她说:'这里简直是乱七八糟',就像贝特·戴维斯①一样,她把外套抖下来,把地毯的中央清理干净,然后倒在那里死掉。不,这实在离谱。我只是在浪费我们的时间,雷。"

"不,你做得很好,伯尼。不要现在停下来。"

"她回家了,一个人,没有人在这里。如果她曾经把报警器给设好,一二三四,她按了四位密码,解除了报警功能。走到这里以后,

---

① 贝特·戴维斯(Bette Davis, 1908—1989)美国女演员,以愿意出演任何风格而知名,尤其是负面形象的人物,生前与导演、同事、工作室经常陷入纠纷。

房间仍是她离开时的样子。她脱下外套,把它放在椅子上。你会怎样放下一件外套呢?你不会铺得再平整一些吗?"我单膝跪下来检查外套,"是不寻常的纽扣。我觉得它们是瓷制的,还是某种特殊陶瓷。"

"你说是就是吧。"

"很华丽。我会说是新艺术运动风格的。但是其中一颗不见了?以前一共有十颗纽扣,五个在左边,五个在右边,现在有一颗失踪了。而它应该曾经在这里。"

"也许是在剧院时掉的。或者是掉在了出租车里。"

"那应该会有在那儿断掉的线头。但是没有线头,所以我猜这根本不能算是一个线索。扣子也可能是已经掉了好几个月了。她无法买新的来补上,因为她如今要到哪里才能找到一个相似的纽扣来匹配?"

"你知道,伯尼,当你和我到了她这个年纪——"

"我们自己可能也会在这里或那里缺一些纽扣。我原本以为它可能是在一场搏斗中被扯了下来,但那应该有迹可循,比如线头,但是没有,所以忘了我刚才说的事情吧。她将外套放下,然后对某个东西产生了过敏反应。会是什么呢?"

"也许她在剧场休息时吃了一些东西。"

"吃什么呢,爆米花吗?那是听歌剧,不是看电影。"

"我打赌你可以在中场休息时买些小吃。也许她本来想买普通的巧克力豆却买成了带花生的。"

"也许吧。如果我们能多了解一些关于过敏性休克的事,将会有所帮助。不管她是对什么东西过敏,症状来得极快。接下来她便倒在了地毯上。"

"再接下来她就死了。"

"发作起来有那么快吗?也许吧。她躺在那里,已经死了,一小时过去了。如果她是十点钟死的，歌剧应该在午夜结束——"

"那么窃贼可能会出现在十一点左右，因为那样他会有足够的时间把这个地方翻个底朝天。"

"或者正相反，他走进来以后看到尸体。现在他变得很匆忙，于是他把这个地方弄乱，找到了，或者没有，不管他要找的到底是什么。"

我在外面弯下腰，终于把锁好好地看了一遍。然后我直起身来告诉雷，我们的入侵者是有钥匙的。

"没有强行进入的痕迹，"我说，"这是一把不错的锁，很难撬开，即使撬了也很可能会在钥匙孔周围留下划痕。你会站在大庭广众之下撬锁吗？我敢打赌他有这里的钥匙。"

"也许他把自己变得特别小，伯尼。"

"然后从钥匙孔钻过去？漫画中的塑料人不是这样做的吗？"

"听起来好像是他会干的事儿，好吧。"

"他钻过去的时候会看到什么东西呢？"

我又走进屋待了一会儿，空气清新剂的味道重新袭满我的嗅觉，连同它掩盖下的味道。这到底是什么味道？不是你所期望的死亡和尸体腐败的气味，而是其他的某种味道。

"伯尼？"

"哦，对，"我说着转回身来，"他会想：'讨厌，我不能拿走地毯，因为有人进去过，还留了一个死去的老太太在上面。我会把东西都翻出来，直到找到别的可以偷的东西去偷。'"

"你是真在意这个地毯，是吗？它真值钱到值得去偷的地步吗？"

"你自己来评评。多伊尔拍卖行曾卖过一条特伦特·巴林地毯，就很像现在这条，卖价叫到一万两千美元。而且那条地毯比这个还小些，是九乘十二的，这个至少有十二乘十五那么大。"

"你说什么就是什么。"

"而且那是在四五年前，所以如果你想要一个大概的估价——"

"两万？"

"八九不离十。当然，你还需要两个工人和一辆大车来把它抬出去，还要有人把它从你的手上取走。所以我想我不会费那个力气。不，如果我要拿，会拿那个中国绅士的雕刻小像。"

"那块象牙的玩意儿？那很值钱吗？"

"也许吧，"我说，"那件东西雕刻的手艺很好，但是我对东方艺术饰品没有什么研究，不过大部分的价格都还算合理，坦白讲如果它能卖过几百美元都会让我感到惊讶。所以不，我会拿，只是因为我喜欢它。"

"你会把它拿走然后自己留着。"

"我会把它放在架子上摆着，不过我不得不提醒自己别把它弄脏。还要时常给它掸去灰尘。但是它很好看，所以我不会在乎，摆着也只是为了看着好看。"

雷手里正把犯罪现场的胶带贴回去，听到这里他停了下来："你想要吗，伯尼？你现在可以溜进去把它放在口袋里，我敢打赌，我不会注意到这件事情。"

"哦——"

"你刚刚给我帮了忙，"他说，"但这是非官方的，加上是我先打破了规则让你来这儿。所以局里也不能给你支付什么顾问费，那你为什么不拿走那个中国雕刻当作纪念品呢？"

"你想得很周到啊，雷。"

"嘿,这又不是花我的钱。"
"即使如此,我很感激。不过我想还是算了吧。"
他重新贴好了胶带,将挂锁滑落到位:"你确定吗,伯尼?"
我说是的,他便把挂锁扣上了。

17

十分钟后,我们在我公寓大楼的街对面停下车。"你不要那个象牙小玩意儿,"雷说,"现在你又不让我买你的晚餐。这样我总要欠着你的。"

"我实在不饿,雷。而且经过昨天和卡洛琳的一晚,我今晚真的想早点儿休息。"

"那么我想我必须得欠你一个人情了,伯尼。你帮了我一个忙,即使你没有得出任何结论。但是如果你仔细考虑之后——"

"我会告诉你的。"

上楼到我的公寓里,我花了十分钟的时间打电话给卡洛琳告诉她情况,又花了十分钟冲了个澡,洗去做盗贼的感觉,我确实觉得自己破门入室了一回,即使是在雷的陪同下去的。

我换上了卡其布裤子、套上一件西装外套，这件是从布鲁明戴尔商场买的。（如果珍妮知道我有不止一件西装外套，我们之间会有什么不一样的结局吗？估计不会。）我又打了一个电话，这次我不得不检查电话号码，因为我以前从来没打过这个电话。电话直接转到了语音留言，而且留言设定在标准模式，告诉我请留下我的号码。

但我没有留，我把我的工具从它们的藏身之地掏出来，在我的臀部口袋里又放了一双塑胶薄手套，然后出门在大厅里等电梯。

当电梯来了的时候我没有进去，而是等门关上了以后，走去敲了赫施太太的门。没有人来应门。我可以听到她屋里的电视声，有时她会在电视前打瞌睡，而我并不想打搅到她。当我即将转身时，听到了里面细细碎碎的脚步声。

"谁啊？"

"是伯尼。"我说。

据我所知，赫施太太是楼里唯一知道我有第二职业的人。但她对此并没有什么异议，这是我修来的好福气。对她而言，我家住在城西边，专门去城东边偷一偷那些富人们，那又算什么坏事儿呢？此外，我对她很有用处，特别是当她把自己反锁在门外的时候。

"那么，"她又一次说道，然后把门打开了，"我想你不是来借杯鸡油的吧。"

"不是，但我想从你的窗户向外看看。"

"我的窗户外有什么好看的？"

"得等我看了才会知道。"

"啊。"她说着站到了一边。我自己的公寓在楼的后面，赫施太太的客厅在我公寓的对面，从她的窗户可以看到西区大道。只过了一会儿，我也可以看到了，从她客厅的窗户向外看去。

"那你看到什么了吗?"

"没看到什么。"我说。

"这是好事吗?"

"这正是我所希望的,"我说,"也是我所期望的,因为他也没什么理由留下不走。我想我只是有些过于小心了。"

"我一直这么说,"她说,"你永远也无法确信,一个人再怎么谨慎也不算过分。你赶时间吗,伯纳德?有时间吃一块糕点吗?"

"我是希望可以,"我说,"不过我真的需要出去一下。咱们下回再吃行吗?"

"谁知道呢?也许我会自己吃掉它。"

这一次电梯来的时候我进去了,但赫施太太的话一直萦绕在我的脑海里。我沿着大堂走到地下室去,然后从地下室后面服务人员出口处走出来,从那里下了台阶到后院儿,然后迂回走出大楼到外面的大街上。

一个人再怎么谨慎也不算过分。

18

他们最近在地铁改建上做了大量的工作,试图把一个十九世纪晚期的系统更新进二十一世纪来。期待已久的二号线地铁正在施工进行中,而且估计未来三十年内它仍旧是个进行时,而其他已经开通运行的线路需要的修补则比一位衰老的选美皇后的脸还多。

但是施工过程设想得很是周到,他们一般只在晚上十点钟后才开工,一些本地的地铁线会被停掉,而一些快车则会在慢车的轨道上运行,有些本来想省钱的人干脆改乘出租车,而其他要去帕克斯特站的人都聚在米德伍德站等车。

我到达百老汇街和第七十二街的交会口时刚刚过九点,所以我没什么可担心的。至少在我坐一号线到谢里丹广场下车之前是这样的。

现在我离卡洛琳住的阿伯巷公寓只有几分钟,但那不是我要去的地方,而且我要去的也不是任何一个她常去买醉的酒馆。实际上我在往特斯提奴德的方向走,就是珍妮和我吃得很好、价格很高的那家餐厅。我早餐以后没吃过东西,如果我是一只猫,我会对着主人的脚踝使劲磨蹭,可我也不是去吃饭的。

我要找的房子在餐厅的马路对面,距离第五大道约有二十码或三十码远。那也是一栋红墙别墅,最初是为了容纳一个家庭而建。但是现在这一栋楼里可以装得下四户人家,一层一户,半临街的地下室被一家卖东方古董的经销商占据。商店已经打烊了,只是我站在那里花了一点时间想了想,不知这位店主对九十二街的那尊象牙做的中国绅士会怎么出价。

我走过了红墙别墅,途经特斯提奴德餐厅来到大学广场,在那里我选了熟食店里的比萨饼。我点了一小块蒜蓉比萨,它散出来的香气(这是我选择它的原因之一)也带出我选择它的另一个原因,这个让人一眼就能认出的装比萨饼的硬纸壳盒子。

有什么能比一个带比萨回家的男人更不会引起怀疑的呢?

红墙别墅的入口比街面高一些。你也不需要前门的钥匙,我左边的墙上安装了四个邮箱,每个邮箱上都有一个名牌和一个小按钮,以便楼里的主人在对讲机上确认你是不是坏人,然后放你进去。

第三个邮箱是瓦特诺家的,而在离开公寓之前,我那通电话正是打给梅尔维尔·瓦特诺的。如果史密斯先生可以被信任的话,瓦特诺夫妇——梅尔维尔和辛西娅现在正乘着名为海生号的游艇在北欧海域的某处追逐着自然奇观午夜太阳。他们还要在外旅行一个星期,他们黄色的拉布拉多被寄养在某个狗舍,费用几乎和他们在船上住的房间一样高,而他们位于三楼的公寓正空着。

但是这并没有阻止我事先打电话给他们来确认,也没有阻止我现在按他们公寓的门铃,然后稍等一会儿,再按下去。一个朋友,或许在他们出去旅行时答应帮他们看家,他或许会让所有来电都自动转到语音信箱,但他是否会觉得不好意思,连门铃都一起忽略掉?

仍旧没有人答复。大门的锁很容易搞定,即使我有这里的钥匙,我也不能把门打开得更快。我爬上两层楼梯,一只手抓住旁边的蛇形栏杆,另一只手里拿着比萨饼盒。我进入一楼的弄堂后就没有看到或听到过任何动静,这个时候刚好也没有人出现,所以我可能在自我伪装上白白浪费了几分钟,还有几美元,但是我喜欢一板一眼地做事情。

公寓的门有三重锁,都是不错的锁。有一个狐狸牌警察锁,是不能强行打开的那种,因为它连着一根坚固的钢管儿支撑在门上。你必须将锁转动起来才能移动那根钢管儿,但是如果你有合适的工具和天赋,即使没有钥匙也可以打开。

其他的两把锁分别是拉布森和波拉尔德。拉布森锁通常带有非常不错的机制,它的良好口碑不是白来的,我可以随时打开他们做过的任何一款模型。因为我花了很多时间研究和学习他们做的锁,我对他们的整套锁型都了如指掌,可以说熟得堪比他们的创始人老李·拉布森本人。

波拉尔德锁的广告宣传语是他们的锁可以防所有盗贼。也许大多数情况下确实如此。我在这些锁上花了一些时间,就站在瓦特诺三楼的家门口。其实我最喜欢在顶楼上作案,没有上楼或下楼的人可以看到我,但你必须能玩得转发到你手里的牌。我听到楼下一层的门被打开了,住在那里的女人和一名正要回家的男人进行了简短的对话,男人家住在新泽西州的上蒙特克莱尔。我在楼梯上屏住呼吸,听到他走下楼梯,而她走回自己的房间,关上门,砰的一声,关门的声音显示出她多用了些力气。

然后我打开了最后一把锁,拿起我的比萨盒,走了进去。

根据向我提供的信息,瓦特诺夫妇已经走了一个多星期。看来的确如此,房间里最重的气味便是来自我的比萨饼,散发出油滋滋的蒜香气,但我还是可以闻出公寓里原有空气的味道,一种因气流长期静止不动、没有开窗通风而产生的味道。

我在进门后关上了门,当然还拉上了一把锁。我用手电筒闪了两下,以找到通往台灯的路,然后打开台灯。无论透过客厅窗帘的光是什么样,都最好是温和而稳定的。因为拿着手电筒让里面的光跳跃闪烁更容易吸引路人的视线。

灯开后让我双手自由。它们现在被套上了手套,所以我不必对拿起任何物品有所顾虑,如果我觉得有这个需要的话。不过我首先坐进阅读椅,以便分清我所在的位置和四周的样子。

我坐下的椅子是一个超大的软皮躺椅,我把它叫作阅读椅,因为这显然是它在此的核心理由。在另一个环境中,它也可能起到另一种作用;比如把它放在平面电视机前,周围摆满大学校队的各种旗子和套头足球衫,那么坐在它上面能做的唯一阅读,就是看体育新闻台在电视框底边打出来的简讯。

但是即使梅尔维尔·瓦特诺真的拥有一台电视机,他也一定是把它丢在了后面的卧室里。客厅壁炉两侧的所有墙壁都放满了书籍。从地板到天花板,装得满满当当,多出来的书则散落在房间里的其他地方——在书挡之间的小桌上,拿来当咖啡桌的旋转书柜里,如果没有合适的表面可以堆放书籍,便在桌旁边的地板上摞起来,或者在椅子旁边，又或者只是随便堆在房间的一个角落里。

这家的主人会不会是我的顾客呢？他几乎必须得是，因为一个对书有如此热情的人怎么可能住在离我的书店不过五分钟路程的地方而过门不入呢？

梅尔维尔·瓦特诺。直到几小时前我才从史密斯先生那里听到这个名字，而我对它毫无印象。这名字实在有它的独特之处（不像有的名字那样平凡无奇，比如史密斯），如果我听到过就必然会在我的脑子里占有一席之位。所以如果他是我的顾客，他必然从来没有介绍过自己，也从没有用支票付过款。

然而，我大部分的业务都是现金交易，而我的大多数客户都没有机会告诉我他们的名字。一张有主人照片的相框就可能已经解决了这个疑问，但是他的书占据了所有可以放相框的空间。

我要告诉你，离开这把椅子实在是很困难。我拉起它下边的操纵杠杆使其向下倾倒，脚下的脚凳立即向上弹起，连带着抬起我在上边的双脚。我的双眼不用想就自动闭起，我感到这一天经历的紧绷感瞬间都从我身上消失了，而且——

不行，如果每套盗贼工具箱里都有一本用户手册的话，那么那里面写给你的第一个诀窍就是要在整个盗窃作案过程中保持头脑清醒。一个贼永远也不该在作案过程中打盹。

于是我站了起来，开始干活儿。

如果你想隐藏一本书，或者即使你不想，再也没有比书架更合适的地方了。如果你认为藏在干草堆中的针头可能很难找，那么就再想象一下在干草堆里寻找一根干草的感觉。而且你要记得，并不是任何一根干草都行。你要找的是一根特别的干草，与其他干草不同，即使它们看起来长得都差不多……

其实找书本可以不太困难，我不得不说，前提是如果这书本身不是置身在书丛里，而我本人也不是一名书商的话。可是现在我身陷书林，试图以最快的速度翻阅上百卷的图书，那种坐立难安的感觉就像一个患有多动症的十岁孩子早上忘了来一针利塔林镇静剂。就算那本书并非我要找的，我的良心也无法让我就此将它放下。我必须把每本书名和每个作者都读一下过一过脑子，然后回忆一下我对此书及其作者的了解，另外我还要想一想自己是否曾经买卖过这本书，或者该作者的其他作品，以及它是否曾光临过我的书架，但或许其他某卷——

天啊。

我最渴望的，当然是被邀请来认真评估这个图书馆。这意味着我可以拿起并检视抓住我视线的每一本书。拿这本《人鼠之间》为例，这是此书的第一版，而且扫一眼它的版权页就可以明了这本同时也是该书的首印版。但它是否是首次印刷版里的第一遍印版？这本书的印刷在印第一遍时就被中断了，原因是书里有个字还需要修改。就是在第一章中，描述书中人物莱尼的段落以一句比喻收尾：他的双手沉如钟摆。也许最早读书稿的编辑或评论家并不知道原文用的是钟摆这个词的复数，也许作者斯坦贝克自己又审了一遍原稿，然后认为这句话与莱尼的双手一般冗长沉重。无论是什么原因，这句话最后在印刷机重新启动之前被负责地删去了。

现如今该书的作者约翰·斯坦贝克不如过去那般备受推崇（尽管我不知道为什么），所以收藏他的人也没那么多。而对于那些收藏他的人来讲，《人鼠之间》向来不难买到。他早期的小说《金杯》和《献给一位未知的神》相比之下就很少看得到，而那本《胜负未定》找起来也可以算是非常困难。但是这本《人鼠之间》遍地都是，即使收藏一本首版首印也贵不到哪里去，你也不用找银行增加房贷借钱来支付，而且买来的书的状况可以说是"毫无瑕疵"，还可以附带一个不错的防尘书衣。

而我手里的这本甚至没有防尘书衣，无论是好的还是一般的，而在其他方面，这本书的状况离毫无瑕疵也很远。它买来后就被派上了用场，践行它的本意，即书的主人实际上已经把它读过了。所以即使把它拿去卖，书的状况也不会被评得比"好"或者"可以"更高。

那我干吗还要翻看书的第一章，寻找沉重的双手？

书里没有那句，所以这不是首印版的第一遍印版。我把它放回我找到它的地方，我横竖都会这么做，无论可怜的莱尼的手是否如钟摆般沉重。

书籍的制作永无止境。《传道书》里的这一句说得正中我下怀。读这句话时你能感觉到作者写下它的时候叹了一口气。你不觉得看书也是一样的吗？

我真的花了这么久吗？我不这么认为，这不是真的。但我一直在分神，也一直努力地把分散我注意力的东西推开，继续检查我面前的所有书名。我仍旧不得不把每本书都扫视一遍，因为每当瓦特诺（或者瓦特诺太太）试图对书籍加以管理规整的时候，那些秩序似乎都不停地被打乱。

我寻找的书是非虚构类，所以当我看到一连好几本小说时，我以为我可以快速地扫过这里，但随后我又看到了梅特林克的经典非小说《蜜蜂的生活》，挤在伊夫林·沃的《一把尘土》和迈克尔·阿伦的

《绿色帽子》之间。而常与《蜜蜂的生活》相提并论的《蚂蚁的生活》则在这一架的下边,与威廉·福克纳的两部早期小说放在一起。我相信梅尔维尔·瓦特诺先生会说,他知道每本书都放在哪里,而且要找哪一卷都不费吹灰之力,但此时此刻,他应该在挪威的特罗姆瑟和朗伊尔别恩①之间,所以必须由我自己来搞定这个。

终于,我看到了要找的书,并把它从架子上轻轻地拿下来。书的体积很小,大约只有六英寸高、四英寸宽,书皮是深蓝色的帆布,作者和书名则是用小金字烫印在书脊上。

我坐下来翻开标题首页。托马斯·贝尔德·库洛登,我读道。《我与殖民时期银器的历险记》。我翻过页来,看到这本小书正是由一家私人出版商印刷的。一家名为拉蒂莫尔的出版社于一八九八年在康涅狄格州的沃特伯里出版。

书只有两百页,但是印在铜版纸上,所以有一英寸左右厚。也正因为如此,把它拿下后便在墙上的书架留下了一英寸宽的空位,我花了一点时间在地板上找了一本相似厚度的书,再放回书架上去填补那个空位。

然后我再也想不出还有什么要做的事情。找书的整个过程我都戴着手套,所以也没有指印需要抹去,而且我也没留下任何让人想要去查找指纹的理由。所以现在是我该拿着书回家的时候了。

但如何把书带出去呢?我有几条有大口袋的卡其裤,这本书可以放得进其中一条的大口袋里,可今晚我穿的裤子讲究些,如果口袋里放本书裤子会紧绷起来。我可以把书勒在我的腰带下,让我的西装外套罩上它,但是我不想这样做,我也不想空手拿一本书在手里走出去。

---

① 挪威北部地区。以可以看到极光和极昼闻名。

每个人的厨房里都会有纸袋和塑料袋,我选择了一个格里斯特第②超市的购物袋。当我在厨房时,我几乎无法不去想自己早餐后还没有吃过什么东西。我打开冰箱,但是当然,它已在主人出发前就被清空了。

可恶。

然后我记起了我买的比萨饼。

离开时,我把库洛登的书放在超市塑料袋里,一只手臂下夹着一个空的比萨饼盒。出门时,我重新设置了狐狸牌警察锁的钢管,又花了些时间反向操作我开锁时做的事情,转动了每跟小管子并重新锁定了三把锁。我走下楼梯,在走廊里停下来,将手套摘下放进口袋里,然后走出大门步入夜色。

走到街上后我先向左转,然后再在大学广场左转,往上城区走去。我把比萨饼盒扔进我碰到的第一个垃圾桶里,把手套扔进第二个垃圾桶里。到第十一街时,我考虑了一下是否再走半个街区,把偷来的书放在我的书店里。还有什么地方能比一家书店更好地藏一本书?

但是我真的想在这个时候去打开我书店的门吗?我当然有这样做的一切权利,我是书店合法的唯一经营者,但是我会愿意向心有疑虑的巡逻员证明这点吗?即使我既不年轻也不是黑人,巡逻员仍有权停下来审我和我较劲儿。他又会不会问我手里的手电筒和盗贼工具是做什么的?

于是我一手拿着超市购物袋,举起另一只手,招来一辆出租车。

---

②曼哈顿市中心常见的连锁超市之一。

19

"朱诺洛克!"

"就像我耳边的天籁之音,"我告诉她,考虑着这话她听起来会觉得是什么意思,倒不是我这时非得说些什么。无论今天的特色菜做的是什么,她都已经把它们盛进了两个饭盒,闻起来简直美味到犯规。

"特别辣,"她轻声说道,摇摇头,"朱诺洛克的辣。"

"我们喜欢辣的。"

她洋溢出一个笑容,把整个房间一起照亮了。她是一个标致的姑娘,脸庞是完美的椭圆形,样貌精致细腻,就像瓷娃娃一般。她身上套着不显身材的大褂子,让我无从得知那下面是什么样的,不过在我看来,这样的无知对我而言也许更好。

她真的非常可爱,卡洛琳已经向我保证,她对女孩绝对不感兴趣,所以那就剩下了男孩,如果我们之间没有语言的阻碍,我可能真会做些努力。但是,我唯一做的就是为午餐付款,然后我们对彼此笑了笑,我想知道学习普通话到底能有多么困难。

还是说我应该学台湾话？全城各地都贴着学习普通话课程的广告，可是我记不起克雷格列表①上哪里标着教你如何在台北问路的课。不过不是说台湾人都知道怎么说普通话吗，就像苏格兰人都懂英语那样？

也许，想想看，比苏格兰人说的英语更容易让人明白一点儿……

"朱诺洛克，"卡洛琳说，"时间刚刚好，因为我快饿死了。我都没有意识到我饿坏了，直到我闻到了食物的香气。为什么所有的朱诺洛克特色菜做得都不一样，但是闻起来却总是那么棒？"

"这是人生的奥秘之一。"我说。

"而且他们的花样层出不穷，不是吗？嗯，今天的闻起来也特别好吃。"

"比比萨的味道都好。"

"那你今天想比萨了吗？"

"它今天还没有进入过我的脑海。"

"它可以随时进入你的脑海，"她说，"只要你别停下来而是径直走到台中二人组去，这比比萨好吃多了。不，比萨本身没有什么问题，只是吃它要分时间和地点。"

我们在沉默中吃了几分钟，因为太过专注于食物连谈话也免了，然后她问我为什么会提到比萨。

"因为昨天晚上，"我说，"你知道国家公园里的标语是怎么写的

---

①美国最受欢迎的网上分类广告列表。在上面打广告免费。于一九九五年成立。

吗？'只拿走照片，只留下脚印。'昨天晚上，我拜访了离这里只有几条街远的一个地方，我没有留下任何脚印，但是我留下了比萨的气味。"

"所以你没有拍照，"在我和她讲了昨晚的事情以后，她补充说，"你拿走了一本书，然后留下了一股味儿。"

"我更愿把那想成一种香气。"

"当那家的主人们回家的时候，伯尼，那个味道会太微弱而不会被注意到。或者他们会认为味道是从街上飘进来的。特别是在没有任何证据证明有人在他们离开的时候光顾过他们家的情况下。但即使你在厨房的桌子上留下了一张字条，上面写着'谢谢你的款待，我在你家公寓里度过了愉快的时光'，他们能否知道自己遭窃了呢？"

"除非他找不到这本书。"我说。

"你认为这是他最喜欢的一本吗？殖民时期的银器对梅尔有很大的意义吗？"

我没有在公寓里看到任何银器，无论是殖民时期的还是其他什么时候的："我不知道他是否读过它。他的藏书涉猎广泛。有很多小说，以及很多历史故事。他有一本莫特利的《荷兰共和国的兴起》，有特里维廉的三卷《女王安妮统治下的英格兰》，欧曼的《诺曼征服之前的英国》。还有相当数量的传记以及自然历史书——他有阿奇卡尔关于北美海龟和乌龟的著作，旁边放着《伯吉斯写给孩子的鸟类故事》。"

"我小时候也有那本！我还有一本关于动物的。"

"那是一个系列的，都是桑顿·伯吉斯所著。"

"我仍记得书中各个角色的名字，伯尼。鹌鹑珍妮，麝鼠杰里。"

"水貂比利。"

"对，水貂比利！真不知道我有多少年没有想起过水貂比利了。他是个过分的小浑蛋，不是吗？我当时很喜欢这些书。不知道后来它们都去了哪儿。"

"你母亲将它们卖去了旧货摊,"我说,"就像我的漫画书。"

"那一定是个精彩的旧货摊。充满童年回忆的书本填满整个房间。"

我们开始讨论在那个巨大的房间里还可以有什么书,卡洛琳猜测瓦特诺家的伯吉斯其实是他小时候看的那本,只是他的母亲没有将它处理掉。我说倒是真有可能,因为他还有一本《绿野仙踪》,这让卡洛琳漫天回想起弗兰克·鲍姆的幻想世界,以及她当年是如何渴望走进那个幻想世界里的。

"每当风速达到每小时四十英里,"她说,"我就燃起希望。我不断催促父母把我们家搬到堪萨斯州的某个房子里。"

"你去住房车恐怕机会更大。"我指出。

"我猜也是。伯尼,你拿的那本书,我忘记了作者的名字。"

"库洛登。"

"它真的有什么价值吗?"

"它的价值在于,"我说,"极为罕见。它从未再版,互联网上的几个罕见书籍交易网站上都没有卖家。只有几所大学的图书馆里有,我还知道有一本不为人知的,在高顿堂地下室的某个盒子里压箱底。"

"同在的还有两段舒伯特未完成的交响曲。"

"还有《忽必烈汗》①剩余的部分,和狄更斯对《埃德温·德罗德之谜》②的破解。我看了一下库洛登的书。里面的文字并非通俗易懂,但我想书里写到了一些很有用的知识,如果美国在英属殖民时期关于

---

①英国诗人萨米尔·泰勒·柯勒律治所著诗歌。据闻写于一七九七年的一天,在他梦醒的时刻,但由于有人敲门打扰而没有写完。后在拜伦的怂恿下该诗才在一八一六年发表。
②英国著名作家狄更斯的最后一部小说,狄更斯于一八七○年逝世,所以也没能给故事写上结尾。

银器的种种细节是你感兴趣的东西的话。而且里面还展示了作者自己收藏的一大部分银制物品。都是值得引起注意的器物。只是一九〇一年作者去世后,这些物品大多四散得不知去向了。"

"也就是他的书出版之后不久啊。"

"只有三年时间。所以你问这本书是否有价值。答案应该是肯定的,但很难给它做价值评估。因为几乎没有卖家,但同时需求又有多少呢?它可能被放在我的特价桌上好几天,也没有人会对它多瞥一眼。也或者有两个都想要它的人可能会出现在同一场拍卖会上,并将其价格提高到四、五位数。但事实上,它既不会出现在我桌子上,也不会出现在拍卖会上。"

"我猜史密斯先生会给它一个好归宿。"

"完全没有可能,"我说,"他要这本书做什么呢?"

一个小时后我回到巴尼嘉书店,盯着我练习书法的那张纸。然后我把它团了起来,团纸的声音引起了拉菲兹的注意。我把纸团扔给了拉菲兹,它向纸团扑上去拍打。

如果拉菲兹是一条狗,它会把纸团捡回来给我,我可以再次抛出去给它玩儿。但它是一只猫,所以它做了猫会做的事儿。它把纸团拍了几下,然后认定纸团是死物,也没法吃,于是玩了几下便把它留在一边,重新转回窗户下阳光明媚的地方打盹儿。

我走过去把纸团拾起来放进废纸篓里。然后转身回到柜台后面的长椅,拿起电话。一个女人的声音告诉我已致电到爱德温·利尔波德的住所,我要求和利尔波德先生通话。她问了我的名字,我早已事先准备好了一个,便告诉了她。

电话里吧嗒一声，我被留在线上，好似现实版地狱边境里。至少电话里没有传来等待音乐，有的只是沉默，但只在几秒钟之后就结束了，她转回来问我要谈的话题和什么有关。

"我是一个书商，"我说，"刚刚收购了一本我认为利尔波德先生可能感兴趣的书。"

"请稍等。"又是吧嗒一声。

这次的等待时间比上次更长一些，随后电话里又传来一点动静，接着是一个男人的声音，语速缓慢，带着老式纽约口音，是已经不常听到的口音，里面透着文化的底蕴和教养。它让我想起柴尔德·哈萨姆给纽约中央公园作的画、马车和德尔莫妮科①的牛排晚餐。

"我是爱德温·利尔波德，"他说，"我恐怕没有听过你的名字。"

"我是菲利普·莱德勒，"我说，"虽然你应该没什么理由知道我，利尔波德先生。我主动打这个电话给你，是因为我手上有一本书，而我有理由相信你可能会对它感兴趣。"

"米勒小姐也是这么说的。先生，我不是藏书家，虽然我确实有一个不大，但是极为专业的私人图书馆。不过你为什么不先把书名说来给我听听。"

"是库洛登写的，关于殖民时期的银器，"我说，"就是托马斯·贝尔德·库洛登。"

"是的，当然，"他说，"你说你手上有这本书？"

"书现在就在我面前。"

"《冒险与殖民时期的银器》。不，我说错了，是《我与殖民时期银器的历险记》。在哈特福德的三一学院图书馆里有这样一本。那是库洛

---

① 纽约曼哈顿著名的牛排馆。

登的母校,他赠送了一本给他们,而他们似乎也保留了它。他们不能被我说服把书卖给我,也不让我复印。他们说很乐意让我去他们那里仔细看看,这当然是不可能的。你手上的那本保存得还好吗,莱德勒先生?"

"很好,只是没有防尘书衣,但是……"

"我认为它本来就没有,不是吗?一本为了私人发行而私人印刷的书?如果书连书店的里面都没机会看到,就不需要防尘书衣来防止它在店里被拿来拿去弄脏了。每一页都在吗?"

"是的。"

"那些盘子呢?珂罗版印的盘子,一共应该有二十四页。"

"它们都在这里。"我深吸了一口气,"上面还有题字。"

"总是有些缺陷的,"他说,"但没有什么是我不能忍受的。'祝塞莉斯廷圣诞快乐——玛丽姑姑',诸如此类的题字吧,我猜。"

"是致给赫斯特·R.罗布兰奇的,"我读道,"致我们彼此杰出的先祖,我们都对他亏欠诸多。底下的字母缩写是 T.B.C.,我只能假定这是作者名字的首字母缩写,而且这题字是出自他的手,不过我无法验证后者。"

"那就必须是了,"他说,"赫斯特·R.罗布兰奇。中间的字母 R 是他杰出的先祖列维尔的缩写。除了库洛登还有谁能题这个字呢?他是在纪念我们最伟大的爱国者之一,也是殖民时期美国最重要的银匠。虽然还有另一个人,我对其有更特殊的感情,但是谁也不能否认保罗·列维尔[①]的名声更加显赫。"

---

①保罗·列维尔(Paul Revere,1734—1818),美国抵抗英国殖民地时的爱国者,银匠。他最广为人知的事迹便是在一七七五年四月十八日午夜时分,乘快马去告诉美军英国军队将要来袭。自此拉开了英美对战的第一场仗的帷幕。

"我对银器一窍不通，"我说，"但列维尔我还是听说过的。'一盏是陆路，两盏是水路'①什么的。"

"'随时准备跨上快马，向米德尔塞克斯的每座村庄和农场发出警报'，你有没有为你手上的书想好报价，莱德勒先生？"

"我想要一千美元。"

"是一个好数，很完整。对没有听说过这本书的人来说，价格绝不便宜，但对于一本从没被人看到过的书来说，也并非不合理。我想看看书。"

"那当然。"

"我不知道你对我有什么了解，但我从不离开我的住所。我希望我可以，但这是不可能的。我可以派米勒小姐去取，但是我可以请你把一本有价值的书交给她吗？当然，她可以给你一张支票，甚至是现金。如果这本书不尽如人意，我还可以将它归还给你。虽然我相信书正如你描述的那般，我也会很高兴将它买下。你觉得怎么样？"

太麻烦了，我想，而且不是我想要的。我说："我把这本书拿过去，利尔波德先生。虽然今天下午我无法离开，但晚上我可以过来。你觉得九点钟如何？"

打完电话之后，我又看了看书上的题字。致赫斯特·R.罗布兰奇……

除了库洛登还有谁能题这个字呢？啊，我能，在我的线人史密斯的提示下，他为我写下了这句题语。我拿了一支书法笔，蘸了黑色印度墨水，用帕默尔字体把它抄下来。我小时候的老师鲁凯泽小姐多年来一直在苦苦培养我的书法，那女人现在会不会为我感到骄傲呢？

---

① 出自美国诗人亨利·沃兹沃斯·朗费罗所作的诗《保罗·列维尔骑马来》。列维尔安排的信号灯如果亮一盏，说明英国军队从陆地来，亮两盏则是从海上来。后文也出自同一首诗。

鉴于如今的情况,她可能是不会的。

我拿起电话,又打给另一个人。"我今晚就去看他。"我说。

"哦,好呀。我们都不希望在这种事上拖延。虽说他也几乎完全不可能会出门,不是吗?他问了价格吗?"

"我告诉他一千块钱。"

"我认为他可以被劝说到再多付一点儿钱。不过不管多少也都和我无关,反正是他付钱,他给多少都是你的。我已经告诉过你了吧,不是吗?"

他确实告诉我了,同时还告诉了我很多其他的……

20

昨天下午史密斯先生来访，我记得这是他第三次访问巴尼嘉书店。这一次，他穿着一件中灰色的法兰绒三扣西装，里面是红色的背心，看起来像是绸子的，但也可能是人造丝。他的领带也是灰的，颜色比西装的灰稍浅，上面带着红色的小圆点。下面的衬衫是白色绒面呢的料子，仍是单扣领口。

他问我是否知道关于使徒勺的事情。

"除非它们是圣贤彼得和保罗曾经吃粥用的勺子，"我说，"我毫无头绪。为什么问这个？"

"这解释起来可能需要一段时间，"他说，"但我不想在讲的时候被打断。大学广场那边有个咖啡店，在这个时间还比较安静。"

"那里总是很安静，"我说，"因为他们的食物很糟糕。"

"而且给的分量也不够？"他从口袋里拿出一个我已熟知的信封，"为了让你觉得值得，"他说，"用这个来弥补你一个小时营业时间的损失。"

如果里面的票子还是百元钞,就像他以前的信封一样,这个信封掂上去就像是个五千美元的。即使里面的钞票是一元的,这些也足以弥补我一个小时的营业收入。我没有检查信封里的内容就把它收起来了,将门上的小牌从营业翻成关闭,然后锁好门,但是让墙上的窗子开着,外面的特价桌也留在人行道上。这一个小时就让他们随便拿吧。我有什么好在乎的?

"我可以问你一件事吗?"

我们各自面前摆了一杯咖啡,傻乎乎的女服务员已在听力范围之外。他点点头,我问起他翻领处大约四分之三英寸大小的黄铜碟扣。

"这是一个纽扣。"他说,一边将扣子扯了一下,给我看,扣子是缝在衣物上的。

"上面画的是什么?"我靠近了观看,"看起来像一个小房子。"

"是一个小木屋。我戴着它不是为了说明我是木屋共和党的拥护者。这是一个政治宣传纽扣。"

"我从来没见过这个。"

"那是因为你太年轻,没有在一八四〇年参与投票,这个扣子是为了支持候选人威廉·亨利·哈里森的竞选而做的,他是先知城战役[①]的英雄。"

"还有泰勒。"我说。

"弗吉尼亚州的约翰·泰勒是他的竞选伙伴,很快便会成为他的继

[①] 先知城战役也称蒂珀卡努战役,是一八一一年十一月七日美国印第安纳州州长与土著印第安人之间进行的战争。以哈里森战胜告终。

任者。哈里森上任的时候做了一个冗长的就职演说,演说的内容没有任何人记得住,唯一记得的就是它不一般的长度。那时候他们是在每年的三月做总统就职演说,而不是在一月份,但他演讲的那天华盛顿还是冷得像冬天一样,新总统于是得了感冒,最后一命呜呼。"

"我对这件逸事有印象。"

"他出生在一个小木屋里,"他说,"辉格党①的支持者们在这上面大做了些文章。所以才会有这个图像的纽扣。"

"你以前也戴过类似的东西。"

"那不奇怪。我以前穿的是哪件西装,你还记得吗?"

这我还得好好想想。"之前你的西装是深灰色的,有白色条纹,"我说,"但那是我第一次见到你。第二次你穿着一件诺福克外套。"

"而且每件翻领上都有一个扣子。你是一个很有观察力的人,罗登巴尔先生。事实上它们都是不同的纽扣。"

"我想也是,因为每个纽扣都是缝上去的。"

"西装上的那枚纽扣,"他说,"与这枚尺寸相同。上面画的是戴羽毛冠的骑士。"我想起了高顿堂里挂着的那幅伦勃朗画的肖像,直到他接着补充说道,"那枚纽扣是用来支持一八八四年共和党候选人詹姆斯·布莱恩的,他被格罗弗·克利夫兰在总统大选中以少票击败。他的支持者称他为'羽毛骑士'。但克利夫兰的拥护者不以为然。'布莱恩,布莱恩,詹姆斯·G.布莱恩,'他们嘲笑他,'装模作样的缅因州骗子'②。"

---

① 十九世纪在美国很活跃的政党。与英国的辉格党并无正式牵连。主张美国国会高于总统权力,推崇现代化,银行体制,以及保护经济以刺激制造业。在扩张奴隶制时党内部出现极大分歧,最终导致政党解体。林肯也曾是其中一员。
② 指的是当时布莱恩接受太平洋联合铁路贿赂的丑闻。

"当时的政治真是仁慈,大家还都算温和。"

"那件诺福克外套,罗登巴尔先生,是以没什么其他建树的诺福克公爵之名来命名的,尽管我几乎可以肯定外套是他手下默默无闻的裁缝设计发明的。'如果你能做一件带着腰带的外套就好了。'那位阁下也许就这么开了句玩笑话,所以没准设计灵感确实是源于他。你看到我穿的是原版,因为它上面的用来系腰带的扣子可以解开,等把皮带转到前面以后再重新扣上。"

"我一直以为中间的腰带只是用来做装饰的。"

"应该是的,"他说,"因为所有在前面系带的腰带看起来都很愚蠢。这位公爵似乎就是位纨绔子弟,在交易中也傻得不行,可他的外套却随着时间的推移而成为一件经典。你不觉得这里有人生的一课吗?"

我说如果有也不会让我感到意外。

"我的诺福克外套上的纽扣也是黄铜的,比其他的扣子要大,几乎是哈里森那枚木屋扣子直径的两倍。你注意到上边的图案了吗?"

"我没办法看出上面是什么。"

"那颗扣子已经历了两个多世纪,虽然它不像硬币那样经常被转手,这么多年来恐怕还是有些磨损。不过如果你离近点儿,还是可以非常容易地看出上面的图像和刻字。图的中心是一只老鹰,双翅展开,头顶上有一颗星星,胸前是代表美国的盾牌。底下的刻字写着:'一七八九年,三月四日,难忘的时代。'"

"一七八九年三月四日……"

"我们的第一任总统就任第一期开始的那天。我告诉过你这些奇珍异品其实是用来做政治宣传的吗?对于其他总统来讲,确实如此,但是华盛顿从来没有竞选过。确实是一个难忘的时代。那时的政治的确比较温和友善,虽然为时不长,华盛顿却是必然的总统。所以对这枚纽扣的正确描述应为就职纽扣。"

我说:"每当我听到政治纽扣时——"

"你就会想到他们如今发行的别针扣,每一个都色彩鲜艳,上面带着照片,背后折了别针,可以随便将其固定到位。其实自从麦金莱在一八九六年第一次与布莱恩的竞选之后,别针扣就占据了主导地位。但政治服装纽扣也在很小的程度上持续了半个多世纪。我还有一个印着一只熊的黄铜纽扣。你可以猜猜那是哪位候选人的扣子。"

"一只泰迪熊?西奥多·罗斯福?"

"很对,那上边要是一只负鼠呢?"

"负鼠是乔治·琼斯的昵称,那位乡村歌手,但我不记得他曾经参选过。"

史密斯说:"如果他参选了,我可能真会投票给他。不过负鼠是威廉·霍华德·塔夫脱的纽扣,有证据显示他的一些崇拜者将他叫作负鼠比利。"

"是这样?你知道为什么吗?"

"不知道。我有一九三二年大选的一套西装纽扣,一共四枚,分别刻有赫伯特、马里恩·胡佛、富兰克林和埃莉诺·罗斯福的头像。①还有一个一九四八年刻有哈里·杜鲁门头像的衣服纽扣,而且……"他话说了一半就停住了,皱了皱眉头,"我告诉你的太多了,远远超过你需要知道的。超过任何人需要知道的。"

"不过真是有趣。"

"每一个对什么着迷的人都会觉得他着迷的东西很有趣。有时候还会把自己的迷恋强加在别人身上。"

---

① 都是美国总统,埃莉诺是罗斯福的夫人。

"可以缝在衣服上的政治宣传的纽扣,"我说,"我还从来没听说过这样的事情。那你还收集其他类型的吗?别针扣?"

"别针纽扣。是的,当然,它们占我收藏品里的一大部分。我特别喜欢第三政党的纽扣。德比斯是我最喜欢的,尤金·维克多·德比斯。他从一九〇〇年至一九一二年连续四届担任社会党的领导人。然后一九一六年一名叫本森的人接替了他,但在一九二〇年,德比斯又回来了。他不在位时被送去服刑,原因是他反对当时的美国参战,所以他的竞选纽扣上写着'为了总统:罪犯第 9563 号'。而当时有一百多万选民投了他的票,没投给哈丁和考克斯[①]。"

有什么东西突然点醒了我。

"纽扣。"我说。

"是的,我似乎谈起它们就停不下来,是不是?我很抱歉。"

"本杰明·巴顿[②]。还有什么其他原因能让你去收集那个故事?你不太看得上书的作者,而且公然地蔑视这个故事本身,但是你付给我不少钱去把书的手稿从博物馆的地下室偷出来。能是为了什么呢?所有这一切都是因为故事里主人公的姓氏与纽扣同音。如果菲茨杰拉德决定给他起名为扎克·扎珀尔,这本书对你来说就毫无意义。"

"又或是布拉德·皮特,我这么猜。本杰明·巴顿这个名字读起来很顺口。"

"我怎么会想起扎克·扎珀尔这名字?无所谓。政治纽扣是你收集的唯一类型吗?我猜不是,对吗?"

他笑了:"我拥有各种纽扣,罗登巴尔先生。任何可能被称为纽扣的东西,我都很乐意去研究一下看我有没有兴趣收藏。你知道东伦

---

①同期竞选人名字。
②英语中的纽扣发音为巴顿。在作为姓氏时全部被翻译成音译巴顿。特此注明。

敦有个珍珠帮吗？他们喜欢穿着全身绣满珍珠贝壳纽扣的衣服。如果这些纽扣是水钻，他们可以称得上是猫王的模仿者。我就藏有一件一九八七年珍珠帮国王和王后穿的珍珠服。"

"那一年对珍珠帮来说是特别好的一年吗？"

"只是件古董，我认为。你喜欢喜剧专辑吗，罗登巴尔先生？"

"你是指唱片专辑吗？"

"是个令人惊奇的现象，"他说，"你可以花钱买下整个喜剧段子，可如果看乔治·卡林或史蒂夫·马丁在电视上演出却一分都不用花。不过买下的话就可以随时随地观看了吧？我想人们会花钱买这些专辑是为了招待客人。这样就不用强迫彼此进行交谈，并用别人的幽默和智慧来娱乐自己的客人。我自己也拥有一张喜剧专辑，你能猜到是谁的吗？"

我觉得他会告诉我的。

"是鲍勃·纽哈特的。那是他的第一张专辑，在休斯敦的现场表演中录制的，一九六〇年五月华纳公司第一次发行它时，就直接成了排行榜上的第一名，这么多年后再听仍然非常好笑。"

"那个段子几年前我也听过，"我说，"里面有段讲了某个有奇怪名字的军舰。"

"是美军鳕鱼号的巡航。还有一段是某个搞营销的向阿布纳·道布尔迪[①]解释为什么篮球不能在全美公众里普及。你还记得那张专辑的名字吗？"

我不记得了。

"纽哈特想把它叫作《自匈奴大帝以来最受欢迎的新喜剧演员》，

[①] 阿布纳·道布尔迪（Abner Doubleday，1819—1893），美国内战期间北部美利坚合众国将领。有传闻道布尔迪发明了篮球运动，但这并非属实。

但是华纳的人有个更喜欢的名字——《鲍勃·纽哈特被扣上的心灵》。"

"就是那个。我现在记起来了。"

"那场演出非常受欢迎，一举成名，所以即使现在也不难找到。可我收藏的那份有点儿特别。它当然是纽哈特亲笔签名的，但更令人满意的是专辑还签有致当时'今晚节目'主持人杰克·帕尔的题字。"

"而且你总是穿着单扣领口的衬衫，"我意识到，"嗯，我只见过你三次，所以我不知道说'总是'对不对，但是——"

"是的。"他说。

"纽扣，"我说，"可是为什么要收集纽扣呢？"

"啊，那永远是个不错的问题。但不是你现在应该问的。"

"那应该问什么呢？"

"要问的问题是两段式。"他说，"使徒的勺子是什么？它们又和我的收藏有什么关系？"

21

你知道勺子是什么吧?

使徒勺就是柄尾上镶着十二使徒标记的勺子。由于"最后的晚餐"①的图片保留下来的相对较少,所以每位使徒都是由特定的某种标识来确定其身份。X形的十字架代表圣安德鲁,朝圣者的行路杖代表大圣詹姆斯,斧头代表圣马修②,杯子(即忧伤杯)代表圣约翰,等等,一直到代表犹大的一袋子钱。圣彼得的标识是一把剑或钥匙,有时是一条鱼。小圣詹姆斯的勺子上是一根蒸洗棒③,但不要问我蒸洗棒长什么样,或是小圣詹姆斯对在两个詹姆斯之间被称为小的那个如何做想。

使徒勺起源于十五世纪初的欧洲,如果要送教子教女一件礼物,使徒勺是非常安全的选择。你只需要找当地的银匠把勺子制成孩子守

---

①此处"最后的晚餐"指的并非达·芬奇的画作而是《圣经·新约》中的典故。
②圣马修在《圣经》中很少被提到。他最终被斧子砍头而死。
③传闻小圣詹姆斯被一根蒸洗棒打死。

护神的那把，便是最好的教父母，一切顺利。

你看，如果你早就已经知道了这一切，请跳过此页。这些对我来说都是新闻，我不停打断史密斯先生来问问题，如果把我们的谈话逐字记录下来将会在此占用更多空间，而那是我不愿见到的。所以我也只是在这里总结一下，但如果你选择不读这里写下的珍贵词句，也不会伤害到我的感情。

虽然单把使徒勺可以作为送人的礼物，但它们通常是以十二或十三把为一组来生产，十三更为常见。第十三只勺子通常都比其他的勺子大些，是主勺，上面镶上了耶稣，通常是以十字架和天体球作为象征。大英博物馆藏有一套十六世纪初期所制的使徒勺，第十三只勺子上显示的是圣母玛利亚。

桌上餐具在那时比较受重视，虽然用它们来吃的大部分食物都不是很美味。稀有金属，通常是银子，但有时候是金子，在过去既能保值，又能代表身份和品位。那时候没有免税退休基金可以拿，也无法购买文艺复兴网站的股票，如果你聘请某人为你画像，那也是为了让你的后代知道你长什么样子，而不是希望所绘肖像会有什么增值的可能。

把一包金币放在身边太没有品位，还给手下的仆人们种种诱惑。所以你把你的财富展示在碗、盘子和摆设盘上，再有就是在你的叉子和勺子上，而其中一些便可能虔诚地装饰着圣人的图像和标志。

如果你富裕殷实到可以拥有一整套使徒勺，你很有可能会在你的遗言里特别提及它们。有位叫艾米·布伦特的便在她一五一六年的遗嘱里提到一套勺子，虽然我不能告诉你她将勺子留给了谁，或者那些勺子最后的下落。如果它们最后被收集在高顿堂的地下室里某个角落，我上次去并没有见过它们。

博蒙特和弗莱彻①，那个时代的考夫曼和哈特②，在至少一部戏剧中提到过这样的勺子，还有本·琼森、托马斯·米德尔顿，以及一位名叫莎士比亚的老兄在《亨利八世》里对此也有提及。(《亨利八世》第五幕，第三场，克兰默主教试图狡辩，不愿成为年轻伊丽莎白的教父，声称自己负担不起，"你可以保住你的勺子。"亨利告诉他。)

是不是觉得有太多关于勺子的事情，你其实不需要知道这么多，对吗？那么这样来看吧。如果我不得不听这些事，而且花了更长的时间，又在这里免去了更多的细节，我怎么能让你轻易逃过去呢？

---

① 英国国王詹姆斯一世时期的两位经常一起合作的戏剧家。
② 美国现代剧作家组合。两人活跃于三四十年代。合作作品曾获普利策戏剧奖。

22

回到书店时,特价桌还在我离开时待的地方。没有人把它搬走。在我看来,书桌上的东西一点儿也没少。

书籍,我想。如今甚至没有贼愿意来偷。

事实上我发现,桌子比我离开时还多了一样东西。一张便条,用大写字母仔细地写在一张带横格的白纸上,纸边三个锯齿状的孔表明它是从一个笔记本上撕下来的。为什么你总是不开门?

嗯,我现在开门了,我想着。然后把便条带进店里。

一天就这样过去了,又过去了一个小时左右。我重新关上店门,和卡洛琳面对面坐在桌子旁边。

"你在喝巴黎水,"她说,"啊,倒是帮我回答了一个问题。"

"什么问题?"

"我不必问,因为你已经回答了。我问:你今晚要做什么,伯尼?回答:一些不合法的事情。"

"是吗?"我想了一会儿,"是的,我想的确是的。但一方面,我只是应邀去拜访一位绅士,并趁机向他出售一本书。"

"但是既然你不是这本书的合法所有者——"

"是的,这就是犯罪。不过你也可以认为,即使我是合法拿到这本书的,这趟仍然是犯罪行为。"

"你为什么会这么认为,伯尼?"

"嗯,我要去拜访的这个人。"

"利尔波德先生。"

"爱德温·利尔波德。他有一样史密斯先生想要的东西。"

"而且我猜让史密斯先生从他那里直接买过来实在是过于简单了。"

"那东西不外售。"

"但是亲爱的史密斯不能把你直接派到那里偷,就像当初他把你派到高顿堂地下室一样?"

"他不认为我能进得去。"

"他知道他在和谁打交道吗?只要有那个意愿,连诺克斯堡①都进得去的伯纳德·格林姆斯·罗登巴尔?"

"我也很高兴用不着进去那里,"我说,"不过你对我的信心让人觉得备受鼓舞。"我喝了一口巴黎水,"爱德温·利尔波德有一套顶楼豪华公寓,位于第五大道和第八十五街角,就在那两栋二十四层高的大楼其中一套的顶层。"

"那几乎是在大都会博物馆的正对面,伯尼。从他那里一定有风景

---

① 美国金条储蓄库址。在肯塔基州。

可看。"

"我也是这样想的。"

"他可以俯瞰博物馆和中央公园全景。他对面中央公园西侧的那些楼有多高?他能看得到新泽西州吗?"

"我不知道,"我说,"我不知道他为什么会想要看新泽西。但是,他有漂亮的景色可以看是件好事,因为这是他唯一能看到的了。"

"因为他不肯离开他的房子。"

"至少我是这样理解的。"

"你知道,伯尼,现在的轮椅先进到刚好可以走完越野障碍比赛的赛道。他有专人为他工作,对吗?那个接电话的女人?"

"米勒小姐。"

"如果他要派她去拿书,为什么不让她把他推到公园去散步呢?"

"我不认为他是不能离开家。我觉得他更像是自己选择不出去的。"

"就像《录事巴托比》①那样?"

"我不愿意,"我说,"是的,像巴托比那样。"

"或者像尼禄·沃尔夫②一样。他永远不会为了工作而离开他的房子,可若是某个地方有场他想看的兰花展他就会出门,不是有一本书写他为了个花展一路去了蒙特那州吗?"

"是蒙特那州吗?是吧,我相信是的。但我认为利尔波德先生的情况不同。"

"无论生意还是兴趣,他就是不出门。"

---

①美国小说家赫曼·梅尔维尔所著的短篇小说。讲述纽约华尔街律师雇用了一位叫巴托比的抄写员,但是很快巴托比就什么也不做了。无论什么命令,巴托比的回复都是千篇一律的"我不愿意"。
②美国小说家雷克斯·斯托特笔下的"安乐椅"侦探。

"对。"

"他有银器,就像沃尔夫有兰花一样,但是如果他们在麦迪逊广场花园举行一年一度的银器展览——"

"我们的利尔波德先生一定不会去的。"

"那么,那好吧,他有非常别致的景色,住在一栋宽敞明亮的公寓里,有米勒小姐照顾他。有没有一位利尔波德太太?"

"从来没听说过。"

"那他有定期拜访他的孩子吗?"

"卡洛琳——"

"你对这些都一无所知,是吗?"她拿起桌上的苏格兰威士忌,端详着里面融化的冰块,喝了一口,"我想如果你永远不出门,我的意思是绝对不出门,心里有个执迷的东西也算是安慰。"

"对他来讲,就是美国早期的银器。"

"包括一把勺子,"她说,"源自埃德·麦克班恩[①]笔下的一个警察。"

在此不久以前:

"卡洛琳,你有没有听说过迈耶·迈耶斯?"

"当然啦。"

"真的吗?"

"你很惊讶吗?迈耶·迈耶,"八十七分局"系列。一定得有五十本吧,没准儿更多也说不定,我记得他几乎出现在每一本中。还有其他角色,史蒂夫·凯瑞拉和伯特·克林什么的。埃德·麦克班恩这个系列写了五十年。"

[①] 埃德·麦克班恩(Ed McBain, 1926—2005),美国当代犯罪小说鼻祖,他所著的"八十七分局"系列成为警察程序小说中的经典。下文仍有诸多提及。不在此赘述。

"我在说迈耶·迈耶斯。"

"对呀,"她说,"只是你把名字弄错了。第二个迈耶没有'斯'。是迈耶·迈耶。"

"不,它是——"

"拜托,"她说,"伯尼,你懂得不知道比我多多少,但这回我是对的,你错了,这事儿可真是不常见,而且我可以向你证明。迈耶·迈耶是完全的秃头,对吧?"

我只是看着她。

"头上一根头发都没有,"她继续说,"你知道为什么吗?"

"因为他的父亲。"我说。

"没错。他的父亲觉得这是一个很好笑的笑话,所以把他的名字和姓起成了同一个,当然所有孩子都因为这个取笑他,就像孩子们会做的那样。"

"于是那个孩子从小就受到了创伤,"我说,"然后他的头发全掉了。"

"而且再也没有长回来,但你还记得孩子们曾经对他说什么吗?"

"记得。"

"'迈耶·迈耶,火烧犹太鳖',你知道这听起来像什么吗?"

"骗子,骗子,火烧裤子?"

"就是。也可能这句话让那些小浑蛋受到启发。我的意思是,小孩子也并不是全都有创意。但是,如果是你坚持的迈耶·迈耶斯,那么就成了'迈耶·迈耶斯,火烧犹太斯',这根本说不通。"

"是没什么意义。"我说。

"那你瞧,"她说完,皱着眉头,"我们不是在说同一个人。"

"对,不是。"

"我在谈论迈耶·迈耶,一个小说里虚构的警察人物,而你正在谈论另一个人。"

"迈耶·迈耶斯。"

"一位完全不是虚构的人物。"

"他是一名银匠,"我说,"一七二三年生于纽约老城。我也是今天直到史密斯先生告诉我有关他的事才知道这个人。"

更早一些时候,在大学广场一个食物非常糟糕的咖啡屋:

"迈耶·迈耶斯,罗登巴尔先生。毫无疑问,是美国殖民地最有成就的犹太银匠。事实上,他的庆典和宗教银器是十九世纪前犹太银匠中现存作品最多的,无论是在欧洲还是美国。

"而且他是一名爱国者。你可以想象得到,他的大部分客户都是富有的保守党派人士。只不过,他却支持革命。

"一七七六年,这关键的一年,迈耶斯将他的生意和家人一起搬到了康涅狄格州的诺沃克,他认为这样可以让他们免于战乱之苦。三年后,英国军队却烧毁了这个城镇。于是迈耶斯失去了他的工具和房子,再次沿海岸北上到斯特拉特福德,直到一七八三年战争结束时才回到纽约。"

我后来得知,他的生意再也没能恢复以往的荣光。他的一些更重要的客户往往是富有的人,而且富人很少愿意在革命的旗帜下奔忙。总的来说一个人的财富越多,就越不愿意将其(连同生命和荣誉)放在追求抽象的事物上,比如生活、自由和对幸福的寻觅。

塞缪尔·康奈尔就是这样一位保守党员。迈耶斯为康奈尔和他的妻子苏珊娜·马布森制作了一个托盘圈和一些瓶子架,不管这些东西到底是什么,它们是殖民时期生活所剩的唯一证据。康奈尔的财产在革命期间被收缴，反正到一七八一年他就死掉了，所以迈耶斯也不可能期望他能给自己带来任何未来的工作和收入。

"但也并不是每个富有的殖民者都忠于英国国王乔治。"史密斯先生说，"利文斯顿家族很富有，同时也有着坚定的共和主义情怀。这其中就包括亨利·比克曼·利文斯顿。"

在饶舌酒鬼，卡洛琳已经喝了一杯酒，正要开始喝第二杯。我还在我的第一杯巴黎水上磨蹭，并刚刚开始准备重述我对利文斯顿的了解。

"我听说过他，伯尼。是利文斯通博士，对吧？他在非洲迷了路，而斯坦利·库布里克[①]找到了他。"

"那是戴维·利文斯通[②]，姓的最后带个字母 E，还有亨利·莫顿·斯坦利，而且那个故事发生在一个世纪以后。"

"哦。"她说。

亨利·比克曼·利文斯顿，我继续，出生于一七四八年，当时他的亲戚菲利浦·利文斯顿签署《独立宣言》的时候他二十八岁。他在一七七四年与莎莉·威尔斯结婚，他用加入美国革命来庆祝他们第一个孩子的诞生。他在军中的军衔为少校，并于一七七六年至一七七九年担任纽约军团的团长。

[①] 斯坦利·库布里克（Stanley Kubrick, 1928—1999），美国著名导演，剧本作家，编辑，制作人，摄影师。卡洛琳在这里把名字和亨利·莫顿·斯坦利的名字弄混了。

[②] 戴维·利文斯通（David Livingstone, 1813—1873），苏格兰基督教会会员，先驱医学传教士，非洲探险家。是维多利亚时代最受欢迎的英国英雄人物。以出行非洲寻找尼罗河的源头著称。他在非洲被传走失，被威尔士美籍记者亨利·莫顿·斯坦利在一八七一年十一月十日找到。当时被报道最为有名的对话即斯坦利向利文斯通询问，"利文斯通博士，我猜您就是？"

一七八三年,在康沃利斯①于约克镇投降两周之后,莎莉·利文斯顿去世了。她一生产下了四个孩子,留下亨利独自一人抚养这些孩子。在一七九三年,他与简·帕特森结婚,与她又生了四个孩子。他的一生让任何人来看都无可指摘,致力于诗歌创作,并且看着所有的孩子们长大。

"诗歌?他诗写得怎么样?"

"他写诗主要是为了自娱自乐,"我说,"从来没有发表过任何一首,可他的其中一首诗却得到了很多的关注。而且广为人知,你也是其中之一。"

"我知道他的一首诗?一分钟之前,伯尼,我还把他和那个在非洲刚果地带走丢了的人混为一谈。是什么让你认为我会知道他写的诗?"

"我来引用诗的前两行,"我说,"你来告诉我你觉不觉得耳熟。'在圣诞节前夜,整间屋里没有一人在吵——'"

"伯尼,事实上我知道这首诗的作者另有其人。他生前曾住在切尔西,那里有一栋楼上挂着个匾,如果你容我想一想,我还可以记得起他的名字。"

"我非常相信你可以。"

"穆尔,"她说,"他的名字,反正他名字里面带着这个,叫什么什么穆尔。"

"克莱门特·克拉克·穆尔。"

"就是他。他写了那首《在圣诞节前夜》,只不过我记得标题不是那个,而是别的。"

"是《圣尼古拉来访》。"

---

①康沃利斯(Cornwallis, 1738—1805),英国殖民美国期间,一七八三年带领英军向美法联军于约克镇投降,结束了长期以来在北美最为恶劣的战争。

"没错。如果你停下来仔细想想，可以说是他发明了圣诞节。他的诗也给驯鹿命名来着。当然，他不知道鲁道夫①，但其他的基本上都是从那首诗里出来的。"

"你说得都对，"我同意道，"只除了这首诗其实是出自亨利·比克曼·利文斯顿之手。驯鹿的名字来自亨利自家马厩里马的名字。你还记得《原色》那部书吗，那本很久前以匿名发表的政治小说？"

"我当然记得了。我希望你不要告诉我亨利·比克曼·利文斯顿也是那本书的作者。因为大家都知道那是谁写的。是乔·克莱恩。"

"你还记得是谁弄明白作者其实是乔·克莱恩的吗？"

"有个人分析了书里的文字，他分析的方式非常有趣。但我不记得他的名字了。"

"是唐纳德·福斯特。"

"你这么说我就姑且相信吧，伯尼。"

"而正是这个唐纳德·福斯特用同样的方式对《圣尼古拉来访》的文本进行了分析，你猜怎么样？"

"最后他认定是亨利·比克曼·利文斯顿写的。"

"至少从分析上看确实是这样的。据他说，这首诗不可能出自克莱门特·克拉克·穆尔之手。"

我又和她说了一些，多于她所需要知道的，在这一点上我毫不怀疑。比如利文斯顿是如何喜欢写关于圣诞节和新年的诗，以及这首诗是如何在纽约北州的一张报纸上匿名发表，还有穆尔是如何读给他的孩子们，但后来却无法出示写这首诗时的底稿，只解释说自己是如何在梦中梦到所有的诗句，醒来后就急急冲到他的办公桌把它们记录下

---

①红鼻子驯鹿鲁道夫，是一九三九年由罗伯特·路易斯·梅（1905—1976）在一家广告文案公司工作时所创作，后该故事和驯鹿鲁道夫被广为流传。

来,而且,唉,无所谓。卡洛琳并不需要听到整个故事,你也一样。

"伯尼,"当我终于停下来的时候她说道,"这些都非常有趣。"

"你真的这么认为吗?"

"某种程度上,"她说,"我确实这么觉得。但是我现在有一个疑问。这些与使徒勺,还有迈耶·迈耶斯有什么关系?"

"利文斯顿这个人很有趣,"我说,"即使他没有写这首诗。他的兴趣广泛,对知识有着强烈的好奇心和一种不溢于言表的冒险精神。他为人低调,所以人们不了解他。但我们知道,他同迈耶·迈耶斯相识,不仅是在私交还是在工作上。他的亲戚也曾委托迈耶斯做银器,他留给遗孀的遗产中就包括一只被穿洞的银碗,那几乎肯定是迈耶斯的作品。"

"他知道使徒勺是什么。亨利在波基普西的邻居保存了一封一七九二年的信,上边记录的是关于'亨利和简'的一次拜访,'她大病初愈,正在恢复,他对圣犹达的勺子十分喜欢,让我觉得自己不得不提出将勺子送给他。但他是一位绅士所以没有接受这个馈赠,我对此倒是颇感欣慰,因为如果真把它送出去了我会感到难过的'。"

"不久之后,亨利便去了纽约,其间还顺道拜访了迈耶·迈耶斯的商店。在那里,他授权定制了一套不寻常的银器:十五把使徒勺。每一把都代表使徒中的一位,只是将使徒勺的勺柄改用了当代的诠释,以代表美国最初的十三个殖民地。"

"我记得你说的是十五把汤匙,伯尼。"

"有一把代表佛蒙特州。各个殖民地宣布独立的时候它还是纽约的一部分,一年以后,也就是在一七七七年,它也宣布了自己的独立,宣称自己是佛蒙特共和国,并发行了自己的硬币。在一七九三年,纽约承认了这个分裂,允许佛蒙特作为第十四个州加入美利坚联盟。随后一年,利文斯顿定制他的勺子时,对此事颇为感慨,所以将佛蒙特州也算作勺子的一把。"

"那是十四把。"

"第十五把是乔治·华盛顿。他本来可以被算在弗吉尼亚州的勺子上,但那便意味着把托马斯·杰斐逊①挤出去了。利文斯顿最后的理由是,华盛顿首先是大陆军司令,现在又成为美国总统,他不仅应该代表一个州,更应该代表整个国家。"

"所以他自己占了把勺子。就像耶稣一样。"

"我不知道迈耶·迈耶斯是否会这样认为,"我说,"或者是乔治·华盛顿本人。我想利文斯顿自己一定已经决定了每一个州由谁来代表,不过他也可能与迈耶·迈耶斯商讨过。那其中有很多人都是签署《独立宣言》的人,比如马萨诸塞州的塞缪尔·亚当斯和马里兰州卡罗尔顿的查尔斯·卡罗尔,当然还有纽约的菲利浦·利文斯顿。亨利·利文斯顿曾是一名战士,所以他明显对军人很是钦佩,因此他选择了纳撒尼尔·格林来代表罗得岛州,还有弗朗西斯·马里恩来代表南卡罗来纳。马里恩被称为沼泽狐狸,他的勺子在他的雕像脚下有一只狐狸,好似人类最好的朋友。"

"更像是人类最狡猾的朋友。"她说。

"至于佛蒙特州,哦,其实并没有任何佛蒙特州的人签署了《独立宣言》,所以代表它的便是另一个军事英雄——艾森·艾伦。"

"那这次迈耶·迈耶斯在他的脚下刻了什么呢,伯尼?情人沙发?还是一把靠背椅?"

---

①托马斯·杰斐逊(Thomas Jefferson,1743—1826)美国第三任总统,生于弗吉尼亚州。

"我不知道。他攻陷了提康德罗加堡①，所以也许是一支铅笔。"

"迈耶·迈耶斯，"她说，"你知道，当你第一次提到这个名字的时候——"

"你确定我指的是埃德·麦克班恩书里的人物。"

"嗯，你能怪我吗？不过此时此刻，伯尼。迈耶·迈耶斯，对吧？"

"所以？"

"还有罗达·罗达？"

"哦。"

"我们就好像不断地跑进回声室里。我想也许我会去点唱机，点一首杜兰·杜兰②。或者回家看《玛丽·哈特曼，玛丽·哈特曼》③的重播。要么——"

"打住。"

"好的。你可能以为我要提到沃拉·沃拉④，不过我倒是一直没想过那个。迈耶·迈耶斯是做了使徒勺，对吧？一套十五个？"

我拿出了库洛登的书，翻到第十六篇插图。

"那是乔治，"她说，"他是我唯一有可能认出来的使徒。他手里拿的是什么？"

"我忘了它叫什么，但这是土地测量员⑤使用的仪器。当他不忙于

---

①提康德罗加堡战役，发生在一七七五年五月十日。该战役的规模本身不大，但很有战略意义，它导致南北英军的交流被中断，而最终被迫从波士顿撤出。提康德罗加铅笔由美国狄克逊文具公司生产，名字的由来便是提康德罗加堡。至今仍能买到。
②英国中部一九七八年成立的一支新风潮通俗歌曲乐队。
③一九七六年至一九七七年在美国工作日每日都播放的讽刺肥皂剧。
④美国华盛顿州最大的城市。
⑤华盛顿从小受到测量员的教育，十七岁便已成为职业测量员并在职四年。

穿越特拉华州①时,他做了很多测量工作。"

"一把斧头会更好,伯尼。来砍樱桃树②。不过我从来没见过这样形状的勺子。"

"迈耶斯走了复古路线,"我说,"勺身形如一滴泪,又长又直的勺把,他一定是受到了一两百年前典型使徒勺形状的启发。"

"我很喜欢这个风格,"她说,"我想你会在几小时内看到原版的勺子。"

我摇摇头:"除非我从利尔波德的住所往北走几个街区,到纽约市博物馆里去看。那把乔治的勺子自从利文斯顿的后裔去世以后,就被馈赠给了市博物馆。"

"我以为利尔波德先生有整套的。"

"差远了。卡罗尔顿的查尔斯·卡罗尔那把勺子最后流落到了巴尔的摩历史学会的收藏品中,而且——"

"伯尼,他们为什么总是称他为卡罗尔顿的查尔斯·卡罗尔?"

"我不知道。虽然我也有过类似的疑惑。你可以去查查看。"

"我可以,"她同意了,"但我估计不会去查。它在巴尔的摩,是吗?"

"嗯,他的勺子是。但是查尔斯本人的结局却不为人知。其他的勺子分散在各地,一些被收藏在公共场所,一些在私人收藏家手中。有两三把勺子已经不着痕迹地消失了。银价市场经常会有人为的波动,而每一次这样的浮动产生就会有大量的银器收藏品被送去冶炼厂。从

---

① 指的是美国独立战争时华盛顿带领军队在一七七六年的圣诞节那天穿过冰冷的特拉华运河,突袭德裔英军。
② 引用乔治·华盛顿和樱桃树的典故。传说华盛顿六岁时父亲送了他一把斧子作为礼物,而当他用斧子砍伤了樱桃树时,父亲很生气,追问是谁干的。华盛顿诚实勇敢地承认了自己的错误,被传为佳话。故事的真实性说法不一。

此再也无迹可寻。"

"如果有一把法官科雷特①的勺子，我敢打赌它就是被送去了。"

"原来的十五把，"我说，"我们的利尔波德先生有四把。"

"而你要去把它们都拿走。"

"只有一把，"我说，"带着纽扣的那一把。"

---

① 指的是一九三〇年失踪的法官约瑟夫·科雷特。有猜测科雷特和受贿案有牵连，也有说法是他被当时纽约警察内部暗杀。一九三九年被法定宣称死亡。一九七九年他的失踪案正式结案。而他的失踪之谜一直未被解开。在通俗文化中曾有一度用"见法官科雷特去"来比喻什么东西失踪了。

23

那本书让我能够进入大楼。

这当然也是最初史密斯先生要我把它偷出来的原因。如果能进入瓦特诺公寓拿到它——而且那所公寓本身并不难进——它便能让我潜入这座更为严丝合缝的堡垒里面。

如果没有它,我进来的可能性就小了很多。许多曼哈顿最富有的居民基本上都不怎么做防盗措施,因为他们居住的楼本身几乎是坚不可摧的。爱德温·利尔波德便住在这样的一栋楼里,如果不是他前些时候将我的拜访通知了楼下的保安,我现在恐怕已经被轰出去了。

保安身着制服,站在外边,一脸严肃。我告诉他我的名字,还有我要拜访的利尔波德先生的名字,他便把我领到了楼里一位体型稍小,身着相似制服的前台面前,前台的风衣夹克并没有完全挡住他肩上吊带的凸起。

也许这位前台很高兴见到我。他把我上下打量了一番:我的西装,我低调的领带，还有随身携带的公文包。我告诉他我的名字，他点了点头，对照着来访客人名单又确认了一下，然后打电话给楼上的利尔波德先生，问他是否还愿意接见我，也许他现在已经不再欢迎我的到来。

"莱德勒先生，"他对着话筒宣布，然后听了一会儿，"非常好，先生。"他说，给了我一个微笑，虽然没让我觉得有多温暖。他说："前面的那部电梯。"

我注意到大楼入口处的门上安了一个摄像头，还另有两架在前台桌子的上方和后面。从那位前台先生所在的位置，可以在桌子上同时监控几十个屏幕，这表明整栋楼里至少有这么多架闭路摄像机，无时无刻不在记录楼里所有公共空间角落的一举一动。

我在电梯里又发现了一个，而且还看到了它的操作人，是个下巴带着赘肉的老头儿，身上穿着相似的栗色制服，配有金色饰扣，与保安和前台一样。他启动电梯，我们距离天堂又靠近了两百英尺，然后把我丢在一个约十平方英尺大的走廊上。走廊的两面墙上都有挂画，画框都匹配成套。画的主题是乡村景色，而电梯的对面则是利尔波德豪宅的大门。

在我的身后，电梯操作员停在那里一动不动，我知道他不会在我被主人接进去之前离开，我把我的公文包转移到左手，然后用右手敲了敲门。一个男人的声音问了我的名字。

"菲利普·莱德勒。"我说，然后看到门锁的转动。

而且不止一把。两根钢管暴露在门的外面，还有一个巨大的滑动螺栓，一把狐狸牌锁，至少和我在第十街见到的那把一样坚固。

这些锁让我吃了一惊。一般来讲，一栋居民楼越容易进，里面的公寓就越难进。由拉布森锁、波拉尔德锁以及狐狸牌锁三把大锁组成的瓦特诺公寓便是一个很好的例子。任何有把黄油刀的人都可以走进大楼登堂入室，所以红墙楼的居民在自己的门上安了高强度的锁。

但是在这里，纽约的第五大道上，楼下有持枪保安，还有一名像直布罗陀的巨石般一丝不苟的前台，你会以为里面的居民对锁的态度比较随便。如果根本没有什么人能进入这栋楼，为什么要费力气搞这些转来转去的锁和开它们的钥匙呢？

我的心本来会在看到这些锁的时候咯噔地沉下去，尤其是他让我进去以后又把那些锁逐个锁了回去。人再怎么谨慎也不算过分，赫施太太曾建议我，但她还没有见识过爱德温·利尔波德。这些锁本会打击我的士气，只不过我的士气早就已经在海平面之下了，我现在只是庆幸我带了那本书来，而且书价我们已经提前说好了。因为这一千美元是我所有努力唯一能得到的补偿。

他其实不需要这些锁。他甚至一把都不需要。他可以用一条线来锁他的门，或者干脆就把门开着。完全没有关系。

这里也许不是诺克斯堡，但也差不了多少。我是无论如何也没有办法从这栋楼里偷走任何东西的。

我们彼此自我介绍之后握了手，爱德温·利尔波德的握手礼结实有力，这令我有些惊讶。但是这个人外表上的每一个细节都令人吃惊。迄今为止我对他的所有了解也不外乎他对古旧银器很有热情，对外界极度厌恶以致不愿离开自己的公寓，所以我脑海里想象的也是一个相应的苍白的小男人，他可能是肥胖的，可能是坐在轮椅上的，而且看上去好像刚从查尔斯·亚当斯①的动画中爬出来。

---

①查尔斯·亚当斯（Charles Addams, 1912—1988）美国卡通画作家。以黑色幽默和丑陋的卡通人物绘画闻名。

他和我的个子应该差不多，但是看上去比我高些，也许是因为他的身板比我好，事实上是比任何人都好。他的肩膀更宽阔，腰部更有型。他身上的定制西服很低调，但是袖口上的功能纽扣是那种史密斯先生会欣赏的扣子。

而且他的皮肤紧致，没有任何皱纹，显出深深的古铜色。我猜他或许可以站在露台上晒成这个颜色，但那露台必须得是迈阿密的露台。现在只是六月份，要晒成他现在的颜色，只能把纽约夏天所有的阳光都集中到他这里。

"我希望你能体谅这些愚蠢的大锁小锁。"他回身将所有的锁扣好并启动了克滕伯的防盗安全系统，然后扶住我的胳膊，把我带到一张两人的小桌子边，又拿了一壶热咖啡和一碟饼干，"但是如果我不把最后一把锁锁定，并且启动安全系统，即使我坐得离门这么近，我向你保证，我也无法集中精神去想其他任何事情。你有什么恐惧症吗，莱德勒先生？"

"我想我没有什么恐惧症，"我说，"不过，我也不会说我无所畏惧。这世上总有一些让我不舒服的事情。"

"不舒服和完全不能控制很有区别。如果你有恐惧症，就会明白这两者的不同。你知道安多拉这个词吗？"

"在填字游戏里见过。我记得这个词的意思是市场。"

"来源于古希腊的露天市场，商人可以将他们的商品摆在外边。所以安多拉恐惧症的意思是对开放空间的恐惧。来尝一块这里的饼干，莱德勒先生。它们来自第二大道上的匈牙利面包店。"

"真好吃。"

从我的座位可以清清楚楚地看到右手边的那座玻璃的三扇柜。柜子很高，距十英尺的天花板只有几英寸远，灯光照在架子上的银器上，反射出光来。我快速扫了一眼柜子,并没有看到什么勺子,但这并不意味着它们不在里面。

"我打电话给他们,"他正说起匈牙利面包店,"他们甚至愿意给我送到家里来。纽约对有空间恐惧症的人真是非常体贴的。人们几乎可以买任何东西,让他送货上门。"

"您有多久——"

"有多久像现在这样吗?我今年六十二岁,莱德勒先生。"

"您看上去很年轻。"

"是吗?我尽量保持身材。我今天早上跑了五英里。一个正常的人会穿过街道,在公园里跑步。我用跑步机跑。我用这个方法欺骗我的心血管系统,让它感觉不出室内室外的区别。"

他将其中一个房间装修成了健身房,除了跑步机还有各种其他器械,甚至整套自由力量练习机。他还装了一间桑拿房,而它没有占用太多的空间,也不费什么电。另外还有一张紫外线太阳床,这便解释了他身上的古铜色。

"所有这些,"他说,"都是用来迎合一个令人遗憾的神经质缺陷。你问我这个样子有多久了。那年我三十岁,环游全世界,甚至可以算得上是一位探险家。我曾在中国西部的塔克拉玛干沙漠中露营。你去过那里吗?"

令人惊奇的是,我没有。

"一个悲惨的地方。一望无际的辽阔,看起来好像有人决定开始铺路,但干到一半就放弃了。而我在那里,在繁星点点下睡觉,茫茫荒野中独自一人。而且我觉得非常自在,如果你能相信的话。"

"到底发生了什么呢?"

"老实说我并不知道。我只能说有什么起了变化。我原本计划去意大利,除却这个国家,那里几乎是我的第二个家。可那天早晨我醒来,便意识到我不想去。我取消了那次旅行,之后再也没离开过纽约。"

"原来如此。"

"你真的明白吗?因为我不明白。这是我长大的公寓,公寓是我父母的,那个时候我的母亲还健在。我便搬回来和她一起住,她去世后我就住了下来。起初我在纽约城里的任何地方都很自在,但是我的世界逐渐变小。渐渐地,我只想在邻近的区域活动。直到有一天,我穿过大街,打算在公园里坐几分钟,可很快就转过身来回到了公寓。自那天以后,我再未穿过第五大道。"

他给自己倒了些咖啡。"我那时曾去看过一位心理医生,"他说,"但是我再也无法走到他的办公室去了,而他认为如果他来这里看我,只会让我的恐惧症加剧,所以那段医患关系便结束了。反正他也一直没有做出什么有用的治疗。不过那时我还在琢磨这种恐惧症是否就到这个程度了。当时我有一段时间,比如一个月不能离开大楼,但偶尔还是能下楼去取我的邮件。"

"但后来就不行了?"

"楼下的人非常好,愿意把邮件帮我送上来。不过现在当然是米勒小姐去做这件事。我不离开公寓,甚至不出走廊,当我打开门的时候,哦,你已经看到我用多快的速度又重新锁好了一切。"

他目不转睛地盯着我:"一位专家认为,空间恐惧症是人们放任自流导致的,就是说我可以强迫自己去面对我的恐惧,而不是接受它。听起来有点道理,不是吗?我可以说,这话的用处就好像告诉抑郁症患者你应该开心一点儿。我现在就是很庆幸我的病情似乎已经稳定下来了。我有整栋公寓可以走动。"

"那也算可以。"

"是的,我读到过患上这个病的人最终会变得无法离开卧室,甚至无法离床。如果那发生在我身上,我都不知道该怎么办。"他笑了起来,"我每天都要走一遍过场,在公寓的每个房间里走一遍。好像一只动物,到处宣布自己的领地。只不过到目前为止,我还没觉得需要用尿标记领地。"

"那估计也可以。"

"是的,我也会这样说的。"他原本一直倾身向前,现在挺直了身板,"现在,"他说,"你肯定想改变主题。我相信你给我带了一本书。你是否可以让我看看它?"

24

我有点担心书上的题字。在我看来，实在有些多此一举。这本书是他一直想要的，他是否会因为书上有作者的题字签名而更加强烈地想要这本书？估计不会，他可能会觉得这个签名看上去不像真的？它本来应该是在一个多世纪前签署的，可在我看来，它看起来更像是昨天刚签的。

他先扫了一眼书，点了点头，然后翻开页认真看起来。

有二十几页纸最让他关注。他仔细研究，时而皱起眉头，时而对着它们微笑，甚至与它们交谈，聊书里写的这件或那件作品。

"他确实考虑了列维尔的世界，"他说，"谁没有呢？而且他对我最喜欢的银匠的思考不止一星半点。"

我有一个预感，我会知道他接下来要说的。

"一个名叫迈耶斯的人，"他说，"我估计你可能都没听说过他。"

随后他告诉我关于迈耶·迈耶斯的一切，甚至比我原本知道的还要多一些。我表现出很感兴趣的样子,事实上我根本不需要显示出太多的热情便让他很开心。

比如说,他告诉我,迈耶斯在一七五六年与一个叫本杰明·哈尔斯特德的人建立了合作伙伴关系,而他们两个人是最先将合伙人的首字母联合起来作为商品标志的。随后加入合作关系的银匠都使用了他们的个人标记,但是迈耶斯和哈尔斯特德把他们两个人名字的首字母连在一起,做成了长方形的标志"H & M"。

"我给你看看,"他说,然后把我带到刚才引起我注意的玻璃柜子前。柜子的各个部分都装了锁,是那种用一根发卡就可以打开的简便款。只不过他不需要什么发卡,他口袋里有一把开柜子各处的万能钥匙。他用它打开了其中一个竖条框的门,用手拿起一只六英寸大小的碗,然后又把它翻转过来给我看它下面的标志。标志就在那里,没错,印在碗底:一个约八分之三英寸长的长方形,里面用"&"符号连接起两个合伙人的首字母。

"这是他们的创新。"他毕恭毕敬地说,好像哈尔斯特德和迈耶斯发明了什么了不起的东西。

"然后首字母继续被发扬光大,"我听到自己说,"多年以后再次出现在哈得孙河下方穿行的火车上。"

"你说的是什么意思?"

"我是指 H & M 地铁,"我说,"哦,他们现在把它改名叫作帕斯火车了,已经改了好几年了。不过还有一些地方可以看到原本的标志。H & M。"

"哈得孙和曼哈顿。"他说。

"是的,当然是,"我说,"但是我有一种感觉,我自今天起都会把它想成是哈尔斯特德和迈耶斯。"

我在干什么呢，聊得如此开心？

哦，为什么不呢？我来这里，原本是打算偷走一把属于爱德温·利尔波德的银勺，即使不是在今晚，也会是在随后的某一天，利用今天我拜访时对这栋楼的了解和发现。也许，我曾经想过，在我交出这本书并拿到了我的一千美元后，我可以在这栋楼里找到藏身的地方，然后等大家都沉沉睡去之后回到这所公寓，从银柜里偷走勺子。

或者我可以像在高顿堂里做的那样，制造一个后门入口进来。又或者——

那都无所谓了。我可以继续这样胡思乱想下去，但那又有什么用呢？所有的可能性实际上都是不可能的。这栋楼里的保安太多，监控摄像头无处不在，我所有的偷窃战略从一开始就注定不会成功。所有这些锁、安保系统，还有这个人无论白天黑夜，任何时刻都会待在公寓里的事实，这一切叠加起来，我从经验就知道那位史密斯先生无论如何也不可能从这里带走任何一把银勺。

这个认知给我一种奇异的解脱感。如果我不能从这个有魅力的怪人身上偷走任何东西，那么我至少可以放松下来，好好享受他的陪伴。我只是对一开始就给了他一个假名感到遗憾，现在每当他叫我莱德勒先生的时候，我都有想要纠正他的冲动。我的名字其实是罗登巴尔，我很想说，伯尼·罗登巴尔，我有一个你永远不能去拜访的书店，因为你无法离开你的公寓，但是我一定可以为你提供你可能会感兴趣的书，帮你寻找任何你可能想要的书——

但是我怎么在不解释为什么罗登巴尔会变成莱德勒的情况下将这些说出口呢？无论我说什么都至少会变得和这位主人一样怪异。所以我让他继续称我为莱德勒先生，并暗自想象如果他问我别人是叫我菲利普还是菲尔时我该如何回答。但是我们一直没有说到彼此的名字。

他一直是利尔波德先生,而我则一直被称呼为莱德勒先生。

只不过,事实证明,也挺不错的。

我在柜子边上站着,透过玻璃柜看向里面四把配套的使徒银勺,勺子是泪珠形的。我可以要求仔细看看它们吗?

"但是我已经把你留在这里太久了,"利尔波德说,然后捉起我的胳膊,把我从柄上有纽扣的勺子那里拉走,"一千美元。我记得正确吗?这是你提出的价格,对吧?"

"是的。你说是一个好数。"

"确实如此。你介意收支票吗?"

"呃——"

"那么就现金吧。"他从胸前的口袋里拿出一个信封,从里面掏出几张五十元和百元钞票,然后让我清点数额。我照做并且确认了。

"现在我有一个问题。莱德勒先生,你是怎么知道要打电话给我的?"

"嗯,"我说,"一名淘书的人带着这本书,还有十几本其他他从二手店淘来的书。其余的都没有什么特别的,但我知道你会想要库洛登的这本,而且——"

"那正是我要问的问题,你是怎么知道我想要这本书的?"

是啊,我到底是怎么知道的呢?"这我恐怕无法奉告。"我跟他说。

他点了点头,好像我已经确认了他的怀疑。"朗德垂。"他说,"那个人知道,你会打电话给他们也很正常。我只是很惊讶他把我的电话号码给了你,而不是自己先买来这本书再拿给我。是那位年轻的杰夫,不是吗?"

"先生，我真的——"

"不能说，"他接下我的话，"而且你什么也没说，但是如果你没有提出反对意见，我会当作是你默认了。"他笑了起来："纽－约历史学会的杰夫·朗德垂。真让人好奇，不是吗，他们为何执着于纽与约之间的那个连字符？即使是最轻微的挑衅，他们也会大放厥词阐述保留连字符的理由。尽管事实上，这座城市的名字已经连续几个世纪没有再用那个连字符了。当你指出使用它有多不合逻辑的时候，他们就以传统为名寻求庇护。纽－约历史学会。他们在公园的另一边，你知道吗，再往前走几个街区。我以前从这里可以看到他们的那栋楼。"

我一定表露出了困惑。现在又有什么可以阻止他去看看？四周没有任何建筑可以遮挡他的视野，也没有什么树可以长到足够高的地方碍事。

"是从我的露台上看过去，"他说，"但是当然，我连那里也不能去了。"

继而他告诉我那个用连字符的机构如何惦记着他的银器，并希望他死后会将其遗赠给他们。毫无疑问，杰夫将会在一两天之内打电话给他，并祝贺他终于收集了库洛登的这本书，而且是由于他们协会的努力才得以实现这个愿望。他们都想要他的银器，不管用不用连字符。纽－约历史学会，还有纽约市的博物馆，又因为迈耶·迈耶斯是犹太人，所以犹太博物馆也在惦记这个。这些机构当然都是优秀的地方，里面都有不错的人，而且——

我已经放弃了继续听下去。从露台上？他的公寓真的有露台吗？他无法踏上去，那我可以吗？

我把注意力从公寓转移到下面的街道上，想象自己站在第五大道，从那个角度看向我现在的位置。我不记得来的时候注意到哪家公寓带一个露台，但我记得利尔波德的楼比他周围的楼都要高。这就意味着我不可能从邻近的屋顶跳到他的露台上。

我可以到达这栋楼的屋顶，然后从那里爬到露台上吗？爬楼恐怕还算是轻松的一部分。想要绕过所有的锁、报警器，和安全摄像头进入房间才是最困难的，也许根本不可能。

即使退一步说，我以某种方式把勺子偷出来了，我也会在一个露台上，另一侧的门被三重锁牢牢锁定，而且锁还连着那个烦人的克滕伯安全警报系统。所以把露台这个主意忘了吧，我诅咒那个先提起它的讨厌鬼。

"我还没有急着给我的遗嘱添加编号，"他滔滔不绝地说，与此同时，我把自己从关于露台的想象中拉回了现实，"毕竟相对来讲，我还是很年轻的男人，身体健康。我提到我今天早上跑步了吗？"

"五英里，我相信你是这么说的。"

"在我的跑步机上，人在机器上和在公园里一样可以锻炼身体。我是健康而年轻的，我和任何正常男人一样有身体需要。你可能一直在想这个。"

我没有，但现在他提到了，我更希望他没提，然后记起他两次捉住我的手臂。我希望他不会再这样做。

"我是一个有着正常欲望的正常男人，"他说道，"我时不时地需要一个女人的陪伴，而我的情况排除了我能出去寻找这种陪伴的可能。"

我松了一口气。倒不是他带着什么同性恋的气息，只是我最近才知道，我住在一个两位女同性恋可以在教堂举行婚礼后进行性别转换手术的世界。

"事实上是有相关服务的，"他说，"你可以访问一个网站，从那上边的一系列照片中进行选择，然后输入你的信用卡数据，你选择的那位年轻姑娘就会过来……"

这倒是水到渠成,我想。

"但是,这些交易还有一些不尽如人意的地方。"他说。

我想当你没什么机会去外边的时候,你会充分利用一个被俘虏的听众。

"一旦米勒小姐来找我,就变得很尴尬。当我的私人助理在场的时候,我几乎无法叫来专业服务的小姐。你还没有见到米勒小姐。"

"没有。"

"她住在这里,"他说,"她在亨特学院上课,所以来这里对她来说很方便,她的工作时间很灵活。但是,当她不在学校,或者不在外边帮我跑腿的时候,她很愿意待在这里。你可以明白我的问题吧。你能猜出解决方案吗?"

我应该可以,但是我宁愿他不告诉我。

"米勒小姐,"他说,"现在正在学习美国历史和文学,但那并不是她追求的唯一课题。有一天,我抱怨肌肉酸痛,接下来我便被放倒在沙发上伸展开来,而她正在给我做按摩。原来她是个熟练的按摩师。"

"你多幸运啊。"

"第二天,我给了她一些现金,让她去买了一个可折叠的按摩床。现在每当我完成跑步机上的运动和重量练习后,米勒小姐就会给我做按摩。"他笑了起来,"你对'美满结局'这个词熟悉吗?"

"每一个故事都应该有一个。"我说。

"每一次按摩也都应该有一个。那也不是真正肉体上的交易,你知道。只是用手工劳动来缓解身体上的冲动。而且我知道,如果米勒小姐不是一位有魅力的年轻女子,我是不会对按摩如此喜欢的。"

"嗯。"我说。

"按摩开始于我在俯卧位。然后她会让我翻个身,面朝上背躺着。"

"呃。"

"而这只是按摩,你知道。直到她把衣服脱到腰部。仍然只是按摩,但她的手法,以前是那么的坚定有力,现在却变得如此明显的柔和。我看着她的乳房,相当美丽,还有她的文身,我相信你可以想象其余的。"

对。

25

"在所有的酒吧里,"卡洛琳·凯瑟说,"在所有纽约的街道里,你偏偏走进我的那个。"①

"它们都是你的,"我指出,"这是我今晚去的第五个地方,而每一处都是同一个故事。"

"还是一样的老故事,"她说,"爱与荣耀的战争。我们仍然在电影里,伯尼,你我这等小人物的希望和梦想都不足挂齿。"②她看着手里的玻璃杯,发现里面是空的,皱起眉头,"伯尼,你说的是哪个老故事?"

"我走进每扇门,所有眼睛都刷地转向我,空气里的紧张氛围浓厚到你可以用刀切下去。"

"或者是用一把银勺子,"她建议说,"如果你出生时嘴里就含着一

---

① 这里引用的是电影《卡萨布兰卡》里的一句台词。男主人公瑞克对咖啡馆的钢琴家,同时也是他好友的山姆诉说女主人公偏偏走进自己的咖啡馆。
② 仍是电影里的台词。男主人公瑞克说:我们三个人的这些小问题在这个疯狂的世界里不足挂齿。

把的话。"

"而在每处我都问:'卡洛琳在这里吗?卡洛琳·凯瑟?'然后所有的紧张氛围都从房间散了去。'哦,你刚刚错过,'总有人说,'去公爵夫人那里试试,或者去宝拉的酒吧那里试试,或者去试试侧身相逢。'"

"那些俱乐部在几年前就都关门大吉了,伯尼。"

"嗯,它们是我的列表中唯一剩下的。我把每一家都走了一遍,就剩下现在这家,叫什么来着,米蒂利尼?我从来没有听说过这个地方,直到上一家我去的酒吧里一个女人告诉我如何找到这里。"

"可怜的宝贝儿。我敢打赌,你在每个地方都喝上了一杯。"

"我一杯都没有喝,"我说,"我在第五大道上喝了一杯咖啡,吃了一块匈牙利饼干,之前我在饶舌酒鬼要了一瓶巴黎水。"

"就这些?"她转过身来,"桑迪,这是我的朋友伯尼。他人还好,不过他现在迫切地需要喝一杯。所以给他一杯我在喝的这个,然后再给我一杯——"她停下来,吸了一口气。"不,"她说,"给他一杯双份苏格兰威士忌。给我一杯黑咖啡。"

我开始慢慢喝起我的苏格兰威士忌,而卡洛琳在喝咖啡。在我们周围,不同年龄,不同雌激素水平的女人们在喝酒,聊天,哭,笑,跳舞,配对,分手,再接着喝酒。

然后我们开始聊了起来。

停下来时,我的威士忌已经喝完了,她的咖啡也一样。"我感觉好多了。"我说。

"而我感到清醒不少,"她说,"虽然交警可能不会这样认为。伯尼,很多人都有文身。"

"我知道。"

"如果你环顾这个房间,你会发现大量的文身。去吧,看看吧。"

"她们会以为我在盯着她们瞧。"

"所以呢?可能发生的最糟糕的事情就是有人会打你一顿。我在开玩笑,伯尼。"

"哈哈。"

"好吧,那我去看一圈,因为她们已经习惯了我盯着她们看。一堆文身,真的,伯尼。"

"我相信你。"

"而且我还没算上你看不到的。像罗莎莉大腿内侧飞舞的小蝴蝶,还有丹妮斯的青蛙,为什么她要在那个部位文一只青蛙一直让我无法理解,但是——"

"行啦行啦,"我说,"我明白你的意思了。"

"你真明白吗?就因为利尔波德先生的美满结局女王身上有文身,并不意味着她的名字就是克洛伊。"

"但是——"

"她不是你想的那个人,伯尼。在纽约所有街道的所有书店里,她都没有走进你的那间。她可能甚至没有电子书,如果她曾经听说过《陷阱》,我敢打赌,她会认为那是埃德加·爱伦·坡写的。"

"她在亨特学院学习美国文学和历史。"

"还在旭日东升的大房子里做按摩。米勒小姐的名字是什么?"

"是克洛伊。"

"是他告诉你的吗?"

"我没问。"

"为什么不问呢?"

"因为问起来会很尴尬。'我私人助理的手活儿让我如住天堂。''哦,真的吗?她的名字是什么?'"

"嗯，那可能是有点儿尴尬。"

"可不是？"

"那又怎么样呢，伯尼？你已经知道整个晚上都要被浪费掉了，而且你再也不会见到他。仅仅尴尬又能怎么样呢？他就不给你匈牙利饼干了吗？"

"那时候我们已经吃完了所有的饼干。"

"那不就结了，顺便问一句，匈牙利的饼干有什么不一般吗？"

"它们来自匈牙利面包店。我没有问她的名字，因为我不必问。我知道她的名字。"

"克洛伊。"

"而你知道这一点的原因，就是任何有文身的人都必须被命名为克洛伊。"

"如果文身在她的左臂，肘部上方。"

"世上有很多文身。"

"如果那个文身是一只壁虎。"

"哦。"她说。

"我没有问她的名字，"我说，"因为那会引起尴尬。但是我确实问了文身。我的朋友卡洛琳有文身，我告诉他。那是一条蛇，缠在手臂上。"

"你用了我的名字，伯尼？"

"那是我想到的第一个名字。又有什么区别？他也不认识你。"

"他会的，一看到我的文身就知道了。伯尼，只不过我压根就没有文身。"

"我知道。"

"是吗？你怎么能那么肯定地知道？我可以文像罗莎莉一样的蝴

蝶,像丹尼斯那样的青蛙,你怎么会知道?"

"你会告诉我的。"

"是的,我应该是会的。所以你告诉他关于我的蛇,他告诉你关于克洛伊的壁虎。"

"对。"

"纽约市里不可能只有一只壁虎文身。"

"大概吧。"

"但是我们都知道是她。"

"我是这么想,是的。"

"你见过她,伯尼。在书店里你打电话给利尔波德时,你还和她说过话。她的声音听起来熟悉吗?"

"没有,但是——"

"但是你那时也不是在寻找相似之处。你只是想和利尔波德谈谈。伯尼,你能想象你遇到的女人为利尔波德做那种服务吗?"

"栩栩如生。"

"她是那种类型的人吗?"

"她出现在巴尼嘉书店里,"我说,"从我的库存中挑选了一本书,然后开启了她的电子书,在亚马逊上订了一本电子版的,还满脸无辜地宣告自己的成就。然后,她将罗马尼亚的珍妮推到我身边,让那位有进取心的年轻女子带着我云雨了一番。所以是的,我会说她绝对是那种会好好利用她的手的类型,就是为了让自己的老板高兴。如果她在布朗克斯动物园工作,她可能会对大象做同样的事情。"

"我猜我其实是可以等到早上的,"我说,"但是我满脑子想到的都是，胜利就在眼前，等待我把它从失败的嘴巴里抢走。"

"所以你想和别人分享吧。"

"想和你分享，卡洛琳。"

"再去一个女同俱乐部，"她说，"你会和调酒师分享的。在她从亚马逊的嘴巴里抢走了弗兰克·诺里斯之后，你就像克洛伊本人，伯尼。"

我们离开了米蒂利尼，仍旧没有看到罗莎莉的蝴蝶和丹尼斯的青蛙，走过几个街区到了阿伯巷，我告诉卡洛琳情况还是有所不同的。"以我现在的情况来说，"我说，"比起克洛伊那次，胜利还没有被抢下来呢。"

"那就是可以用到克洛伊的地方。"

"我再也进不去利尔波德的那栋楼了。第一次为了进去，我不得不去偷一本书，而且书帮了我大忙。我离开他公寓的唯一方法就是乘坐有人看管的电梯，直到一楼大厅，电梯操作员目送我走到前台和门卫等待的地方。"

"这样一栋楼，"她说，"还真不容易。"

"确实不容易。我相信利尔波德的公寓有一个员工入口，可以让工人们运送垃圾什么的，但是那对我又有什么用呢？而且，了解过利尔波德这个人之后，估计就算是那里，他可能也装了三四把锁。"

"还在周围挖了护城河，伯尼。"

"里面再加上鳄鱼才算完美，我也许在他付钱给我的时候有机会，我原期望他能把钱从墙上的保险箱里拿出来。"

"如果是你会怎么做呢，伯尼？跑去藏在保险箱里？"

"保险箱会在另一个房间里，"我说，"他可能要拿下一幅画框才能看到保险箱，再去对一组复杂的密码。这就可以给我足够的时间来撬开玻璃柜上的锁。"

"然后偷走勺子。"

"甚至可能在他回来之前就将锁再锁回去。但也有可能不行，如果他在我事情办到一半时回来，会怎么样呢？"

"会不太好。"

"不太好，但是他已经为我准备好了现金，他要做的只是把手伸到口袋里。后来我以为他也许会想去上厕所。他喝了几杯咖啡，虽然他身材保持得很好，但他的膀胱和前列腺已经用了六十多年，所以我想他迟早都会想去撒尿。"

"那会给你足够的时间吗？"

"我不知道。也许不够，但我根本没有机会知道。我想所有的那些美满结局都使他的管道保持了良好的状态。他甚至从来没有离开过房间。"

"然后他和你聊起了米勒小姐。"

"米勒小姐，"我说，"还有她的那双灵巧的手。和她的文身，帮我认出了米勒小姐。她可以帮我做这件事，卡洛琳。"

"很显然，她或多或少地每天都做了，但是——"

"不是那个。我是说她可以偷勺子。她要做的只是搞到一把钥匙，她可能已经有了自己的一把。当那双灵活轻柔的手没有被占用的时候，你不觉得它们偶尔会被用来抛光银器吗？"

"你要她为你偷勺子。"

"还有什么可以比这个更简单？她打开柜子，拿走勺子，把它扔进自己的包里。"

"勺子可以在那里陪着电子书。"

"随你怎么说。然后下一次她去亨特上课时，我就等在教室的门口。"

"你可以那么大摇大摆地走进大学吗？"

"要么在大学外的拐角处,要么在她想要的其他地方。"

"让她给你勺子。"

"对。但有一个问题,卡洛琳。我怎么才能找到她?"

"怎么找到她?"

"第一次,她出现在巴尼嘉书店,就是在街上时随便走了进来。但谁知道那是否会再发生呢?不过我碰巧认识一个知道她的人。"

"珍妮。"

"珍妮。她会知道如何与克洛伊联系。我敢打赌,她把灵巧双手女士的号码设置成了快速拨号。但是我没有珍妮的号码或地址,她从来没有告诉过我她的姓,我很确定她给我的名字是假的。那么我该怎么找到她呢?"

"她说她住在离你的商店只有几个街区的地方。"

"我该怎么办,挨家挨户地去找?"

"也许雷可以帮忙,"她说,"你帮他看了奥斯特迈尔夫人的案子,不是吗?"

"我并没有提供多少帮助。"

"但是你一直在努力。也许他可以让你和其中一名刑事画像专家坐下来,然后你可以向那个人形容她。"

"那个人听了我的描述会画出一张色情图片。"

"伯尼——"

"好吧,我和一位素描师坐下,画出来的图和珍妮的相像程度可以媲美大学炸弹客①的素描和他们实际抓来的人。"

---

①希欧多尔·约翰·泰德·卡辛斯基,美国数学家、罪犯,绰号"大学炸弹客"(The Unabomber)。从一九七八年到一九九五年,他为了对抗现代科技而举行了全国性的放炸弹行动,以邮寄或放置炸弹的形式造成三死二十三伤。其弟在看到炸弹客匿名于《纽约时报》刊登的论文后,发现风格及信仰与哥哥相似,于是向当局提供线索并揭发。

"至少他们把帽衫画对了。无论如何,他们抓住了他,不是吗?"

"是他弟弟举报了他。"

"嗯,但他们最终还是抓住他了。而且你看到珍妮的时候可比任何看到大学炸弹客的人都清楚。"

"我把她好好地看了一遍,卡洛琳。"

"所以也许你的素描会更像。"

"然后怎么办呢?让雷拿着画去告知内部所有警察去找她吗?还是我们跑过去把它贴在路灯柱上?这女人没有做任何事情。"我想了想最后一句话,"反正没做什么非法的事。考虑到人们私下做的违法的事情还不少——"

"伯尼。"

"抱歉。我不认为刑事画像是最好的办法。或许我可以贴个广告。"

"你的意思是像克雷格列表中失联的那一栏?"

"我想的是在《纽约时报》首页底部的一则个人启事。"

"他们现在还搞那些吗?我见过的唯一一则是告诉犹太妇女点燃沙伯布蜡烛。你会在广告里说什么?"

"我不知道。'你说你的名字是珍妮。我有一些需要问你的问题。请往书店里打电话。'"

"你会把电话号码也放上去吗?不,因为这样你才能只收到知道书店名字的人打来的电话。我想这可能会奏效。"

"我不知道。我用通灵对话板成功的可能性没准儿更高。如果对方本来就等着报纸里来的消息,可能会有用,但还有谁会真的去读呢?"

"手头上有很多时间的人,伯尼。不是那种白天和晚上都忙着找老公的人。"

我站了起来。"我要回家了,"我说,"回家睡一觉再把这事儿想一想。肯定有更好的方法来找到她,卡洛琳。我们只是还没想到。"

我回到家里,上床睡觉,然后醒了过来。我在手机响了第一声的中途便接了电话。"我们都很蠢。"我说。

"我不敢相信我们居然那么蠢,伯尼。你也就只喝了一杯。"

"那是双份威士忌。"

"我喝得更多,但是我也停下来改喝咖啡来着。而且我不觉得我们喝醉了。"

"不,我们就是笨蛋。"

"我可以明白我们其中的一个是那个犯蠢的人,但是——"

"哪一个?"

"两个都是。但如果是我们两个人,我记得法语里有个词形容这个状况。"

"愚蠢?"

"不,是一个短语。双愚,我想。你知道,就是当两个人都笨到一起去了的时候。"

"真的很笨,这一次。"

"笨蛋,无脑型笨蛋。我们不断提出的那些办法。"

"克雷格列表,"我说,"《纽约时报》。"

"和雷还有素描师坐下来。"

"走遍邻区附近贴告示。"

"笨。其实从一开始——"

"我就知道她的名字——"

"克洛伊·米勒。"

"她住在哪里，在哪里工作。"

"我甚至有她的电话号码。你知道还有一件什么事，卡洛琳？"

"什么事？"

"如果不是克洛伊，如果是其他某位年轻的女性，有一双柔软的手——"

"但是我们知道那一定是她。"

"是的，"我同意了，"但是就算万一她不是我认识的克洛伊，那又怎么样呢？即使她的名字是玛德琳·米勒、蕾切尔·米勒，或者我不知道——"

"珍妮·米勒？"

"无所谓。她仍然住在那里，在那里工作，并给银器抛光。她可以在那里随便走来走去。"

"身边还带着里面有勺子的包。那你给她打电话了吗？"

"我正要打呢，"我说，"我想先等一下，等我有机会先刷完牙。"

"恶……"她说，"你还没刷牙就跟我说话？伯尼，你真是恶心，我挂了。"

26

"爱德温·利尔波德家宅。"

"克洛伊?"

她的停顿足以确定她的身份。当她没有告诉我是我打错了号码时,我就知道我找对人了。

"我叫伯尼·罗登巴尔,"我对着沉默说,"我们最近见过面。"

"我们见过?"

"在我的书店里。我在东十一街有一家书店,你进来找一本弗兰克·诺里斯的书。"

"我不认为我知道弗兰克·莫里斯。"

"哦——"

"等一下。弗兰克·诺里斯?那个作家?我现在记起来了。你说你的名字是什么?"

"伯尼·罗登巴尔。"

"不是,"她说,"我不是说那不是你的名字,你对自己的名字应该比我更清楚,不是吗?"

"哦——"

"但我好像一直就没问过你的名字。你的书店有一个不寻常的名字。图书巴舍?不对,不过我记得名字里带个'巴'字。"

"巴尼嘉书店。"

"对,就是那个。"

"书店以前的业主在新泽西州一个叫巴尼嘉灯塔的地方有一处避暑的宅子。"

"所以?"

"所以就用了那个地名来做书店的名字。"

"哦,"她说,"那你是怎么得到我的名字的?"

"从你的一位朋友那里。"

"我的一位朋友?你能缩小一点范围吗?"

"她的名字是珍妮。"

"是吗?她应该是谁呢,弗兰克·莫里斯的妹妹?我不认识任何叫珍妮的人。"

这通电话打得不算顺利。"那是她给我的名字,"我说,"但是她意识到我不是当丈夫的料。我有一种感觉,这不是她的真实姓名,但我又能怎么做呢,翻她的钱包找身份证吗?"

"等一下。"

"好的。"

"她的名字不是珍妮。"

"真让人震惊。"

"你看,如果你想与她取得联系,我恐怕不能帮你。"

"我不想。"

"因为如果她想找到你的话,她会给你她的号码,不是吗?"

"没有。你才是我想要联系的人。"

"我?你介意告诉我为什么找我吗?"

"嗯,为了谢谢你,是一方面。你的朋友和我一起度过了非常愉快的几个小时,无论她的真实姓名可能是什么。"

"她也是这么说的。"她的声音柔和了下来。

"全都是因为你告诉她我很可爱。"

"是啊。事实上——"

"什么?"

"嗯,她对你也有很高的评价。"

"哦?"

"我一直想着如果我在你书店的附近我会过去打声招呼。但是我上上次到你那里时,你已经打烊了,而且——"

"我收到了你的便条。"

"什么便条?"

"放在我降价桌子上的那张。"

"我没有留下什么便条。我为什么会给你留言?"

"那一定是别的什么人,"我说,"你看,克洛伊,我觉得我们应该见一面。我有话要和你说,但不能通过电话说,我有一个你不会想错过的机会。"

"一个机会?"

"一个有希望获得不少金钱奖励的机会。"

一个短暂的沉默:"你是怎么得到这个号码的?"

"我已经告诉你了,你的朋友说——"

"她唯一可以给你的电话是我的手机。她根本没有这个座机号码。"

"十分钟,"我说,"我就需要那么点儿时间。"

"你在城里边呢。我没时间过去——"

"你附近就行,你给我十分钟,我给你五千美元。"

"为什么给我五千美元?"

"因为你来听了。选一个你方便的地方,再选一个时间,我会到那里找你去。"

"哦,上帝,我没法思考。他刚刚下了跑步机。然后会去淋浴五分钟,接着就会要我去给他按摩。我得挂了。"

"我想你不是唯一的一个。"

"什么?"

"没关系。你说一下时间地点。"

"五千美元?就只是让我听着你说?"

"对的,就是这样。"

"今天下午两点三十分,可以吗?"

"可以的。在哪里?"

"我能想到的唯一地方是三个人。"

"我想我们是两个人。"

"耶稣啊,你觉得我连数都不会数吗?是三个人,麦迪逊大道上的咖啡店。"

"对不起,我以为——"

她说:"两点半在三个人见。如果你三点半的时候出现在两个人那里,你就去见鬼吧。"

* * *

它是一只壁虎,好吧,一只和电视上一模一样的壁虎,带着澳大利亚口音。她穿着一件无袖的粉红色上衣,外面套着一件牛仔夹克,而当她滑到我对面的座位坐下时,也同时脱下了夹克。

她准时出现在门口的时候,我已经等了近十分钟。"嗯,你在这里,"她说,"就像你承诺的那样。但你还承诺了别的。"

"哦,对。"我递给她一个信封。那是我客户递给我的最后一个,我没有打开的那个。今天早上我从书店里把它取出来的时候检查了里面的内容,就像她现在做的那样,把钞票放在腿上,一张张仔细地数了数。我一边看着她胳膊上的小壁虎,一边盯着咖啡厅入口。

我相当肯定壁虎哪儿也不会去,我更关心谁有可能从门外走进来。不会是利尔波德,除非有人能给出立即治愈开放空间恐惧症的方法,而像克洛伊一样的女人却可能会准备文身以外的保护措施。

"这是五千美元。"她说。

"我是说话算话的男人。"

"嗯,你还有更多话要说吗?你说这些是听讲费。我想你已经足够引起我的注意了。"

我说话的时候,她手里握着那些钞票,放在膝盖上,把它们展开成扇形,然后又聚在一起。当侍者过来加冰茶时,她挪了挪包挡住那些现金。在侍者离去后,她的手又重新玩起钞票来。

我说完之后,她把钞票放回到信封里。她说:"假如我说不。你又会怎么样?"

"那我会失望的,但这不会是第一次。"

"然后呢?"

"我的客户会失望的,但是他必须学会承受生活中的失望。"

"我要把这五千退还给你吗?"

我摇摇头:"只要出现,你就赚到了这五千。"

"但是我可以赚更多。就为了把勺子。"

"没错,是这样的。但不是随便什么勺子,我不知道你是否知道我的意思,我是指——"

"有四把勺子,"她耐心地说,"在玻璃柜里,与其余的那个叫什么的人做的其他银器一起。"

"迈耶·迈耶斯。"

"啊哈。代表来自特拉华州的恺撒·罗德尼勺子上是他骑着的马。宾夕法尼亚州的本杰明·富兰克林是一把钥匙,源于他用风筝做的那个实验。新泽西州的约翰·哈特是一只鹿头,带着鹿角什么的。我不知道他是谁,也不知道那只鹿是什么来头。"

"我也不知道他是谁,但我认为这是一个双关语。哈特是公鹿的另一个名字。"

"我打赌就是这个原因,"她说,"因为第四把勺也是这样在人名上做文章。佐治亚州的巴顿·格威内特,巴顿与纽扣同音,哈,所以就是一枚小小的纽扣。那是你唯一想要的一把?你不在乎其他的勺子?"

"就是那一把。"

"如果我把它带给你,然后会发生什么?"

"你会得到两万美元。"

"这还不算你刚刚给我的钱。是再加两万,共两万五。"

"原来你对数学也很擅长。"

她纳闷地看了我一眼。"你看,"她说,"我基本上是只随波逐流的懒虫,是生活里的小人物,没什么大作为,明白吗?我去大学上课,每年念一门或两门,但永远不会获得学位。我不想要什么学位,因为那样做只会让我的资历过高。"

"在什么方面资历过高?"

"在任何事情上。我可以教瑜伽,只是我讨厌教课,我是瑞典按摩法、指压按摩法和科布伦茨反射按摩法的专业按摩治疗师,但我发现我讨厌碰触陌生人。你看到我在用你给我的钱做什么了吗?"

"在你把它们数完了以后?把它们当牌洗,看起来像是。"

"我在把玩它们,"她说,"我从来没有拿到这么多现金的可能。所以,如果我把玩它们,那么它就是用来玩儿的钱,我不必害怕它。我应该拿这些钱做什么呢?"

"想做什么都行。"

"比如把它们存在银行里?"

"如果你想的话。"

"但你不会。"

"嗯,因为某人某天可能想知道它来自哪里。"

"明白了。所以我应该留着现金,把它们放在某个安全的地方。"

"我就是一直那么做的。"

她的眼睛眯起来了,我可以看到她在考虑要不要做。"昨天晚上来的是你,"她说,"我进门的时候他很激动,说是他买到了这本书。但是昨天晚上你使用了不同的名字。"

"确实。"

"一个化名,我记得人们是这么说。"

"那是在你经常使用另一个名字的情况下,"我说,"我昨晚只能算是为那个场合临时假设了一个名字。"

"而她以为你只是一个靠低租金勉强过活的男人,守着家破书店还有一只猫。"

"珍妮。"

"是的,化名珍妮。'你和他在一起会很开心的',她说。就好像她是要成大器的,而我不是,所以我有的是时间可以浪费在和我一样的失败者身上。"

"像我这样的失败者。"

"啊哈。像你,无名小卒,生活里的失败者。可是同时,你有这些现金,多到你知道不能把它们留在银行里。"

"我也不是天天财源广进。"

"但是当你想要的时候,你就有法子赚一些。"

"嗯,一般来说是那样的。"

"你以老派的方式赚钱。你去偷。"她深吸了一口气,然后放松下来。"好的。"她说。

"好的?你的意思是你会做吗?"

她点点头:"不然我还要考虑多久啊?我今晚把勺子从柜子里拿出来,明天下午把它带到你的书店。两万美元?"

"我会把它们准备好。"

"太好了,"她站起来,犹豫了一下,"呃,我的冰茶……"

无名小卒,生活里的失败者,告诉她,他会帮她付钱的。

27

为什么收集纽扣呢?

我尽可能地忍了好久,但最终还是不得不问。

"为什么有人收集任何东西呢,罗登巴尔先生?我熟悉所有的理论,相信你也一样。在无序的宇宙中创造出有序的错觉。积累某种东西,以这种方式反映出自己值得吹捧的一面。给自己一个挑战,并向其进军。掌握各种不同类型的邮票、硬币、书籍或小部件,拥有同类型中最好的那件,或者最稀有的那件,再或者以其他方式超越其他收藏家。

"很多男人晚年时开始收藏东西。他们已经功成名就,赚了些钱,想以一种享乐的方式来花钱。如果可以收藏一幅画为什么要再去买上一份股票?我的艺术作品集,普格拉什先生可以宣布,他可以朝他墙上挂的各幅画作挥挥手。等他的墙上挂不下了,他可以借给博物馆一些画。画框下的小黄铜板上会写:罗素·N.普格拉什收藏系列,然后普格拉什先生便可以沐浴在藏画换来的光辉和荣耀之下。"

"但是你很早就开始收藏了。"我猜。

"我天生就有这种冲动,"他说,"我尝试了很多不同的爱好,像普通男孩那样。从银行取来一整卷的硬币,我会把它们按日期和造币厂分类。我还捡过街头的瓶盖,试着看看能找到多少种不同的瓶盖。"他叹了口气,"然后有一天,我姑姑给了我一小把纽扣。各种奇怪的纽扣,从大衣和连衣裙上掉下来的,我猜。就是那种在针线盒里摞成堆的纽扣,绝对不会被使用但也不会被丢掉。'给你的纽扣,我的小巴顿。'"他和我对视了一下。"我的名字,"他说,"实际上并不是史密斯。"

"真让人感到震惊。"

"我的名字其实是博腾·巴顿五世。"他看向不远处,陷入回忆,"我的太太祖父是第一个博腾·巴顿,他的名字是沿用了母亲的姓氏。他很喜欢这个名字,便把它传给他第一个出生的儿子,我的曾祖父,他一辈子听别人叫他小巴顿。他唯一的儿子是我的祖父博腾·巴顿三世,在小时候被叫作博提,之后是博特,当那位先生给这个世界添了一个男孩的时候,这个家庭传统已经根深蒂固。巴顿三世便跟着给下一代取名为四世。"

"就是你的父亲。"

"大家都叫他巴斯特。'我是巴斯特布朗,我住在一只鞋子里。'① 一句傻乎乎的标语,但是容易让人记住,也许这样它才能帮着卖鞋。我父亲比巴斯特厉害,但他以这个昵称为荣,所以这可能很适合他。无论如何,在他经历丰富的一生中,他娶了一位妻子,而她为他诞下了一位继承人。我已经告诉过你,我不可避免地被给予了同样的名字,

---

① 美国布朗鞋业的标题语。巴斯特和他的小狗原是卡通人物,在一九〇二年被创作出来。一九〇四年布朗鞋业的创始人买下其版权,用它来作为公司儿童鞋的吉祥物。

你也许可以猜到我随之的昵称。"

"'他可爱得像个扣子',一些女性亲戚们这么说我,就是这样。我想更令人惊奇的是,这个名字经历了五代博腾·巴顿才被叫了出来。我倒是很喜欢这个绰号,所以很高兴被人这么叫。"

于是姑姑的几颗纽扣便这样成了终生的追求。在某时某刻,收集的硬币被花掉了,瓶盖也被扔掉了。亲朋好友被告知,要把他们所见的各种吸引人的,或者罕见的纽扣都攒来交给年轻的巴顿来收藏。

然后一件接着一件,到政治纽扣,到本杰明·巴顿。

还有巴顿·格威内特。

28

我最近似乎开始带有一种神鬼不惧的态度。去见克洛伊时，我把我的特价桌放在了书店外的人行道上。回到市中心的路上，我还想着它是否仍在那里。如果你把桌子上的书都扔掉，就会发现底下其实是一张非常漂亮的餐桌。

只是桌子仍在原地，就在我把它放下的地方。还有就是，唉，那些书。桌上还有一张便条，和我上次收到的那张匹配，用大写字母写在一张从笔记本上撕下来的纸上，但这一次的便条更长：

> 你又不在！我翘班过来也没有找到你。有人给你留了两张钞票。还好我这个人很诚实，我把它们放在不会被风吹走的地方。去看看捷克共和国①。

---

① 英语里的捷克二字与"检查"同音。这里一语双关，是让他去查看的意思。

啊？

我把便条又读了一遍，注意到最后一句里的国家名字，然后伸手拿起桌上那本破旧的《孤独星球：捷克斯洛伐克旅行指南》。旅游书的折旧率相当快，任何超过一两年的旅行指南都基本上毫无价值。不过，会有路人怪异到去拿一本已经不存在的国家的旅行指南吗？

显然不会。在旅行指南的封面里我找到了留言人提到的两张钞票，我本想把它们留在那里，以奖励将来某个怪人的一时冲动，后来又觉得一时冲动其实本身便是一种奖励，所以为两张钞票在我的钱包里找到了归宿。

进屋后，我又找出第一张便条与第二张对比。正在这时，门口的铃声响起，宣布访客的到来。"你得尽快把这个修一修，"雷·基希曼走进门的时候说道，"就像现在这样，每次我打开门，都会叮当一下。"

"这不只是针对你，"我跟他说，"无论谁走进来，它都会发出相同的声音。"

"我还一直以为我很特别呢，伯尼。你手上拿的是啥？"

"两张便条，"我说，"是相隔了几天写的，留在我的特价桌上。"

"看起来像是同一张纸。从哪个小笔记本上撕下来的。"

"看起来确实是这样，不是吗？"

"用的也是同样的笔，至少从表面上看是这样。蓝色原子笔，细笔尖。这张是先写的。"

"是的，"我说，"你怎么知道的？"

"你注意看这些字母是不是显得更加厚实？感觉笔尖有点磨损了。"

"你说得真对，雷，我还没有注意到。"

"嗯，我是一名训练有素的警探，伯尼。我应该注意到这样的事情。不过至于这张字条是什么时候写出来的，我就无法告诉你了。"

"你不行吗？我打赌歇洛克·福尔摩斯可以。"

"是的，还有电视上那些美国重案组的天才。给他们十五分钟，他们可以从数据库中对比出基因样本，然后告诉你写便条的人的体重以及她早餐都吃了些什么。当然那只是在电视里这么演。"

"而我们则生活在现实世界里。"

"现实世界里的法医们今天早上终于查出了老太太的死因。"

"奥斯特迈尔太太。"

他点了点头。"那不是蜜蜂飞过她的鼻子导致的，"他说，"是花生。"

"花生飞过她的鼻子？"

"会飞的花生，"他说，"还真没有人想到过这个。可以算是一种解释。"

"解释什么？"

"解释为什么她的血液检测里显示出花生残迹，但胃里却没有。"

"怎么可能呢？"

"不可能。要是能解释我们就在电视上了，伯尼。这可能是破案的一个线索，但在我们这个现实世界里，这只能说明犯罪实验室漏掉了什么细节。也许她的胃里实际上有花生，或者在她吃的沙拉酱里有花生油，还有可能是她吃的什么东西是和花生一起做的。"

"我猜没有人是完美的。"

"现实世界是没有。无论如何，是花生杀死了她。"

"我读了一些关于过敏性休克的事情，"我说，"纯属好奇。死于它的人居然不少，令我感到惊讶。有的人甚至并没有过敏反应的前科，或者并没有足够在意。也许你被蜜蜂叮了一下，起了一个红色的包，一两天后就消肿了。两年后，另一只蜜蜂又叮了你一下，你的心脏便停止跳动了。"

"不过,奥太太的确对花生过敏。她小时候对一大堆东西都有过敏反应,而花生是其中之一。长大后她就不再对那些过敏了,就像很多孩子一样。"

"那然后怎么样了?过敏又回来了吗?"

"两三年前回来了。她身上起了瓦楞状疱疹,这名字听起来好像挺有趣的。'哦,你有瓦楞吗?那是什么,屋顶瓦楞吗?你是要原木的还是要油过漆的?'只不过我的叔叔也得了这个,所以并没有什么好笑的。但是一旦他康复以后就没事儿了。可是老太太好了以后又开始有过敏反应了。"

"对花生过敏。"

"还有一些其他的东西,不过花生是主要的。她的钱包里带着一个小注射器,以防她遇到什么过敏反应。我忘记注射器里面的东西叫什么了。"

"肾上腺素。"

"我想你的确读了点儿相关资料。是的,听起来就是那个。它还在她的钱包里,所以我想她从来没有机会使用它。"

"一定是过敏反应来得太快太凶了。"

"或者她没以为是过敏反应。'我觉得有点儿闷,我得把外套脱下来,看看是不是深呼吸一下。'"

"而当她意识到发生了什么事时——"

"已经太晚了,假设她确实意识到这件事情的话。但你知道这是什么意思,不是吗,伯尼?"

"什么意思?"

"这不是一起他杀案。你已经弄清楚盗贼是在那个老太太死后才闯进屋的。如果死因是由自然原因造成的，没什么能比花生更自然了。如果这一切都发生在盗贼进入现场之前，那你可以把关于谋杀罪的种种都忘到一边去了。"

"因为死亡和盗窃彼此没有任何关系。"

"对。"

"只是一个巧合，"我说，"入侵者在她多吃了几颗花生之后的一个小时就闯进门来。"

他皱着眉头。"巧得就好像电视剧情似的，"他说，"不是什么好迹象。"

"只是在现实生活中——"

"这案子还是让我头痛。但这世上总会有一两次巧合，不然我们怎么会发明了这个词呢？"

29

"像独角兽,"卡洛琳在饶舌酒鬼说,"如果它们不存在,那这个词是从哪里来的?让我再看看那些便条。"

"有一瞬间,"我说,"我觉得第一张便条可能是出自克洛伊之手。只是那没什么道理,但我一直不能完全放弃这个猜想。"

"但是当你发现第二张便条时——"

"我就知道便条不是她写的,因为那张便条是我们一起坐在'三个人'咖啡屋的桌子旁时留下的。"

"是在和我一起吃午饭之后的事情,"她说,"从台中二人组那里买的饭。你觉得独角兽怎么样?"

"挺不错的。"

"也许这是今天下午的神秘的肉。"

"独角兽肉?我希望不是。"

"我也是这样想,我想尽量避免去吃濒危物种,更别说神话里的物种了。你认为这张便条是从克洛伊那里来的,是因为你希望它出自克洛伊之手。你脑子里无法抹去那双柔软至极的手。"

"不,"我说,"我收到第一张便条是在踏进爱德温·利尔波德的顶层公寓之前。那个时候我还不知道米勒小姐的美妙手指,也不知道它们与一只壁虎共享她的手臂。对了,顺便提一句,我看到了整个文身。如果必须要去文身,那算是个不错的选择。"

"但幸运的是,"她说,"不是每个人都必须文。你可能一直在想她,伯尼。你在她买了弗兰克·诺里斯的电子书时第一次见到她,然后是珍妮提到她,这可能让你潜意识里有了想法。"

"我确实想知道她是否会再来书店。"我承认道。

"但是她没有,而现在她要为你偷一把勺子。就这样。"

"除非她半路上改主意了。"

"你认为她会吗?"

"不,"我说,"我觉得她认真考虑了这件事情也就二十秒左右,然后做出了决定。她会坚持做下去的。"

"她和那个人住在一起——"

"她住在他家里。这跟和他一起生活是不一样的。"

"他们是有关系的,伯尼。"

"他是她的雇主。虽然她提供的服务之一有一些色情因素。"

"一点儿不假。"

"他叫她米勒小姐,"我说,"而她叫他利尔波德先生。她是一名有执照的按摩治疗师。"

"而且不喜欢碰触陌生人。"

"他不是陌生人,因为她每周七天都会见到这个人,但他也不算是一个情人。每天一次,他跳下跑步机,洗澡,然后躺在按摩桌上享受按摩。按摩是有治疗性的。"

"那她为什么要把上衣脱了呢？让按摩更有疗效吗？我的杯子是空的，我们的谈话让我口渴。"我想玛克辛一定是感觉到了这一点，因为她没有听到我召唤她就出现在我的面前，给我添了一杯新饮料。"你一定会读心术，"我说，然后喝了一大口送来的饮料。接着我对卡洛琳说："所以也许克洛伊本人喜欢露一露。也许她不想让衬衫上留下汗渍。还有可能她知道如果自己给他一些风景来看，这个按摩就不用花太久的时间。你为什么突然间对这个这么感兴趣？"

"我不知道，"她说，想了想，"也许我是嫉妒，伯尼。"

"嫉妒她吗？"

"是嫉妒他，他的每日按摩和美满结局。"

"那也是你想要的吗？"

"不，"她说，"不是，根本不是，所以我很嫉妒。不是嫉妒他可以那样生活，而是嫉妒他想要那种生活。这个狗娘养的，我很高兴克洛伊会去偷他那把破勺子。"

再一杯酒下肚，她说："我想知道是谁留的便条。"

"一个陌生人。某个我不认识的人，而且很明显永远也不会见面，因为这个人只有当我不在时才会来。"

"而且是两次。"

"可能不止两次。看看第一张便条。为什么你总不开门？意思是每次她来，我都没开门，但是这一次她可以留下一张便条，因为我的桌子碰巧放在街上。"

"她看到你的桌子在外边，所以就过来了，可是你却没营业，她真的很生气。"

"好吧,反正至少也是有点失望。同样的事情在今天又发生了一次,所以她又留下了一张便条。"

她喝了一口酒。"我们一直在说'她',"她说,"我们怎么知道这位访客一定是女人呢?"

"我们不知道,不敢肯定。便条上的笔迹用的都是普通大写字母。没有任何显示作者性别的特征。"

"但肯定是一个女人写下来的,我们都知道。"

"是啊,"我说,"而且雷也做了同样的假设,我现在想想。他说的时候是用的'她',我几乎都没有注意到。"

"所以她是一个女人,伯尼。如果我们三个人都知道,谁在乎我们是怎么知道的呢?她是个女人。我们对她还知道什么呢?"

"她随身带着一个小笔记本。"

"还有一支蓝色的原子笔。"

"而且她没有花时间——打开夹着活页纸的环,而是直接把纸从本子上撕了下来。"

"何必呢?她是要把便条放在桌子上,而不是放回笔记本里。她用大写字母写了两张便条。也许因为她的书法很糟糕。"

"你这么想吗?她的笔迹很整洁。"

"这倒是真的。你知道我读到过什么吗?如今很多孩子都没有学过连笔书法。他们一直都在用键盘敲字,所以当他们实际需要用原子笔或铅笔时,写大写的打印体就够了。"

"再见,帕默尔书写法,"我说,"那速记书法呢?"

"我猜如今是速记大写了。"

"F U CN RD THS, U CN GT FKD。①"我说,"你记得地铁上的那些广告吗?"

"我以为那个广告是想说如何找个好工作。可能他们做了各种不同的版本。"

"一定是那样的。还记得速度阅读法吗?"

"埃弗林·伍德,伯尼,阅读整本书的速度和翻书页的速度一样快。"

"我挺好奇有没有人把这两个课都上了。速读和速记。"

"也许是那个每天为亚马逊写二十个评论的女人。我忘了她的名字。"

"你一定是读得太快了。一翻就全过去了。"

"我猜是吧。"

"或者他们把元音都去除了:如果你能读懂,你就能得到一篇好书评。"

"伯尼,我们这严重离题了。我们就知道她用大写字母写字。还有什么?"

"她很诚实。"

"因为她没有拿这两块钱。她不只很诚实,也很周到。"

"因为她把它们放在书里,所以没有人会把它们拿走。"

"而且在便条中写上了'捷克共和国',所以你知道要找书看。"

"所以她也很聪明,而且会玩文字游戏。"

"你要给她留一张便条吗?"

---

①纽约市地铁有则广告写作"F U CN RD THS, U CN GT A GD JB W HI PA",意为"if you can read this, you can get a good job with high pay"(如果你能读懂,你就能找到高薪工作),此处伯尼变换了一下说法。

"你认为我应该留吗?"

"那么做才有礼貌,伯尼。而且,你也在想着她。还希望她很可爱。"

"别傻了,"我说,又喝了一些酒,其实杯里大部分已是融化的冰水。"我确实想到了留一张便条,"我承认道,"在我下次关店的时候。但是我不能把桌子整晚都放在外边。那样做的话就是昭告天下我想让人把它直接拿走。"

"也或者你会收到一张乱丢垃圾的传票。所以你也可以把便条贴在窗子上。"

"上面写:对不起,还是不开。"

"也许还是不要了。下次你把桌子放在外边时——"

"我会留张字条的。如果我能记得住的话。"

"所以那不是谋杀。"她说。

我们离开了饶舌酒鬼,而且一点不着急,朝阿伯巷的方向走着,这也是去往第七大道地铁的方向。

"说是自然死因。"我说。

"一个有钥匙的盗贼恰好就选择在那个时候出现。"

"无论盗贼是谁,"我说,"无论他在找什么,他的时间拿捏得分毫不差。把时间搞错的是老太太。如果她没有提前离开歌剧院的话——"

"她就还会活着吗?"

"也许会,"我说,"也许不会,这取决于她到底是如何把花生带进身体的。但是无论怎样,当贼开门的时候,她不应该在家里的地板上。"

"听起来好像你在责怪受害者,"她说,"但是你怎么能责怪任何一个半途放弃瓦格纳的人呢?"

"哦,我不知道。马克·吐温说他的音乐没有听起来那么糟糕。"

"我以为那是米克·贾格尔对巴里·马尼洛①说的。"

"也许你是对的。但还是有些事情让我觉得别扭。"

"关于克洛伊吗?你认为她有可能被抓住?"

"不,她不会被抓住。"

"或者是那个女人给你留的便条?"

"不,她要么会再来,要么不会,来不来都不重要。不,让我耿耿于怀的是她的死法。"

"花生老太太。"

"奥斯特迈尔太太。"

"哦对。那么,那当然会让你难受。你对她的死很介怀,这样一个好心的女人。你知道什么才可怕吗,伯尼?就是这整个事件居然挺搞笑的,虽然一个好心老太太死了。可为什么这事会让人觉得搞笑呢?"

"你在说什么?"

"就是那首歌,"她说,"那首该死的歌,广告歌。我脑子里没完没了地响着那个调。"

"什么歌?"

"哦,就好像我是唯一一个,难道只有我脑子里在不停地回响那首广告歌吗?'我希望我是一个奥斯克·迈尔威尔,这就是我真正想要

---

①都是现代通俗音乐人。

的，因为如果我是一个奥斯克·迈尔威尔，每个人都会爱上我。'①哦，伯尼。不要告诉我这首歌没有一直响在你的脑子里。"

"嗯，现在它在响了，"我没好气地说，"非常感谢你。"

---

①美国六十年代的一首流行广告插曲，为熟食公司奥斯克·迈尔所作。公司的创始人奥斯克·迈尔是德国人。威尔是一种长条德国香肠，常用在热狗里。奥斯克·迈尔与受害者的名字奥斯特迈尔发音类似。

30

当你无法把一首歌从脑海里驱逐出去,当那歌是电梯音乐而你的大脑是电梯,当它像小数点,或是一只不好吃的墨西哥卷饼一样没完没了地出现,其实是有个词来形容这种情况的。这叫作你长了耳虫,而它迟早会消失。只是,在它消失前,哦,它会一直萦绕不去。

卡洛琳的奥斯克·迈尔广告歌在我的脑海里坚持不懈地回响着。纽约地铁拥挤而嘈杂,我知道这不是什么稀奇事儿,直到宾州火车站下了不少人以后,我才在乘客稀少的车厢里找到座位。我试图去读车上的广告来转移自己的注意力,但是其至连齐茨莫尔医生保证改善我肤色的广告也不能把奥斯克·迈尔威尔香肠的段子从我脑海里扼杀掉。

我在第七十二街下车,我不能说这是完全的巧合,站在木瓜王的小摊前,点了两个热狗香肠来当晚餐。

我回到家听了会儿音乐,没有用,然后又试着看了会儿电视,也没有用。然后我拿起一本书来读,是比尔·布莱森写的他在澳大利亚的冒险记,我不断看到如果我不是一个人独自在公寓里,就会大声朗读的段落。我接着又读了一会儿,时而被书逗笑,时而会意点头,在做这些事情的同时,那只耳虫在我的潜意识中挖着洞。

我尝试记起其他广告歌,甚至包括我记得的最惹人烦的。这么做似乎很危险,万一用来治愈的歌比原本要驱逐出去的歌在脑子里留得更久呢?我试着去想百事可乐的广告曲,那仅仅只是童年时的记忆(百事可乐,让人满意,两大高杯,真是不少),我的脑海里很快就陷入了类似的拙劣模仿(基督教命,让人满意,十二使徒,真是不少)。然后思绪又绕回到那些使徒勺、巴顿·格威内特和克洛伊·米勒上,我思考了一会儿,担忧了一会儿,而这一切都在奥斯克·迈尔的曲子下进行,陪伴着我的各种沉思,比夏天的感冒更加难缠。

我脱下衣服去冲了个澡。带着布莱森的书和一杯洋甘菊茶钻进被窝,一边喝茶一边读书。当我合上书,关上灯时,我的耳虫仍在努力唱着。我觉得这里面一定掌握着宇宙的秘密,所以开始把每一个字都冥想咀嚼一番,想着想着,我便睡去了。

醒来时,耳虫终于消失了。

我十点左右打开了书店的门,在为拉菲兹做完例行家务后(即给它舀出猫粮,为它的水盘换上清水,还有冲掉马桶),把特价桌子拖到街上。当我回到店里时电话正响着。

打电话的是雷。"我十分钟前刚打了电话,"他说,"你没有接。"

"我那时还不在这里。"

"我也是这么猜的。你知道吗,昨天很晚的时候我差点儿打电话给你。"

"我那时也不在这里。"

"在家里。"

"嗯，如果你打到家里应该是可以的，但是如果你打得晚了，我不能说我会欢迎你的来电。我昨晚为了不再听到一个嗡嗡作响的耳虫而早早上床睡觉了。"

"这可算是个事儿，伯尼。人本应掌握自己的生命，结果我们遇到的不是皮肤病，就是飞过鼻子的蜜蜂，要么就是耳朵里长了虫子。你在哪里感染了虫子？"

"其实，"我说，"是卡洛琳给我的。"

"那个小个子？我倒不意外，瞧她去的那些地方和厮混的那些人。你看医生了吗？"

"我现在好多了，雷。"

"你确定？像那样的东西，如果没治好它又回来了——"

天啊。"我会采取措施，"我向他保证，"你说你昨天晚上想要打电话给我。是什么事呢？"

"我脑子里有个疙瘩，怎么也不能让我不去想它。"

"我有时也有这种感觉。"

"而且这个疙瘩来自你提到的一件事儿。"

"哦？"

"或者是你没提到的。就是这个奥斯特迈尔的案子，它甚至已经不再被定为他杀案件，因为你不能对一颗花生做什么起诉。"

"如果是火腿三明治，"我说，"就大不相同了。我说什么了？"

"入侵者。"

"啊？"

"就是你上次去看得出的结论，"他说，"所有这一切都归功于你上次的推论,因为它很有帮助,你说的是当盗贼闯进去的时候,那个老太太已经死了。"

"嗯,对我来说现场看上去的确是这样,雷,但是——"

"不,现场对我来说也是这样的,只不过你把它挑明了说出来。她回到家,倒地而死,一个多小时后他就来了。那个入侵者。"

"所以?"

"就是你对他的叫法,伯尼。入侵者。"

"嗯,"我说,"他确实是入侵他宅,不是吗?"

"你从来没把他叫成一个贼。而且这也不是一个你以前从没听说过的词儿,我认识你这么多年,你本人就是其中一位。"

"我是一直叫他入侵者吗?"

"一直都是。"

"而且一直都没把他说成是贼。"

"一次也没有,伯尼。"

我看了看拉菲兹,它一直在盯着某个人类肉眼看不到的东西,现在正在全力以赴准备向这个东西扑过去。

"一定是我无意识中说的。"我说。

"那我是不是就应该把这茬儿忘了呢?"

"那倒不是,因为它一定对你来说有什么意义。雷,我想我只是不觉得这个人是一个盗贼。"

"因为他有钥匙。"

"有些时候,"我说,"我也是有钥匙的。"

"你的意思是说这次是不同的。"

"那些散落在尸体周围的小件物品。"

"银制打火机,象牙制的中国人小雕像,还有其他的小玩意儿。"

"所有这些，"我说，"都没有被破坏，好像是有人故意把它们安排成那样。"

"为什么会有人这样做？"

"为了让整个事件看起来像一次盗窃，"我说，"然而任何人想把某个现场弄成像盗窃的唯一原因——"

"就是那其实不是一场盗窃。"

"对的。"

"她有四个孩子。"他说。

"他们肯定都有钥匙。"

"他们以前都住在那里，伯尼，怎么会没有自家房门的钥匙呢？"

"要是能了解更多关于他们的事情会很有趣。"

雷停顿了一下。"嗯，我得写个报告，"他说，"今天天儿这么好，我才不想说这些。我已经跟他们每个人都聊过一遍了。也许我会找他们再聊一聊。"

几分钟以后电话又响了起来。上一次我就以为电话可能是克洛伊打来的，这次我又是这样想。可这一次是毛克利。"我就是打来确认你今天是开门的，"他说，"我五分钟后过来找你可以吗？"

他在大约十分钟后才过来，也没有花更多时间在书店里，他用训练有素的眼睛扫了一遍我的书架，然后选了十本书，按上面的标价付了全款，没有提出任何异议。然后他离开了书店，电话铃第三次响起，这次是卡洛琳。

"巴尼嘉书店。"我说，她问我是怎么了。

"对不起，"我说，"我听上去态度不太好吗？我并不是故意的。我其实一直希望打电话来的是克洛伊,可每次接都不是她打的。"

"那正是我打电话给你的原因,伯尼。看看你是否有她的消息,但我想我已经知道答案了。"

"她也没说她会打电话过来,"我说,"她只是说她会来的,在下午的某个时候。"

"但是这件事一直在你的脑子里。"

"我很难不去想它,有那么多可能出错的地方。"

"我能想象。你看,这也是我打电话来的另一个原因。我知道今天本来轮到你去买午餐带到我这里,但为什么咱们今天不换一下呢?那样的话如果克洛伊打来电话,你就可以接到了。"

"或者如果她直接推门而入,"我说,"谢谢你,我很感激。"

"没问题。哦,那至于今天中午你想吃什么——"

"给我一个惊喜吧。"我说。

"朱诺洛克!"一个小时左右以后,我说,"真是个惊喜。"

"你看上去不像是很惊喜的样子,"她说,"但是也没有多失望。我本来都打算去其他的什么地方买饭了,但是今天买饭时我眼前出现了一幅克洛伊来访的画面。"

"我希望你的幻象是有预言意义的。"

"不,你不会那么希望的,伯尼,因为在我幻想的画面里,克洛伊戴着手铐,左右两边各站着一个警察。"

"哦。"

"然后他们把你也带走了,"她说,"而你最后一顿饭吃的是什么呢?来自熟食店软塌塌的卢本三明治?还是来自'超现实豆腐'的一盘极素的汤水？"

"你做了很正确的决定，"我说，"直到你告诉我你眼前的幻象之前。"

"哦，那不是真正的画面，伯尼。只是在我的脑海里一闪而过而已。顺便说一句，我们在台中二人组的小女朋友似乎很惊讶看到我。我想她一直记着每天我们是轮到谁去买饭。"

午餐几乎已经美味到可以让我暂时不去想克洛伊和那把银勺子，这句话可能会有一天成为某本儿童读物的书名，但也可能不会。如果她真的被警察铐在身边，我又要去做多少解释，比如我该如何解释自己为什么随身携带两万美元呢？

"如果一切顺利，"我告诉卡洛琳，"那么这次其实是一个很好的投资。我答应给她两万——"

"再加上你已经给了她的五千。"

"对。为了这把勺子，巴顿会支付我五万美元。"

"所以你不用做任何事情就可以坐着拿钱。"

"好像是这样的，"我说，"当我仔细想想这事的时候。我已经去过利尔波德的公寓，我知道自己不可能把勺子从那里偷出来。所以我已经准备放弃了。然后我突然之间想出了这个办法，她可以去做这件事，而且顶着全部的风险，然后我和她分钱。但我忘了自己的第一条原则。"

"不能和人合伙。"

"尤其不能和一个业余的人合伙，"我说，"特别是一个没有任何经验，什么都没干过的人。现在就只有一件事让我还心存希望。"

"那是什么？"

"她的态度，"我说，"我想她可能天生就是块当小偷的料。"

在午饭期间电话又响了一次，我比平时更快地跑去接它。是一个女人想知道我几点关门，我告诉她我会开到五点半，她什么也没说就挂掉了。

我向卡洛琳报告了这次电话，她问我电话里的女人是否可能是克洛伊。

"听起来不像她，"我说，"而且她干吗不直接说，要这么神秘兮兮的呢？"

"也许利尔波德就站在她旁边，她不想在电话上泄露任何消息。"

"嗯，她是什么也没有泄露，"我说，"没对利尔波德，也没有对我。无论如何，克洛伊的声音比刚才听到的那个女人的声音更深沉。今天我一共接了四个电话，这比我通常在一个星期内接到的都多。"

"整个宇宙都知道你在等一个电话，"她说，"而宇宙在全力以赴地满足你这个愿望。"

"你真的这么说了吗？你知道，如果不是今天这顿饭的味道同往常一样特别好，我真会以为你是在'超现实豆腐'买的。"

31

午饭后,卡洛琳回到她的贵宾狗工厂店里去给一只凯里蓝狩猎犬做紧急美容。不到一小时,我又接了两个电话。一个是打错了号码,而另一个是名醉汉不肯相信我无法让市长来听电话。"我知道他就在你那里,"他说,"不过没关系,不用理那个目中无人的势利眼。让我和罗斯福聊会儿。"

其实我还是挺想听听他要说什么的,但我不想占着电话线。果不其然,几分钟以后电话再次响起,这一次则是我的那位客户。

"我希望我很快会有一些消息可以告诉你。"我对他说。

他当然会愿意听到一个更有用的答案,但此时此刻我也只能告诉他这么多。

通话后,我拿起一本书,读了两页,又把它放下来。然后走到一排书架前,把上面的书重新安排了一遍。我团了个纸球,把它扔给拉菲兹,它却对纸球毫无兴趣,不理不睬。

然后门开了,克洛伊就出现在那里。

"嗨。"她打了招呼。

"我还在想你到底会不会来。"

"现在几点了?"她看了一眼手腕,回答了自己的问题,"我还是挺准时的。现在刚刚两点二十八分,所以我其实早了两分钟。"

"你确实是,"我说,"但你没有打电话。"

"我应该打吗?"

她穿着牛仔裤,只是颜色比在三个人咖啡的那条要浅一些,牛仔夹克想必是被留在了家里。她的上衣是法国蓝的男式衬衫,我的那位客户会欣赏这样的扣领。我虽然叫它男式衬衫,但衬衫明显是为女人剪裁的,所以它的纽扣应该在另一边。

而你认为那是谁的主意呢?"那么,我现在有这么个想法,查克。对于男士来说,无论是衬衫还是外套,我们都应该把纽扣放在右侧,然后把扣眼放在左侧。而女人的嘛,你看,咱们就反过来做。为什么这样做呢?哎,我也不知道,就是这么做让我觉得还不错,你懂吗?"

"那倒不是,"我说,"但是我以为你可能会打,虽然你没有非打不可的理由。我只是以为什么地方有可能出了问题。比如你改主意了,或者遇到一些困难什么的。"

"比如被当场抓住,你的意思是说。"

"或者没有被抓住,但是他注意到勺子丢了一把。"

她点了点头,想了想。"首先,"她说,"我没有改变主意。我知道我不会的,不过这你没有办法知道,所以我可以理解你为什么担心。但我没有,我的意思是,我没有改变主意。而且我也没有担心。我就是直接把勺子拿出来了,做了我承诺过的事情。"

"那勺子是在——"

她拍拍自己的手提包。在那里面装着一部存有弗兰克·诺里斯小说的电子阅读器,还有一把泪珠形勺斗的勺子。

"你把它带来了。"我说。

"是啊,这不是我们说好的吗?我会把勺子带过来,而你会付我钱?"她的眉毛拧到了一块,"你该不会睡了一宿就变卦了吧?你改价了?"

"不,不是,"我说,"钱我带来了,就在这里。"

这件事进行得太简单太顺利了,我想。整个过程实在太容易了。

"你是怎么做到的,"我把心里的疑问说出来,"他有没有注意到自己丢了一把勺子?原本应该有四把勺子的地方现在缺了一把,就只剩下三把?"

"哦,他是知道的。"她说。

"他知道?"

"当然,"她说,"我告诉他了。"

"你告诉他了。"

"是的,我拿了勺子以后马上就告诉他了。那是我做的第一件事。嗯,不能算是第一件事,但是也差不多。"

我是不是被算计了?她身上带着窃听器吗?外边有没有一辆白色的货车停在街对面,车侧面写着一个实际上并不存在的在马斯特斯[①]建筑公司的名字和地址?而车里面的人现在正听着我们的谈话而且笑得前仰后合?

[①]纽约皇后区的一个小镇。比喻没有名气、不为人知的地方。

"我在家里等着,直到听到他在跑步机上开始跑步,"她说,"然后我就去拿了钥匙,打开柜门,拿起勺子,再把柜门锁上,把勺子放在我的包里。嘿,希望我偷的是你想要的那把。格威内特,那个来自佐治亚州的签字人?勺把上面带着一枚纽扣?"

我点了点头,心想就让卡车里的那些警察们随便从我这个沉默的点头中瞎猜去吧。

"所以我已经都搞定了,"她继续说道,"他还在跑他的五英里,然后当他洗完了澡从洗手间里擦干了出来以后,我进去给他做按摩。按摩总是能让他心情愉快。"

"当然了。"

"然后我说,哦,我一直在想啊。你是不是借出了一把签名者的勺子?因为我查看了每日交易日志,但是我找不到关于这个勺子的交易记录。你看,有时候他会把自己的藏品借给某一个博物馆去展示,然后会在收藏的记录中做一个注释,然后附加上一封来自该机构的信件,诚挚感谢您让我们展示这件极为特别的物件,等等等等。"

"他说没有,四把勺子应该都在它们原本被放置的客厅的玻璃展示柜里。但是我最后一次去给它们抛光时,注意到那里只剩下三把了,我本打算向他提及这件事,但我老是忘记。所以我们一起走到玻璃柜前去检查。当然,那把巴顿·格威内特的勺子失踪了,他说这倒是有意思,他可以发誓前不久他还看到它们都在柜子里。我说没有,这勺子失踪了至少一个星期以上,因为我注意到有一把失踪了,我一直想要提一下这事儿,但是我也并没有真正的担心,因为我知道他估计是让某个历史协会的朋友把它借走了,或者在这个街区的某个博物馆,或者是在宾夕法尼亚州独立厅的那位女士那里,她总是想要借我们这些与《独立宣言》签名人有关的东西。直到我准备离开去上课的时候,我们几乎达成了一致意见,即事实上一定是他让别人把勺子借走了,我们就只需要弄清楚到底是谁借走了它。你为什么那样看着我?"

"我对你无比崇拜。"

"是吗?我不知道这种事儿应该是怎样做的,但是我觉得自己最好是第一个注意到它失踪的人。不然如果他先发现丢了把勺子,你想他会第一个怀疑谁呢?"

"这么想非常合理。"

"加上我不想让他认为勺子是你拿走的,即使他并不知道你是谁。'那天晚上还来了一个家伙,莱德曼先生。'他说莱德曼,但那不是你用的假名,是吗?"

"是莱德勒。"

"所以他连名字都记错了,那就更好了。'一个不错的家伙,为我带来了我一直想要的库洛登的书。而且我确信他从来没有离开过我的视线。'"

"他喝了那么多咖啡,"我记得,"他甚至从来没有去过卫生间。我离开那里的时候,他的后牙根一定都飘飘然了。"

"所以他知道不可能是你把它拿走的,但是现在他更知道勺子在你来过之前就已经失踪了。所以你洗干净了,莱德曼和莱德勒都没有任何嫌疑。"

"我会让他们两个都知道的,"我说,"这让他们的心里如释重负。"

"他会让我去写信,"她说,"给几个博物馆。然后还会有别的什么东西失踪,当它们自动出现时,他会意识到他可能把它放错到什么地方去了,然后他会确信那把勺子肯定也是这样。接着他就会等着那把勺子在某天也自动出现。"

"而且,他对这些也不会有什么迫不及待想找到的感觉。"

"是的，又不是他需要用来搅拌燕麦粥的勺子。"她深吸了一口气。"嗯，"她说，"我想你会很想看看这把勺子。"

"是个很好的主意。"

"让我先把它从我的钱包里拿出来。"

她把勺子交给我，它被裹在一张纸巾里。我把纸巾剥开，里面的勺子不是本·富兰克林和他的钥匙，也不是恺撒·罗德尼和他的马。我把勺子重新包起来，顺手把它放进口袋里。

"呃。"她说。

"噢，对了，"我从钱箱里拿出信封，"你估计会想要把这些数一数。后面的空间会更隐蔽。"

于是她消失在我身后的小屋里。我再次看了一下勺子，用拇指在和那位佐治亚州绅士姓名同音的纽扣上摸了摸，赞叹勺子做工的精细。

然后，勺子又被放回到我的口袋里。我走到窗前，望向外面。没有白色的货车，也没有任何种类的货车。

也不是说我真的认为会有这么一辆。但谨慎一点也没错，不是吗？

"整整两万美元。"她说。

"我猜信封里面一分不少？"

她点点头。看上去非常平静，但眼中却激动不已："再加上你已经给我的五千。"

"是的，咱们别把那个给忘了。"

"我会说。这相当于我一整年赚的薪水。"

"两万五千吗？"

"五千美元，"她说，"好吧，五千二百美元，更确切地说。我每周赚一百美元。"

我发现自己无意识中开始计算起一个美满结局的平均成本，这可能在我的脸上显示出来了。

"给我的钱是不多，"她说，"但是我想我比很多人都要幸运一些。我在第五大道上的一栋高楼里有令人羡慕的属于自己的房间，我的工作包吃，而且工作时间非常灵活。只是这样的生活很难让我可以存得下钱，你明白吗？"

"我能想象。"

"我拿着这些钱，"她说，"想去欧洲。我已经草草算了一下，一万美元可以让我在欧洲住上一年的时间。你不这么认为吗？我不可能在那里有什么真正的工作，但我在这里也谈不上有，不是吗？我可以找到赚钱的方法。比如我可以去教 ESL，你知道它是'英语作为第二语言'的缩写吗？我一直觉得这名字起得毫无道理可言，把英语称为第二语言，因为如果英语是你的第一语言，其实并没有人教你。你就只是从你父母那里自然学会的。"

"我从没有这样想过这个问题。"

"或许还会有什么其他的事情可做。总会有什么事情，而且总是与学习有关，你知道吗？我的意思是，在我开始为利尔波德先生工作之前，我对银器一无所知。现在看看我学到的关于银器的一切，还有相关的美国历史。"

"而现在你可以去了解一下欧洲历史。"

"我会在秋季学期参加一个课程。叫《一八一五年以来的欧洲》。换句话说，就是拿破仑以后的欧洲。然后我想我会回去学一些关于拿破仑的东西。"

"还没等你意识到呢,"我说,"你就会开始研究古罗马了。"

"那正是我要去的一系列的地方之一。罗马,我是说如果是古罗马,我就需要一台时间机器才行。但如果只是现代罗马,明天我就可以走。"

"我不认为——"

"哦,我知道!我会一直待在我现在的地方,至少要到八月底。"

"那是个好主意。"

"而且我不会花一分钱,如果我在商店橱窗里看到一些东西,不买我就会死的那种,我还是会做我现在做的。"

"那是什么?"

"我不会买,"她说,"当然我也不会死,"她拍拍手提袋,"我会留着这些钱,直到时机成熟了再用。我还不傻。"

"我能看出来。"

"其实我是有点傻,至少在某种程度上,因为直到昨天,我从来没有想到我可以这样赚钱。"

"用偷的。"我说,这么说,一部分也是因为我想看看她是否会因为听到这个词而退缩。

"对呀。我的意思是说,我那时就觉得屋里这些东西应该挺值钱的,而且把它们带出门去也并不难。但那又怎样呢?我的想法也就到此打住了,直到你来找我。"

"身着闪亮的盔甲。"

"是啊。嗯,这对我们两个人来说都是一笔不错的买卖吧?你也会赚到钱,不是吗?"

"对,赚到与你大概相同的金额。而且没有担任何风险。"

"可如果我突然变胆小了,然后跑到警察那里把你给告发了呢?"

不,你还是承担了风险的。我们都担了风险,而且都得到了相应的回报,我觉得这很不错。我还是欠你很多的,真的。你为我打开了新世界的大门。"

"呃——"

"我希望有一些是我能做的,你知道吗?其实还真是有的。"她走到门口,挂上螺栓,把窗户上的标志从营业翻转到关门。"你这里也不是客人多到应接不暇,"她说,"我看到你身后的小屋里有一个沙发,而我是一名经过训练的职业按摩师。那么,为什么不让我为你做一次一生中最好的按摩呢?"

32

* * *

33

我对巴顿·格威内特到底了解多少?

比一个月前我知道的要多很多。那时候,我知道的关于他的事情只是众所周知的常识:他是《独立宣言》的五十六位签名人之一,而他很少签自己的名字,所以他的签名在五十六位签名人中最为罕见。而《独立宣言》的签名者一直是签名收藏家圈子里的热门话题,这也不难理解。毕竟,他们在上面的签名是这些人名望的来源,如果你能设法得到所有五十六个人的签名——

嗯,你看,你是拿不到的。至少没有巴顿·格威内特的签名就不行,这也是为什么他的签名收藏起来那么昂贵。

这就是那时我知道的全部。而后来,我从我的客户还有我的好伙伴谷歌和维基百科那里获得了更多关于他的知识。一方面,我知道他一直诚实地用着他的本名。巴顿·格威内特于一七三五年出生于英格兰,父母都是威尔士人,而他母亲的姓氏是巴顿,这便成了他的名字。

他在英国的格洛斯特郡上学，他的名字当时可能让他被其他孩子们嘲笑，也可能没有。也许那里的孩子比俄亥俄州的孩子要和善些。

他后来成了一名商人，然后娶妻生子，举家移民到殖民地。先在查尔斯顿，后来又搬到佐治亚，在那里他买了土地，开始经营种植园。他在政治上是很活跃的，而且同另一个佐治亚人成了非常较劲的对手。那个人名叫拉克兰·麦金托什。

第一个签署《独立宣言》的人是马萨诸塞州的约翰·汉考克，我们都知道他如何勇敢地大笔一挥用花体签了自己的名字，宣称英国国王乔治不需要戴着眼镜就能看到他的签名。而现在大家对这个签名都已熟知，只是这个人本身与那家保险公司的关系就像和艾森·艾伦和家具店的关系一样少①。而你不知道的（或者至少是我不知道的）是，巴顿·格威内特是第二个在《独立宣言》上签名的人。

你可还记得拉克兰·麦金托什？格威内特与他一起竞选大陆军第一军团的任命，只是麦金托什击败了他。这让格威内特感觉很不爽，可能他不擅长面对失败。在一七七七年五月十六日，也就是他在宣言上签以不朽之名后不到一年的时间里，他便用实际行动证实了他凡人之躯的极限。他在与拉克兰·麦金托什的决斗之中败下阵来。三天后，也就是五月十九日，他因决斗的伤口不治而终。

或者也可能是十一天后，即五月二十七日。因为各种消息的来源，正如他们所说的，都不太一样。

"不管他是哪天死的，"我告诉我的客户，"他至少带着伤口撑了

---

①两个人的签名都被商家用来做商标。约翰·汉考克的签名被用在一家保险公司上，而艾森·艾伦被用在一家家具连锁店上。

三天。"

"当时并不罕见，你要知道。我们现在认为的轻伤那时往往会导致种种无法预测的感染。"

"但他死前最后的日子里还是有一些意识的，不是吗？"

"至少在醒着的大多数情况下，我是这么想的。为什么这么问？"

"现在说这个已经太晚了，"我说，"但是我觉得当时稍微有一点远见的人可以给他一支笔和一沓索引卡片去让他多签几个名字。"

停顿的时间很长。"我想这倒是一个有趣的假设。"他的口气好像是在与一个忘了吃药的精神病在说话，小心翼翼地，"还有别的什么吗？"

"是的，事实上，"我的门铃再度响起，拉菲兹探起耳朵仔细听着，我抬头看向我的访客，然后突然改变了话题，"我确实有些好消息，霍金斯夫人。我想我正好有一册他的第一部小说。我检查一下，回头找到了就打电话告诉你。"

我挂了电话，然后抬头看向雷·基希曼。"现在我会去街角的斯特兰德，把这本书买下来，"我说，"然后明天我打电话给她，告诉她，她实在很有运气，书我找到了。"

"很高兴看到你在诚诚实实地过活，伯尼。你只要走到街的拐角处，而不是在整个城里满街跑。"

"你和奥斯特迈尔家的孩子们谈过了吧。"

"是的，不得不说，我看不出他们中有谁会和这个入侵者沾上边儿。"他从身后的口袋里拿出一个笔记本，"现在让我们一个一个来看看：梅雷迪思，那个大女儿，住在阿尔法百特城里。"

"和她丈夫一起。"

"对。他们两个一起开了家小剧院,就是那种被叫作外外百老汇①的剧院?"他皱着眉头,"这不是一个双重否定吗,伯尼?如果它是外外百老汇,那它还是百老汇吗?"

"我不这么认为。"

"嗯,你对这玩意儿比我了解得清楚。丈夫是一名制片人兼导演,而她是一个什么经理,他们正在进行一场不知道是谁写的新剧的排练,新剧作者的名字要是我不问怎么拼是没有办法记下来的,所以我也没去费那个事儿。他们那天晚上都是从下午晚些时候就待在剧院,一直到次日清晨的一两点,整个排练组的演员都可以为他们作证,更别提那个写剧的作者了。"

"而住在切尔西的那个儿子正忙着在翠贝卡的一个聚会递开胃菜。"

"你干什么了,你自己和他聊过了?那应该是博伊德,而且晚餐聚会不是在翠贝卡,是在穆雷山区。他和他的伙伴正在为一次公司聚会提供餐饮。他生意上的伙伴。"

"聚会开到很晚吗?"

"至少过了晚上十点,他离开那个聚会的时候,已经接近晚上十一点了。他的另一个伙伴把他接走了,他们去了一家俱乐部喝了几杯,然后一起去了健身房,把他们的背肌、胸肌和腹肌练了个够,最后一起坐在桑拿房里的长凳上休息,直到太阳升起。"

"比我强多了。"

"我的想法也是这样,伯尼。他的哥哥是布鲁克林公园坡的一名税务律师。"

"杰克逊。"

---

① 外外百老汇(off-off Broadway),也称超外百老汇,多为前卫或实验性戏剧。

"你的记性真不赖。杰克逊·奥斯特迈尔。他到家的时候正是他的母亲背叛瓦格纳离开歌剧院的时候,但是他到了布鲁克林以后就一直在那里待了一晚上。在此之前他就在办公室里工作来着,但并不像他跟妻子说得那么晚。"

"他有个女朋友吗?"

"他参加了个什么人体模特绘画班,而她是那里的模特儿。现在他支付这个模特在波尔洛姆山两居室的租金,而条件是他是唯一能够看到她赤裸裸的男人。"

"至少据他所知是这样的。"

"对。无论如何,她也在布鲁克林,离他就两个地铁站那么远。他在回家的路上在那个公寓里停了一个小时左右,这是他经常做的事情,那天晚上也不例外。"

"我想这就剩下了迪尔德丽。"

"老太太的小女儿,"他说,"她有可能是那个入侵者,但我们已经知道就是她在现场午夜两点钟多一点发现了尸体。而那天晚上她大约在午夜时分回到自己家,因为她在从家过来之前已经打过很多次电话给她母亲。"

"那就是所有的四个孩子,"我说,"梅雷迪思,博伊德,杰克逊和迪尔德丽。"

"而且没有一个是入侵者。"他看着我,"但你并不感到惊讶,不是吗?你已经想到了至少这么多。那么为什么让我去浪费时间问他们呢?"

"假设他们都没有不在场证明,雷。假设他们每个人都有机会在那天晚上潜入奥斯特迈尔的房子。谁有理由实施谋杀?"

"他们都有。因为这四个人每个人都有很多的动机,而且是最好的动机。"

"是为了钱。"我猜。

"你说得没错，伯尼。你没注意到人对金钱就没有满足的时候吗？乍一看，每个人都混得不错。但是如果仔细看看，你会发现四个人每个都在极度缺钱的状态。"

"做餐饮那行的混得不顺利？"

"不顺利，他与合作伙伴不太对付。博伊德想买断对方那一半股份。我是指他生意上的那个伙伴，而不是——"

"不是和他一起生活的伙伴。我明白你的意思，雷。"

"好吧，这真是让人感到迷惑，这个词哪哪儿都是。同性恋婚姻做得最好的一件事就是我们可以不再一直将他们称为伙伴。餐饮业务是他和他的生意伙伴，而桑拿房是他和他的丈夫。这听起来还是很奇怪，他和他的丈夫，但也许我可以习惯一下。"

"在未来的某一天。"

"不管怎么说，那是博伊德。接下来是梅雷迪思。那个外外百老汇剧院一直在亏损。"

"这真是让人吃惊的消息。"

"你准备好听另一则消息了吗？他们的房东想要提高租金。而且，当小宝宝到来的时候，他们的公寓会显得有点儿太小了。"

"她怀孕了吗？"

"要是那样你还可以想想办法，比如把孩子放在梳妆台的抽屉里几个月什么的。不是的，他们正在办理收养孩子的手续，但是那个收养机构说他们的公寓不够大。无论如何，主旨都是一样的。他们没有足够的钱。"

"而杰克逊有一个妻子和一个女朋友。"

"还有去私立学校念书的孩子,而且他去年的奖金并不怎么好,有另外两个人要拉他入伙,建立自己的公司单干。"

"那就剩迪尔德丽了?"

"她花钱如流水,而且没什么正经工作,有工作的时候她也没挣多少钱。在日托中心做兼职也不是什么可以迅速大富大贵的方法,她的每张信用卡都已经刷满了额度。"

"这四个人都需要钱,"我说,"或者是都想要钱,怎么说都行。而在第九十二街有这么一栋大房子,里面只有一个人在住。"

"而且房子没有任何贷款。奥斯特迈尔先生多年前就还清了房子的贷款。"

"而他把房子和其他财产全都留给了奥斯特迈尔夫人吗?"

"用不着。他生前做的事情,都是那种需要把所有财产都放在妻子名下才最为安全的事情。所以这些全都是她的,干净、痛快,而且清清楚楚。"

"这样的房子,以如今的市价可以卖——"

"至少是十,伯尼。甚至可能是十五。"

"百万。"

"嗯,是的。"

"保守点儿说能卖十二的话,分成四份——"

"对于一个在餐饮业混的人来说,足够把他伙伴的那部分买下来了。他的生意伙伴,我的意思是。"

"他如果愿意,还能把他的丈夫买下来。有了三百万可以让律师既能支付女朋友的租金,也可以给上私立学校的孩子缴学费。"

"你还可以轻轻松松地自己开个日托中心。"

"如果你想的话,可以搬到一间大一些的公寓里,同时也不会失去自己的剧院。"

他说:"所以这四个人每人都有一个好得不得了的杀人动机,但没有一个有可能实施。而且除了老太太死去以后有人闯入以外,之前什么也没被动过,这又是什么意思呢?伯尼?你在注意听我说话吗?"

"对不起,"我说,"我在考虑一些事情。"

"你是不是在琢磨到底谁是入侵者?"

"哦,谁是入侵者我已经知道了,"我说,"我想弄清楚到底谁是凶手。"

"她死于花生过敏,伯尼。你记得吗?"

"我记得,"我说,"雷,别把你的笔记本收起来。我们还需要知道一些其他的事情。"

34

门在他走出去后关上,门上的小铃铛又照常响了一下,我等了一会儿才回到电话旁边。幸亏我等了这一会儿,因为在我回到电话前不到一分钟的时间里,雷又回来了,手上拿着一张小纸片。

"这个在你的桌子上,"他说,"我读了一遍,觉得这可能是一条线索。"

"所以是条线索吗?"

"是同样的蓝色原子笔头写的,"他说,"而且你有没有看到笔画的宽度?"

"我想这说明笔头被磨损了不少。"

"我要是来猜的话,"他说,"是写纸条的人真的下了很大的力气来写,只是为了向你表明她有多么生气。你必须好好对待你的客户,伯尼,如果你希望在这个合法的业务中讨生活的话。"

我说我会记住这一点。随后他再次离开书店,门上的小铃铛又响了一下,而我则去打了电话。

"我要向您道歉,"我告诉博腾·巴顿五世,"有人走进了书店,我不想让我们的谈话被听到。"

"我也是这么猜的。那么你有拿到,呃——"

"那本书。"我帮他选了个词。

"是的,咱们就把它叫作书吧。它现在在你手里了吗?"

"是的,不过我更希望它到你手里去。"

"我一会儿可以去拜访你的书店吗?"

"我觉得它有可能正在被监视着。"

"被你刚刚的访客监视着?他有可能是政府工作人员吗?"

"是的,"我说,"没错。为什么这一次不让我把书带给你呢?"

"带给我吗?"

"带到你的住所或者你愿意见面的地方。"

他考虑了一下,或者让人感觉是考虑了一下。"不,"他最后说,"不,我不想麻烦你出来。"

"我没问题,真的。"

"但对我来说是个问题,"他说,"我会像过去一样来找你。但不是到你的书店,不能在它被监视的情况下。我们最近一起去了一家咖啡店。"

"是的,而且一起去一次就够了。让我想一想,"我说,然后考虑了一下,或者让人感觉是考虑了一下,"在十一街和百老汇交叉口的角落有一个地方,那里没有人会不识趣地看不该看的。虽然不是很高级,但足够舒服。它的名字是饶舌酒鬼酒吧。"

* * *

稍后,我打烊了,把书店的门锁好,去了离我两步远的贵宾狗工厂店里,坐在卡洛琳的笔记本电脑旁边。

"见鬼。"我说。

"没什么运气吗,伯尼?"

"没有。"

"伯尼,你现在的问题与这个可怜的女人相比不足挂齿。'关门?你说什么,又关门???你的灯还在亮着,所以我知道你在那里面!你有一本我需要的书!但是你永远不开门营业!就是因为这个我把捷克斯洛伐克拿走了!!!明天我会回来拿走《孤独的星球:亚特兰提斯指南》!!!'你看看这些惊叹号,伯尼。"

"我知道。她可能希望我卖给她一本罗伯特·卢德姆①的小说。"

"《孤独的星球:亚特兰提斯指南》,她是真的把捷克斯洛伐克的指南拿走了吗?"

"反正有人拿走了它。"

"她还挺享受这个游戏的,伯尼。她对你总是不开门感到很沮丧,但同时她也在充分利用这个机会。她什么时候留下的这张便条?不是在午饭时间吧。"

"是克洛伊过来的时候。"

"你锁门了?"

"是克洛伊锁的。她想在后面的小屋里花上几分钟。"

"哦?"

"以表示她对我的感激之情。"

---

① 罗伯特·卢德姆(Robert Ludlum, 1927—2001)美国犯罪小说家,一生写了二十七部小说,最有名的杰森·布恩三部曲被好莱坞拍成大片。

"我会打赌她确实是需要表示表示。那她的表示里有一个美满结局吗?"

"卡洛琳,我正在试图集中精力。"

"总是这样,"她说,"当一个人刚刚排泄出身体里最宝贵的体液。我应该让你自在一会儿。"

她于是让我自己自在去了,可是我却无法找到任何线索。最终我放弃了,用她的手机打了个电话。接下来两个奇迹连续发生了:第一是我记得雷的手机号码,第二是他居然接了电话。

"我有一个电话号码,"我说,"需要查致电人的地址。我知道你可以在互联网上用反向搜寻来查找号码,我都试过了,但没有找到任何线索。"

他让我把号码给他,我照做了。"我会打电话给你的,"他说,"你在卡洛琳那里对吧?"

耶稣啊,难不成他是真的在监视我?

"你怎么知道的,雷?"

他说:"这是一个当警探的秘诀。手机响了,我往屏幕上一看,上面写着贵宾狗工厂店。"

"好吧。那你还想要号码吗?"

"那个也显示出来了。给我一分钟,我去查查你给我的那个号码。"

我等了更像是五分钟的时间,他却两手空空地回来了。"这是一个燃烧号,"他说,"你付现金买一个手机,用它打电话,直到买的分钟全部用完。然后就可以把它给烧了。燃烧的时候这玩意儿的味道可难闻了,所以你最好把它直接扔掉。电话号码没有名字,没有地址,至少不是我们可以查到的名字地址。"

我谢过雷后,结束了通话,卡洛琳问我这是什么意思。

"这意味着我需要你的帮助,"我说,"我六点钟会在饶舌酒鬼见一个人。"

"那个收集纽扣的人?"

我点了点头。

"你需要我也过去吗?"

"并不完全是。"我说。

35

我深思熟虑地早到了七分钟,找到一张桌子,坐下来,正好可以从座位上看到门。我还没完全在椅子上坐稳,玛克辛就拿着她的托盘滑了过来,托盘上有两个玻璃杯,一个很高,另一个短些,里面都盛着琥珀色的液体,高杯子里的液体颜色更淡。

"卡洛琳今天不来。"我说。

"不来吗?"

"事实上,她可能过一会儿再来,"我说,"但她不会和我喝。"

玛克辛的脸阴沉了下来:"你们两个还好吗?"

"我们没事,"我说,"但是我今天有生意上的事儿要谈。一位先生会在几分钟后来见我。"

"明白了。"她说,然后准备把两个玻璃杯中更高的那只放在我面前,但是我挥了挥手说不用了。

"你今天要巴黎水,是吗?"

"对。"

"那你的朋友也是要那个?"

"他自己会点的。"我说。

当我选择巴黎水而非苏格兰威士忌时,卡洛琳会知道发生了什么事,但是我并不认为玛克辛会有什么想法,除了让她觉得我这个有魅力的怪人更加奇怪以外。她把酒拿开,然后送上苏打水,再次转身离去,当我拿起苏打水杯的时候,我可以从玻璃杯的边缘看到我的客户。他很符合节气地穿了一件蓝色和白色的西服套装,随身还带了一个纤薄的公文包。

玛克辛出现时,他问我在喝什么,我告诉了他。他抬了抬眉毛,告诉她,他想要一杯非常干的马提尼,里面什么都不掺,就只用灰鹅牌伏特加,再往里放一根柠檬曲条做装饰。这比饶舌酒鬼的大多数客户对酒水的要求都更具体一些,我不知道他最后会得到什么,但最终出现的马提尼颜色还算是正确,而且确实是装在一只马提尼酒杯里。但那里面是便宜的伏特加还是灰鹅牌就不得而知了,我也不认为他注意到了什么差异。

我们的交易几乎没有占用任何时间。他仔仔细细地看着勺子,然后把它翻转过来检查上面的标记(首字母 MM① 印在一个狭窄的长方框里),把他的拇指放在格威内特的低浮雕刻像和他的纽扣上,深吸了一口气,吹出了一个无声的口哨。

"看起来就像他本人一样。"他说。

巴顿·格威内特在那次签名的经典雕刻中是被描绘过的,但那位艺术家并没有目睹整个签名过程,而雕刻是在事件发生了很久以后才进行的。事实上,每个人的雕像本身都是艺术家照着那些签字人的肖

---

① 是迈耶·迈耶斯名字的缩写。

像画临摹出来的。他可能看过一幅由J．昌塞林所作的格威内特肖像，但是这位画家很少有人知道，包括他的名字里的字母J可能代表的意思。他显然是一名查尔斯顿人，在南卡罗来纳州和佐治亚画了几幅肖像画，之后便销声匿迹。

他为格威内特所作的肖像画也同样消失了很久，而且是在这个人因为罕见的签名使爱好者开始好奇他的长相之前。

那么我的这位不一般的客户怎么能说迈耶·迈耶斯刻得非常像呢？我曾经听过一个女人对耶稣的画像做出了同样的感叹。也许他对这个男人的兴趣强烈到让我手里的这把巴顿勺可以媲美真正的巴顿在他脑海里的样子。

当然，又或许有另一个更加让我喜欢的解释……

"胜利，"他说，"是一场悲剧。我现在明白亚历山大大帝当时的感觉了。"

"当亚伦·伯尔射杀他的时候？"

"亚历山大大帝，他环顾四周，意识到再没有任何土地可以去征服。这是每一个收藏家的命运，而且它也一而再再而三地发生着。"

"你不可能没有再想收集的东西。"

"不，不是。人总会有更多的东西可以去寻找、去获取。而纽扣，上帝啊。人类文明已经生产了几乎是无限数量的纽扣，而且总能找到新样式的扣子。"

"比如像你夹克上的那个——"

他用手摸了摸夹克上的小黄铜盘，中间有一只美国白头鹰。

他说："这其实来自最近的一次交易。我不知道你是否可以认得出上面刻的字。上边的那行写的是哈里森，下面那行写的是莫顿。"

"那个用小木屋作代表的人？"

"是他的孙子，本杰明·哈里森，在一八八八年打破了格罗夫·克利夫兰连任两届的可能，在竞选时击败了他，尽管他自己也没有赢得多数投票。而莱威·P. 莫顿是他的竞选伙伴。"

他又给我讲了更多关于莫顿的故事，他在一八九六年被他所在的政党提名，但是没有成为一位成功的竞选人。而且，你不会知道，这位老兄进行竞选活动的时候做了一个翻领的纽扣。我又说了一些鼓励他的话，让他再次回到亚历山大大帝身上。

"你想要的东西越多，"他说，"能够成功到手的把握就越小，而最终得到后的成就感就越大。但是如果你已经达到了你的目标，后面的几个月甚至几年里你就已经被它定义在里面了。"他拍了拍装勺子的口袋。"我很高兴得到了这把勺子。但是我很抱歉，我对它已再无渴望了。想要就意味着缺乏，不是吗？一个人只能想要他没有的东西。我会很珍惜这把勺子，也应该珍惜它。但是我已没有对它的渴求了，也无法再去寻求，我不能为了得到它而上天入地。而且我很难不去怀疑我失去的和我获得的一样多。甚至可能是更多。"

"一定还有别的什么东西你会一样非常想要去追寻的。比如，格威内特的签名。"

他笑了起来。

"你已经有他的签名了吗？"

"而且不是在他临死前，在床上挣扎着签在索引卡片上的签名，像你刚才幻想的那样。几年前我很幸运地得到一份。我不会说得很详细，那是一个小博物馆的策展人，你也不必介意在哪个博物馆。你只需要知道那个博物馆没能为一位先生提供足够的退休金，我们为他做了私下安排。我珍惜它、宝贝它。但我不必再为了追逐着它而游走在任何时间和空间。"

他沉默了一会儿，我坐在他身边陪着他。然后他在椅子上伸直了身子，把公文包放在桌子上。包里放满了信封，尺寸和形状与我从前在他那里收到的信封相似。而且这么想起来，和我已经交给克洛伊·米勒的那些信封也类似。我把手伸进去，抬起了一个信封的皮儿，然后证实里面的本杰明·富兰克林放得整整齐齐的。

他告诉我，他很愿意让我把钱数一数。"你知道，"我说，"就让我检查一个信封吧。"我快速地在酒吧里扫了一圈，"但我不需要观众。我会把它带到男洗手间里去数。不会耽搁很久。"

"我会在这里等你的。"他说。

卡洛琳刚好出现在门口。我们的眼神快速相遇了一下，她点了点头，然后转身滑出门外。我起身，把一个信封放在我的身边，朝前方的一个门走去。门外挂的是男士的标志，但我没有停下来。

我把自己锁在一个隔间里，花了点儿时间来数一数信封里的内容。一共五千美元。那个公文包里应该有像这个一样的另外九个信封，那样的话数额就是正确的。但我不知道那些信封里每个都有多少钞票，而我现在感觉那并不重要。

数完了钱以后，我又等了几分钟，然后在离开之前，充分利用了下这间隔间原本的功能。这可能是一个漫长的夜晚，巴黎水在人的身体里消化得非常快，快到里面的气泡还没完全散掉就全都出去了。

当我回到我的桌子时，博腾·巴顿五世已经无影无踪。而他的公文包也不知去向。

36

我去要账单时，玛克辛告诉我，我的朋友已经帮我付过了。"还给了我很多小费，"她说，"是个非常有品位的人，不过我看到他穿的西装时就已经知道了。"

"他确实是西装革履不同凡响的人。"我说。

"嗯，"她说，"我必须说这是能看出来的。"

好吧。没有时间可以浪费。

我在十四街买了个手机，也是一部燃烧号的手机，可能和我那位客户手里的手机如出一辙。里面有一百分钟的通话时间，而我无法想象我会使用超过十分钟。

然后我回到家里，往我藏钱的地方里塞进了五千美元，今天早上这里还有两万美元。我无意识中思考着为什么我们不应该对洒出的牛奶哭泣。不然还能怎么办呢？然后我为自己做好了要忙碌一整晚非法活动的准备。

工具包、一次性手套、手电筒，还有胶带。

以及我自己的个人手机，我把它从铃声切换到振动状态。还有我的新手机，那部燃烧手机。应该没有人会给这个号码打电话，但是打错号码的可能总是有的，所以它也被设置在振动状态上。

还好。可是仍旧没有时间可以浪费。

我的公寓外，晚高峰已经过去了，这让乘坐出租车看起来很合理，而且我并不担心会留下什么痕迹。出租车里的收音机上放着我听不懂的语言的广播，而司机本人正在用同样我听不懂的语言对着手机讲话，车里面的烟雾浓得足够溜冰，而里面的味道只有一些是属于烟草的。所以这位司机不会记得我们的会面，如果我深吸几口这车里的空气，我也不会记得的。

我让他开车穿过公园，把我在第九十街和列克星敦大道上放下来，在这里下车更多是出于习惯，而不是真有什么想要隐藏的。当我进到车里来时，他没有在他的行车记录上做什么记录，现在也一样不太可能这样做。我走过了两个街区，来到奥斯特迈尔家的房子面前，房子前面仍然围着很多犯罪现场的标识胶带。

我记得雷在我们早些拜访的时候是怎么来到这个地方，走上台阶，松开胶带，好像他是这个世界里最有权力进去的人。警察有一种特有的走路方式，我想如果我去学着冒充警察肯定会穿帮的，于是我深吸了一口气，至少尝试着让自己散发出一种自信的淡定光环，也或者是淡定的自信。

挂锁和我想象的一样容易，把它一打开，我就进了屋。我把挂锁放在身上，然后戴上手套，从门内把锁栓拉上，开始忙活起来。

我在房子里花的时间比我希望的更长一点。我开锁进屋的时候是晚上七点十八分，而当我把锁在原来的地方重新挂上锁好，又贴好黄色的犯罪现场胶带时，时间是七点四十一分。我还戴着手套，但这很符合现场的情况，而现在我已经勘查过了犯罪现场，我把它们用警察特有的方式从手上剥下来，塞回口袋里。

我想我看起来有点警察的样子，因为一个遛狗的人向我招了一下手，大概是让我知道他和我一样也是遵纪守法的人。我认为他之所以会这么做，一定是因为他持有什么改变情绪的物质，而且大概是来自某种植物，不然他为什么会冲我招手呢？

我保持镇定。只扫了他一眼便不再看他，我经常在雷的脸上看到这种表情，然后向另一个方向自信地走出去。

我在奥斯特迈尔家的房子里忙活时，我自己的手机一直在振动，但是我在房子里一直很匆忙，没有来得及去看是谁打来的。我在走到第三大道时拿出电话来查看。来电的是卡洛琳，我打电话回复给她。

"哈罗，"她说，"伯尼，我等了一辈子那么长时间来说这句话。"

"哦，求你了，"我说，"你每次接电话都是这么说。"

"啊？"

"'哈罗'，你每次接电话都这么说。"

"我一直在这个街角等着，"她说，"虽然我不知道我在等什么，因为我从来没有见过那个人。我希望他会穿着一身珍珠纽扣的英式夹克，那样的话就好认得多了。"

"他穿着条纹薄纱西服套装。"

"一点儿不夸张。当一辆出租车在饶舌酒鬼面前大摇大摆地停住的时候，我猜就是他了，因为他们的大部分客人都不会坐着出租车去喝酒。"

"而且大部分到那里的人，"我说，"能把自己弄到那儿都算是一个奇迹。"

"而且都已经喝得东倒西歪路都走不直了。无论如何，当他走出出租车时，我就觉得是他，而他进酒吧前偷偷摸摸的样子让我更加确信就是他了。"

"然后你看到我和他坐在一张桌子前，就完全可以定论了。"

"倒也不是马上确定的。但是首先我招手叫了自己的出租车，让他在门口和我等着。然后我看到你们两个，你冲我点了点头，我又出了门去，进了出租车。'请你等一下。'我跟他说。司机就照做了，然后那个家伙穿着他的条纹薄纱西服套装，带着他的公文包走出来，往百老汇大道方向走去，我让司机尾随在他身后缓慢爬行，这样我们可以让他在我们的视线之内，但又不完全赶上他。我不得不说，跟踪某个穿着条纹薄纱西服套装的人真不算是件难事儿。套装在人群里非常显眼，而且当时街上甚至没有那么多的人。"

"这样跟起来更容易了。"

"是的。然后他走到路边，举起手来叫车，一辆出租车马上就开过来了，于是我终于有机会说出台词了。"

"跟上那辆出租车！"

"是啊。我的出租车司机是位满头长卷发，戴着耳环的牙买加人，我猜他从小和我们看的是同样的电影，因为他认为跟踪车是件超酷的事情。'现在不要把他跟丢了。'我说，他也是这样想的。"

"所以没有跟丢吗？"

"当我们开到布鲁克林大桥前，他的样子看上去有点儿怪。是那种

'我不过桥去布鲁克林'的老样子。我给他看了张五十元的钞票,然后告诉他我没想着要找钱,他就笑了起来。无论如何,我们进了布鲁克林也没走多远。你身上带着笔吗,伯尼?把这个地址写下来。"

我带着个记事本,上面已经写了不少笔记,我在那上面的列表中又添加了一个新地址。"我现在就在街对面,"她说,"在一家比萨店里,靠窗坐着,这样可以让我看到他的前门。我已经在这里待了一个多小时了。"

"他还没有出来过?"

"至少没有从前门出来过。我让司机在外边多等了五分钟,以免他再次出现离开。这么一等让我又多花了十块钱。"

"这十块钱花得很值。"

"我也是这么觉得。但他没出来,所以我让那个司机走了。我想他今晚不会再出门了。"

"我想你可能是对的。他在家里,看着他的勺子。你也可以回家了。"

"好吧,我离二号线也就三条短街那么远,然后一号线就在钱伯斯街对面的站台换车。我想我会在这里再待上十五或二十分钟。我的意思是,再吃一片比萨又不会把我怎么样。"

我认为一片比萨饼也不会把我怎么样,于是我走进第二大道的一家比萨店吃了一些,然后继续向东行进。直到我穿过第一大道,一直东行到约克街的一半,我在那里向右转,来到迪尔德丽·奥斯特迈尔住的楼前。

她住的楼是上世纪六十年代在全城各处都拔地而起的白砖楼之一。

除了最小的工作室以外，每户都带一个小露台，整栋建筑有着印第安纳波利斯郊区工业园区的感觉。她的公寓是 17 - J，如果能够得知她是否在家对我会很有帮助。

我倒是有她的电话号码，但是号码开头是九一七，这就意味着它是一部手机。她似乎没有固定电话。我用我的燃烧手机给她打电话，只是为了看看是否能从通话中得到她在不在家的蛛丝马迹，可是我的电话直接转到了语音信箱。

所以我能从这里得知的是，她有可能在家或者不在家。

不过，这我早就已经知道了，不是吗？我也可以简单地通过前台来询问她是否在家。前台找她不需要固定电话，他们可以直接在对讲机上呼叫她。如果她没有接，就说明她出门了。

但是无论用哪种方式，我都没戏。如果她在家，我该怎么办，告诉前台我改变主意不想去见她了？如果她出去了，我又怎么偷偷混过前台去她家里？而且和前台讲话时我已经让他们注意到了我。

好吧。B 计划：

我走到角落里，把手机贴在耳边，装成打电话的样子自言自语。"是吗？"我说，"是的，这正是我告诉他的……你这样想吗……我觉得这主意其实不错。"

诸如此类。

我留意着我打手机的时间，同时也看着路人，心理算计着各种可能性，直到我挑好了一个人，是一位四十岁左右的女人，手上提着商店里买来的日用品。"哦，嗨，"我说，"看来今天是不会下雨啦。"

她满怀戒备地看着我，试图从我的脸上看出我只是一个她记不起来的点头之交，还是一个在外边晃荡的精神病。

"对不起，"我说，"我们在大厅和电梯里总是朝对方点头微笑，但我不认为我们实际上介绍过彼此。我是唐·法伯。"

她放松了下来，告诉我她的名字，只是我没有听清楚，但是那又有什么关系呢？我们聊了会儿天气，又讨论了一下这楼的大厅需要重新装修的事情，所有这些让我顺利通过前台服务区，进入无人看守的电梯。当电梯停在十二楼时，我们对彼此道了晚安，而我一个人独自乘电梯到十七楼。

我刚才已经把可能性缩小到了两种：一是迪尔德丽在家，二是她不在家。那么，如果是第一种，她会为一位陌生人打开门，而陌生人会说自己坐电梯下错了楼，然后向她道歉。'哦，上帝啊，我想要去公寓18—J结果到17来了'他会说，然后为自己愚蠢的错误摇摇头，转身回到电梯里。

如果她不在家，她就不会打开门。但陌生人会的。

而事情正如后者的想象那样，我细心聆听，只听得到自己的呼吸声，我按了一下门铃，只听到铃声，又轻轻地敲了一下门，然后做了个深呼吸，把锁拿起来。

锁很容易撬开，是原楼配的那种。当你关上门时，它自己自动就在身后锁定了，而她也没有用钥匙来把里面的保险栓再转动一下。她为什么要那么做呢？她住在一栋有门卫的大楼里，所以她有什么好担心的呢？

我不知道她在哪里，或者会出门多久，所以此地不宜久留。我也确实没待多久，十五分钟后，我回到了一楼大厅，走出楼前我向前台示意，点了个头挥了挥手。

门外一个乘出租车的人正在下车，我抓住机会钻进车里离去。

37

铃铃铃!

"你好,博伊德?"

"不,对不起,我是史蒂芬。"

"啊,你好!我是艾略特。不知道你还记得不,我们见过面的,啊——"

"在卡比和苏珊婚礼前的聚会上吗?"

"没错!你是记得的!"

"我怎么会忘记呢?"

的确。"我猜博伊德现在在工作。"

"当然了。他哪一天不是这样忙呢。"

"哦,说得好,史蒂芬。我必须得记住这一点。我猜之后你们两个人可以享受一个安静的夜晚。"

"想都不要想,我晚上十一点会去屠夫的挂钩餐厅和他见面。"

"那里每星期四总是一个不错的去处。"

"可不是吗？但我有一种感觉，他估计会迟到几分钟。他经常会迟到。而另一方面，我总是会早几分钟到。"

"只早几分钟吗，史蒂芬？"

"现在几点了？已经都快九点了，我的天啊，时间真是过得飞快。"

"不管我们是否在这之中得到了乐趣。"

"太对了，艾略特。你猜怎么着，我现在好好想想，大约十点可以到那里。"

"十点？你知道吗，史蒂芬，那你还真有可能会在那儿看到我。"

"哦？那可好了，艾略特。"

我挂了电话，把燃烧手机放回口袋。"计划改了，"我告诉出租车司机，"去第四街和第一大道交会处那边。"

《牛皮癣》，约瑟普·斯普兰斯科韦茨的新作，在新莫尔纳剧场演习排练。一个身上穿着可能是夏威夷大花裙子，眼神混浊、戴着老奶奶眼镜的年轻女子告诉我，她不敢打扰导演尼尔斯·卡尔德，但是梅雷迪思·奥斯特迈尔可能会空出几分钟时间来。

我告诉她不需要打扰他们，我过一会儿再回来。

这对夫妇的公寓离剧院有五分钟路程，住在 B 大道东边第六街的一栋老式经济楼里。近几年这里的租金可能已经攀升上去，而且犯罪率也降了下来，但楼本身仍然有一种不正经的样子。在入口的大厅里，我按响了卡尔德的门铃，等了几分钟没有回答，然后又按了它周围的三四个按钮。一阵静默的噪音过后对讲机传出问话。我编了些说法回答，然后有人按了门口的门铃让我进去。

我有三层楼梯需要爬,一个穿着跨栏白背心和牛仔短裤的男人正站在门外等我。"我从剧院过来的,"我笑呵呵地冲他说,给他看我手上的钥匙,"卡尔德给了我这个,但是他忘记把进楼下大门的钥匙也给我了。"

"听起来像他会干的事儿。"他说,然后回到了自己的屋子,而我又往上爬了两层楼梯。

我唯一做的就是把钥匙放回自己的口袋里。这是我自己在西区大街公寓的钥匙,离家这么远,我真的不能指望它能打开任何一把锁。

像大多数没有监控摄像头或门卫的居民楼一样,尼尔斯和梅雷迪思为加强防护自己的家做了一些努力。他们在门上贴了些大号标签还上了不小的锁。防护措施有三个,第一个是一张画着比比谁最像温斯顿·丘吉尔比赛冠军小狗的海报,上面还写着小心有狗攻击!第二个是上面写有史密斯和威森保护的标签,它看上去是从一张保险杠的贴纸剪下来的。第三个则吹嘘公寓安了一个防盗报警器,并提醒我带武装的保安队会在报警器响起后过来巡查。这些可能会把动画片里的大笨狼吓得稀里哗啦的,对我来说却是毫无效果。

如果只贴一张可能会有轻微的阻吓作用,但是把这么多张贴在一起只会起一种逆向的负作用,让所有加起来的整体作用还不及其中任何一个单一贴饰。他们对锁也采取了类似的多多益善的策略,导致他们往被重重围困的可怜的门上加了六把锁,但他们也没花钱去买好牌子,比如拉布森、波拉尔德和麦德克,而是跑去地摊儿上买来了现在这一堆便宜货。

不过,他们至少明智地使用了这些锁。如果他们把所有六个都锁上,我便可以简单地把这六把锁都解开,然后大功告成。但是他们做了所有资源丰富的纽约人都学会做的事情。他们只锁了三把锁,另外三把留着没动，当你作为一个盗贼在锁上大显身手的时候，你觉得你会怎么做呢？你把没上锁的锁又锁回去了。

是有办法可以解决这个问题的，而且那比将食人族和基督徒都带过非洲装满鳄鱼的河流还要简单，但也没简单太多。

一旦我进了他们的公寓，我不得不想知道他们为什么要费力气在门上做这么多手脚。

如果我是为了钱财盗窃，我很难找到任何值得偷的东西。他们有一个衣柜，里面有个纸板箱装着不少被读了多次的夫妻互换杂志，里面的个人广告被圈点了很多，让人不得不认为他们对那些广告的兴趣已经超出了纯学术范围。杂志里一对夫妇的照片下有两个不同笔迹记下的句子。"你觉得他们怎么样？"他问过去，"噢，看上去真是美味啊！"是她的回答。

他们还有一台笔记本电脑，是一部看上去大约四五年前的苹果笔记本，笔记本的四五岁在电脑这行里不是相当于有几十岁老了吗？我想，如果愿意，我可能会在他们的旧电子邮件中搜到让人觉得好笑的阅读材料，但我没有去动它。

我一般喜欢在离开时让公寓保持原样，包括把锁都上好。但是当我一开始就不知道是哪三把锁没有被锁上时，我又能怎么把它们都还原呢？如果我把它们都解开不锁上，那么任何人都可以转动旋钮破门而入。而如果我随机锁上三把，我可能会锁上一把他们从来没上过锁的锁，而且他们可能早就把钥匙给弄丢了。

那么你总是要做力所能及的最好的事情，不是吗？于是我把第一个锁锁上了，又随便锁了另一个，剩下的就都留下没锁上。

我一直没有注意到手机的振动,于是错过了卡洛琳的电话。当我发现的时候,我在第六街叫到了一辆出租车,让司机把我放在第九大道和第二十二街的拐角处。从这里我可以看到史蒂芬在电话里提到的那个酒吧,就在第九大道下一个街的对面,我可以过去看看他是否在那里,可是我怎么能认出他来呢?

更简单的方法是打我之前打过的号码,那个他与博伊德分享的家里的座机电话。我拿出一个手机,但这是我个人的手机,而不是临时买的那个燃烧号,不知是什么直觉让我往电话上先看一眼检查一下,然后再把它放回口袋里,而就是这样才让我看到卡洛琳的那通未接电话。

我回打电话给卡洛琳,她在铃声响了一下的时候就接起了电话。

"你终于回了,"她说,"我不能完全肯定,伯尼,但从外边看,他仍然在他的住所里,而且他还醒着。"

"你知道这些是因为——"

"灯光。他客厅的灯还全都亮着,而其他的三层是漆黑一片。和之前一样。"

"你还在布鲁克林高地那边吗?"

"不,我在家里了,伯尼。"

"那你怎么可能知道——"

"我刚刚回到家,我知道,我说过再吃一张比萨就回家睡觉。"

"自我上次和你通过电话已经过去几个小时了。你就一直在吃比萨。"

"我只吃了一片。"

"那很好,因为过量摄入比萨上的调味料可不是闹着玩的。到底发生了什么?"

"有个女人走了进来,她和她的女朋友大吵了一架。"

"而唯一可以让她感觉好些的是吃比萨。"

"那倒不是,她本想去哪里喝上一杯。但是她看到我坐在窗前,不知为什么,她就是知道我是可以谈论这件事的人,我可以明白她的感受。"

"是因为你的发型,卡洛琳。"

"哦,据她说,是因为我的眼睛。你知道,我的眼睛透着理解和诚挚,还有同情,所有这些。"

"听起来是挺像你的眼睛的,好吧。"

"就算那只是胡说八道,"她说,"也是我不介意听到的那种胡说八道。所以我说,好吧,你坐下来,咱们一起听听到底怎么回事儿,然后我们就坐在那里聊了起来。"

"而你还顺便看着街对面的房子。"

"断断续续地看着。里面的灯光没有变化,也没有人进出。然后她说和我谈完后她觉得好多了,而她至少能做的就是请我喝一杯,所以我们就去喝酒了。"

"喝了一杯。"

"其实是两杯。"

"然后你把她拖到了你在阿伯巷的家,里面的猫咪立刻就接受了她,这对你来说意义重大。"

"好吧,要不是因为你是我最好的朋友,"她说,"我肯定把你开膛破腹,把心剜出来。我们各自喝了两杯酒,然后她就回家了,而我折回去又看了眼他的房子。"

"灯还是没有改变,但不知道为什么,它们现在看起来比刚才更亮了。只不过天上的星星看起来也更明亮了,而且——"

"我都是怎么忍受你的?那个家里的灯光还是一样,里面的主人仍然醒着，这是我的猜测。"

我让卡洛琳在线上等我一下，用另一部手机往博伊德的公寓打了电话。留言机接起电话，里面传出钢琴演奏的《把小丑送进来》那首歌的前面一小段，接下来说话的不是史蒂芬的声音，所以我猜是博伊德的声音："啊噢！我们出去了不在家，请给我们留言。"

为什么不呢？"我是艾略特，"我说，"我今天突然有事就不去了，我会再联系你们的。"

然后我走进了他们的公寓。公寓在临街的二楼，楼下是一家旅行社，有个西班牙名字。他们的公寓像你想象的那样整齐洁净。

太简单了。

38

很多很多年以前，布鲁克林的住址离现在对时髦的定义还远远得很，而道奇篮球队也还没离开布鲁克林，地域警察对跨越布鲁克林大桥下的这部分高地给予了一些特殊对待。这部分的布鲁克林，被称为布鲁克林高地区，以其优雅的红墙楼和多条用水果命名的街道广为人知，备受喜爱。而布鲁克林的"大重生"工程更是让所有船只都可以直接开到布什威克港甚至外面的流域，这其中当然也包括了许多在高地区停泊的高级游艇。

卡洛琳一直在监视的红墙楼坐落在蔓越莓街和橙子街之间的柳树街上。当我从克拉克街地铁站出来时，只花了一两分钟时间便分清了东南西北，然后我迅速找到了我要去的地址，还看到了卡洛琳提到的那个在街区最尾端的比萨店。店里现在已经是一片黑暗而且大门紧锁，同样漆黑一片的是他的客厅……该把他的房子叫成什么呢？

纽扣大宅，我这么决定。忘了什么史密斯，也别介意什么博腾·巴顿，或是他们那家里的整整五代。

三楼的灯光从窗户里透出来。我独自站在阴影处待了一会儿，然后绕着街区又走了一圈，最后又回到阴影里站了一会儿。

也许他已经睡着了，我想。也许他觉得要留着灯才睡得踏实。我又等了一会儿，灯终于熄灭了。

我继续站在那里等着灯光再次亮起。但是没有亮，我看表查了一下时间。

凌晨两点三十三分。

我又等了几分钟，然后顺着我来的路回到克拉克街地铁站。我记得在地铁入口附近经过了一家小酒馆，里面很安静，而且昏暗，这让我觉得它是一个正经能喝酒的地方。不是每个酒吧都会持续开到凌晨四点，按法定时间打烊关门，但是我有一种感觉，那个小酒馆会。等我到达那里时，酒馆仍然开着。

小酒馆里有三名男子在吧台前分散着坐开。另一个人在桌子上看着报纸。我站在酒吧台前，点了冰水和威士忌，然后手里拿着两个玻璃杯找了个黑暗角落中的桌子坐下来。

如果我在那个时间点一杯巴黎水或者任何非酒精饮料，吧台的调酒师可能会打电话给警察局。所以这次买的威士忌是用来做伪装的，我确定没人在看的时候，把酒洒在了地板上。

然后我喝了几口水。又去用了洗手间，回来后坐下来，又喝了几口水。

很明显，我可以一直坐在那里到凌晨四点，买还是没买酒水都无所谓，但是在凌晨三点二十分左右，我离开了小酒馆。里面的调酒师是唯一留意过我的人，只是等我支付了我的酒水钱后，他对我的注意力就终止了。而他正在看电视，没有调出任何声音，我离开时他连头也没有抬一下。

我直接回到了纽扣大宅。里面的灯仍然熄着。

想去做飞贼的人一定是得了失心疯。而且,据我所知,他们中的大多数也确实是疯子。

如果你觉得我这么说不太可信,那可能是由于普通大众对这个术语有着广泛的错误理解。媒体很容易将这个标签贴在任何一个有一点点天赋和一丁点儿沉着冷静的盗贼身上。如果你能从防火逃生道上溜出去,或者在防盗锁上施展点儿小技巧,一些记者就肯定会给你扣上飞贼的名号。

大错特错。

正确地说,一名飞贼的手脚要像卡尔·桑德伯格①笔下的猫一样,轻得如雾中的小脚。他非法闯入的不是一个正好没人在的空荡荡的居所,而是有主人在的屋子。主人们可能正在一楼接待自己的客人,而飞贼则跑到二楼去偷他们的贵重首饰;主人们也有可能正在楼上的卧室里睡觉,而飞贼在楼下忙着打开他们的保险箱。

盗窃,你应该意识到,永远不会是没有风险的。事情总会有出错的时候,而且往往都会出错。当我非法置身于某户陌生人的家中时,我永远不会觉得毫无顾虑,最令我担心的不是我会不小心触动防盗报警系统,或者外边的路人奇怪为什么屋里的灯亮了,也不是担心警察会突然具有超级英雄的能力,比如激光透视眼和读心术。

---

① 卡尔·桑德伯格(Carl Sandburg, 1878—1967)美国诗人、作家、编辑,曾三次获普利策奖,两次因为他的诗歌,一次是因他给林肯总统写的传记。他的著名诗歌《大雾》收录于他的获奖集《芝加哥》里,描绘了在雾里悄声无息的小猫的脚。

我最担心的是碰到主人半途回家,把我当场抓住。

我会做任何事情来避免这种情况的发生,我甚至可以为此完全放弃盗窃这份工作。(我甚至真的尝试过,但似乎并没有办法坚持住。)所以一般除非我能确定房子是空的,否则我不会轻易进入别人的房间或公寓,而且如果进了,我会确保我有足够的时间在主人回来之前把事情办完。即使如此,即使我很喜欢非法闯进别人家里,我也尽可能地不去逗留。进屋,拿到你要的东西,走人。就这样。

那飞贼到底是怎么想的呢?

我曾经看过一个有线电视台对某位飞贼的采访。他顶着一个光头,身上有太多的文身,眼睛里闪烁的光并不能让人对他能有什么信心,但是他说的话确实表明他有一颗非常冷静的头脑,逻辑很清晰。"是这样的,"他说,"至少我从来不用担心他们什么时候会回家。因为,你看,他们已经在那里了。"

像所有的飞贼一样,这个飞贼显然是个疯子。但是他所说的话里有不可否认的真实性,而我在琢磨怎么进入纽扣大宅的时候也在考虑他说的话。这一次我不必又打电话又按门铃地去确保房子是空的,当然也不必用黄铜制的门环去敲门(而在此情此景,这只门环明显是定做的,因为,不然你到哪才会碰到一个形状为领子纽扣的门环呢?)。这房子不是空的,而我是知道的。

今天一晚上,我已经进入了一栋房子和三间公寓,任何一个盗贼在六个月内才会做完的工作我一晚上就把它们全都做了。做这些事情都需要一些技巧、思考和计划,而直到此刻,我还都算幸运,一切进行得很顺利,而这栋房子,坐落在布鲁克林一条漂亮的绿树成荫的大街上,我希望运气能再度照顾我一下。

但是,如果我现在回家,我今晚所做的一切都将是毫无意义的……

坐落在柳树街的房子属于一位收藏家,他可以用某种不太正当或者干脆就完全非法的方式获得某些有价值的物品。这就意味着他无法为这些东西上保险,所以他甚至比一般的收藏家更加偏执。

所以他是装有一套防盗报警系统的,而且是个不错的报警系统,可以在所有的地面和客厅地板以及窗户上都看到明显的银色电线,连接着报警器。这其中有一些是可以被绕过去的,这样可以让他把窗户打开通风透气,同时又不用费事去动报警器的开关,只是怎样绕过报警器的电线是我没有办法从所在的地方看清确认的。

他的锁也很不错。而且房子的入口处上方还有一个安全摄像头,上面的电子眼时时刻刻敏锐地注意着进出口处的所有动静。

让我再来看看吧。三楼的窗户上有没有安装防盗报警器呢?

据我看来是没有的,这给了我希望。

我不得不承认,是很渺小的希望。因为我没有办法到达三楼,除非我已经在房子里面了,那样我就可以使用楼梯。又或者,当然,我可以从房子外面的墙爬上去。如果我有这个远见的话,我会带上我的抗吸引力手套、鞋子还有它们底部的吸盘①。我要告诉你,每次你都试图考虑到方方面面,但最后你一定会把最重要的东西落在家里。

那就无所谓了吧。

纽扣大宅(或者扣子小屋,如果你更喜欢装模作样的法国腔)是

---

①隐喻蜘蛛侠,是作者反讽的说法。

五体联排别墅里的第四家，每家虽然结构相同但彼此的装饰各有千秋。也可以算作是五体中的第二户，全取决于你选择从街的哪一边开始数，总之你明白我的意思。

这些联排别墅坐落在一起，很紧凑，但后方有一条人行通道。我绕过垃圾桶来到一个旋风围栏前，这里便是五体联排别墅的后院。也许在建筑学里，房子大门的对面是有术语来描述的，无论那是什么，这一面的房子都带着防火逃生架梯。架梯的最后一节都在与地面平行离地一楼高的地方收尾。如果你的房子起火了，就必须使用这个逃生架逃跑，而当你到达架梯的最后一阶时，你本身的重量足以将它向地面推下，而当你落地时，你就会站在我现在的地方，一块混凝土面上，抬头看着已经够不到的逃生架梯。

当然，除非我把垃圾桶拉过来，站在它的上边。围栏的这一边有好几个垃圾桶，我选择了其中的一个，并把它放在最合适的地方。不，你可能会认为，我会把它放在纽扣大宅逃生架梯的正下方，当然不是，我把它放在连体别墅的另一端。如果把逃生梯降下来的噪音会把人从梦里吵醒，那我一定不会愿意吵醒我的客户。

也只能算是我的前客户，因为当他从饶舌酒鬼拿走许诺的四万五千美元的时候，他就已经丢了客户这个头衔。事实上，让我们称他为我昔日的客户；那听上去还是很不错的，不是吗？

我为了把拉梯子的噪音降到最低而耽搁了一些时间，当逃生梯完全延伸下来时，我停在原地不动，静止听了两分钟，看看能不能听到某些不受欢迎的声音，或者看到不受欢迎的灯光。

当我确认这两样都没发生时，我低声说了句，感谢圣迪斯马斯，然后从逃生梯一路跑上屋顶，走过几个邻居家来到纽扣大宅的屋顶。像其他几家的屋顶一样，这个屋顶上也有一个可以进入四楼的天窗门。

你需要用一把钥匙来把它打开——或者用适当的工具和天赋。

开锁并没有难住我。把天窗提起来倒是费了把力气，尤其在需要保持无比安静的情况下更难。但不是完全做不到，而且最终它被我打开了。

然后我得以进屋。现在才是棘手的部分。

顶楼基本上是一个阁楼，只是这个阁楼很早以前就已经被装修好了。在一些其他的小区，这个阁楼可能装得下三十个甚至四十个移民还有不确定数量的鸡，但是在柳树街上，这个阁楼装的就只是与纽扣相关的收藏和各种纽扣本身，是它们的主人荒废多年积累下来的结果。

有一只大行李箱，里面已经被各种纽扣填充到距其顶部只剩几英寸的位置。纽扣未被分类规整，全部堆积在一起，好像它们是从一个巨形烟囱滑槽中溢出来的一样。它们有各种尺寸和颜色，还有各种颜色的组合，有些是赛璐珞制的或是胶木制的，还有些是包着布的。但是，我必须指出，这里面有很多看起来就是非常普通的衬衫上的普通纽扣，我猜想我正在看的是一些相同的扣子，被剩下来的，是当一个人没完没了地收藏所有的东西时的积累。

这个人显然既是位收藏家也是名囤积者。他不需要的收藏便被扔进这些行李箱里，因为只要是一颗纽扣，他便不能忍受与它分开。我突然明白当这个人的衬衫穿破要被扔掉的时候会发生什么。在衬衫被扔进垃圾桶之前，他会剪掉上面的纽扣，然后把这些纽扣扔进行李箱里收集起来。

扔进这里的一个箱子。或者那边的那个。也或者那边旁边的那个……

我一只手伸进纽扣堆，把手掬成杯状，盛满纽扣，然后让里面的纽扣从我的手上溢出去。我可以感觉到这个男人自己也会经常做这样的事情，就像唐老鸭掉进它的钱箱里把金币捧起来把玩一样。

为什么不呢？我可以想到他如何走进阁楼来，捧起一手的纽扣，再让它们从指间流出，从中筛选，让这个或那个纽扣抓住他的注意力。这是件令人愉快的事，你可以在这个箱子里玩会儿再跑到那个箱子里玩会儿，与世隔绝，任由外边的世界继续各种令人讨厌的、匪夷所思的事情，而我只要把手伸进箱子里，筛选——

但不行。我还有工作要做。

从四楼下到二楼客厅用的时间比我希望的更长一些。二楼的客厅正是卡洛琳监视的那一层，也是他花时间待着的一层，那里放着我要找的东西。但首先我不得不走过三楼，他正在睡觉的那层。老房子里的楼梯经常会吱吱作响，响到可以吵醒熟睡中的人。

但是能唤醒他的也不一定就只是噪音。他是一个年轻的家伙，身材保持得很好，也有活力，但我又怎么知道他前列腺的状况？也许对他来讲每晚起夜两次去洗手间是很平常的事情，也许他会在我正下楼时起一次夜。

如果他从洗手间里冲出来，怒火重重地瞪着我，手里还拿着致命的武器，我又该怎么办？据我所知他也许拥有那把拉克兰·麦金托什用来结束巴顿·格威内特生命的决斗手枪，并将它留在床边。如果他拿起枪对我瞄准射击，我就会中枪，倒地不起，三天，也许是十一天以后，便是我玩完的时候。

我没有告诉你吗？要做飞贼的一定是个疯子。

而等我下到二楼后，一切就变得轻松多了。我还有很多事情要做，所以又耽搁了一些时间，但我能够将这些事情在寂静中迅速做完。外面街上的人可能会看到我的小手电筒偶尔眨出的光亮，但是在我承担的所有风险列表中，这是最不重要的风险之一。

我刚好要完成所有事情时，听到了楼上的脚步声。然后脚步声停了下来，我屏住呼吸，当我听到马桶冲水的声音时，才敢把气喘出来。然后便是更多的脚步声，最后一切归于沉寂。

他明显是回到了床上，但他会留在那里很久吗？即使他真的会，我又怎么可能绕过他按原路返回屋顶呢？

我没有往楼梯上走，而是往下走去，直到一楼，然后穿过房子来到它的后面。那里有一扇通往后院的门，我早些时候就想用它。那样我就用不着去搞那一套逃生梯子、爬屋顶、开天窗的动作了。但是我也知道那时候如果动这扇门可能会启动报警器，因为它应该被连接到了报警系统中，也确实是这样。

但是我现在在屋里面，这就有天壤之别。我桥接了电线，把后门的警报从报警系统网络里取下来，而又没有打扰到系统的其余部分。然后我打开门锁，走到外面，反身将门锁上，环顾了一下四周。

天空已经开始有些发亮，这是有道理的。日历上说，我们距今年最短的夜晚已经不远了。而从我自己的角度来看，今晚比欧洲的三十年战争还要长，而且还要无趣得多。

39

在我们的一次通话中,卡洛琳告诉我不要担心喂拉菲兹的事儿。"我会帮你照顾它的,"她说,"我不知道你什么时候回家,但是事情办完了你就尽快去睡觉吧,睡多久都可以。"

我早上七点钟到家睡觉,三个小时后便被电话铃声叫醒。我的回答仍然充满睡意,电话是雷打来的,他说:"啊,这不好,伯尼。我把你叫醒了,不是吗?"

"你帮了我一个忙,我并不想从防火逃生梯上跳下来。"

"啊?"

"是在梦里,"我说,"有趣的是,在某种程度上,我知道那只是一个梦,而我能想得出的逃脱方法是跳下去。双腿一迈走进空气里。"

"但你不能那么做,对吧?"

"是啊。为什么呢?"

"你是一个幸存者,伯尼。即使你在睡梦中。而且原来你是对的。"

"因为我没跳吗?"

"因为注射器还有几件其他的事情。等你醒得差不多时,你要不要给我回个电话,我全部说给你听?"

"我现在已经醒了,"我说,并且希望这是真的,"你都说来听听吧。"

"这些现在都能连在一起了,"我说,"而且昨天晚上我很忙。"

"做了一些我不需要知道的事情。"

"那么,如果我把我碰巧知道的一些事告诉你,但是不告诉你我是如何得来这些消息的怎么样?"

"那样就行了。"

当我讲完以后,他又问了几个问题,听了我的答复之后,发出了一个介于叹息和呻吟之间的声音。"这很复杂,"他说,"我知道我的祖母会把它叫作什么。"

"哦?"

"一场真正的集体操蛋,愿上帝让她的灵魂安息。我想我最好还是不要在梅雷迪思和那个叫什么来着的人的面前使用这个词。"

"尼尔斯,"我说,"你说得对。他们是会想要加进来捞上一笔。"

"我最好能拿到几张搜捕证,"他说,"问题是我没有什么正当的理由,这意味着我得去找个合适的法官。你准备好戴上你的另一顶帽子了吗,伯尼?你能用来变戏法拉出兔子的那顶?"

我有吗?"让咱们这么希望吧,"我说,"你准备什么时候做?今天是星期五?"

"早上我看还是呢。"

"昨天是星期四,"我说,"但是我却觉得像过了一整个星期。那就在今天吧，雷，赶在任何人逃到汉普顿之前。几点呢？晚上六点半？"

"咱们定在七点吧。"

"在奥斯特迈尔家的房子？在犯罪现场叫上所有人？"

"不，"他想了一会儿说，"任何事情都有可能出问题，而且我讨厌必须得去试着解释为什么我会决定在犯罪现场举行这个大会。你知道，如果你不介意——"

当然，为什么不呢？巴尼嘉书店，七点钟，让所有的嫌疑人都来吧。

管他呢，反正这也不是第一次了。

我到达书店时正好赶上午休时间。我把门打开，又打开灯，把特价桌拿出来放在人行道上，然后告诉拉菲兹我很清楚它已经吃饱了，然后关掉了灯，出去锁上了门。我想为我那位素未谋面的客户留下一张字条，如果我能想出任何聪明的话可以说，我可能还真会这样做。但是我想到刚刚做了那么多事情，还有每件事情的先后顺序，最后决定我的大脑还在混乱中，甚至没法留下一张空白纸条，更不用说在上面写什么东西了。

"朱诺洛克，"当我来到她的门口时，卡洛琳唱出来，"那些瓶子是什么？布朗博士的芹菜苏打水？"

"从熟食店买来的，"我说，"我突然发现，辛辣的台湾菜可能和这个饮料很搭。"

"有人昨天晚上睡得太少了，"她说，几分钟后她又说，"好吧，我很抱歉。我们应该一开始就去买这个喝。"

"它味道很不错，配菜配得很有效，不是吗？"

"确实，"她说，"尽管它不应该这么有效。一种甜甜的饮料，味道像芹菜一样——"

"除了那味道是人造的。"

"是人造芹菜，"她同意道，"它不应该与冷切酱牛肉配在一起，但它确实很配。"

"这几乎可以算是传统了。"

"嗯，这与朱诺洛克相配还被称为传统太奇怪了，但是我可以感觉到它正要变成一种传统。好吧，你是一个天才，伯尼，特别是当你睡眠严重不足的时候。现在快告诉我昨天晚上的事儿。"

"你知道什么事很好笑吗，伯尼？"

"我们花了这么长时间才想起来用布朗博士的苏打水来搭配朱诺洛克？"

"除此之外。我对所有这些人，迪尔德丽和博伊德，梅雷迪思和杰克逊都有一种强烈的感觉，但是实际上我连他们一个都没有见过。"

"我也没有。"

"哎，对，可不是吗？但你至少去过他们每个人的家里。"

"除了杰克逊的家。"

"你没有去他那里吗？为什么要把他剔除出去？"

"他可能在公园坡的那个家。如果他和他的女朋友在波尔洛姆山那边，那么他的妻子和孩子就都在公园坡那里。他的办公室在金融中心，进入那个大楼的唯一办法就是在那里租间你自己的办公室。此外，杰克逊拿到了免谋杀罪的通行证。"

"那真的是一场谋杀，是吗？"

"雷确认了。也有证据表明,虽然我不喜欢成为向陪审团提供证词的那个人。"

"杰克逊倒是洗脱了罪名。"

"他没有去杀任何人,"我说,"但他犯了其他的罪,而我不需要去他家或他的办公室把他犯罪的证据揪出来。"

"或者是他的爱巢?"她笑了起来,"我只是想用一下这个词。我多久才能有一次这样的机会?你一定是在布鲁克林高地那里找到了需要的东西。"

"我在那里找到了我所需要的一切。"我跟她说。

午餐后我回到书店,但只是回去打了个电话。然后我又出去了,下午两点半,我坐在麦迪逊大道上一家咖啡店的桌子旁,看着眼前的壁虎文身。

"我不明白这是怎么回事儿。"克洛伊说,眯着眼睛看着巴顿·格威内特的勺子,"这勺子有什么问题吗?"

"没有任何问题。"

"那家伙不想要了吗?"

"哦,他想要,"我说,"这勺子让他感觉自己像亚历山大大帝。"

"那他为什么不留着它呢?"

"他良心上过意不去。"

"他的良心困扰着他?"

"不是他的,"我说,"无论如何,他不会留着它。"

她皱着眉头:"我想你会想要拿回你的钱。"

我摇摇头。

"你不想吗?"

"我们做了个交易,克洛伊。你给我勺子,我给你钱。完事了。"

"那现在我该拿它怎么办呢?"

"钱吗?去欧洲,如果你还想去的话。钱是你的。"

"我是说勺子。"她说。

"我会建议把它放回原处,"我说,"但他已经知道它失踪了。所以我想你必须把它放在某个地方,然后某一天装作发现了它。"

"必须把它放在一个他会认为是自己错放的地方。"

"怎么都行。"

"而我可以留着那些钱。"

"对。"

她想了想。"你知道吗,"她说,"到昨天为止,这事儿算是最好的一次交易了,而现在它竟然变得更好了。除非这里有什么陷阱是我不知道的,对吗?有什么陷阱吗?"

"什么也没有。"

"真是太棒了。"她说,然后把勺子放在钱包里,拿出一支钢笔,在餐巾纸上写下一串数字。

"给你,"她说,"我的手机号码,这是能找到我的最好方式。如果,你知道,要是你又有什么需要我帮你偷的东西。"

我把餐巾折了起来,放进口袋里存好。

"即使我辞掉了工作,"她说,"那仍然是我的号码。"她笑了起来,"除非我人在欧洲。"

40

回到书店后,我打电话给雷,确认我们还是七点碰头。"有些人可能会提前几分钟,"他说,"也有人总是会迟到几分钟,但总而言之,我觉得咱们可以按计划开始开会。"

"四个奥斯特迈尔家的孩子都会到。"我说。

"迪尔德丽、博伊德、梅雷迪思和杰克逊。博伊德会带他的伙伴。名字是史蒂芬,但不要问我他是哪个伙伴。"

"史蒂芬是他生活上的伴侣。"

"那就是带他过来,所以当聚会结束的时候,他们可以一起去火岛。梅雷迪思会把尼尔斯带过来,而迪尔德丽没有任何人可带,杰克逊会把他的妻子或女朋友带过来,但他没有提出到底带哪一个。"

"那就是六个人。"

"再加上我们来自柳树街的神秘客人。我会亲自去带他过来的。"

"那就是七个人。加上你八个,我猜还会有一些其他在政府工作的人员到场。"

"你是指警察吗？两个，也许三个。我找我觉得能靠得住一起办事儿的。"

"九，十，十一。加上卡洛琳，因为我不能把她落下。"

"十二个，再加上你自己，十三个。伯尼，我希望你不是特别迷信。"

"我不迷信，"我说，"无论如何，不应该是十四个吗？因为我不敢相信柳树街的那位不会把自己的律师也算进来。"

"他要律师做什么？他知道自己不是此次调查的目标。"

"哦？他是怎么看自己的？"

"他是一位活跃开明的公民，"他说，"帮助我来揭发一位臭名昭著的盗贼。"

"我明白了，"我说，"听起来也不假。"

"晚上七点整，"我告诉卡洛琳，然后和她说了一遍来客名单，"所以恐怕我们也没机会感谢上帝今天是个星期五了。"

"如果我们在五点半关门的话——"

"我想我可能就一直开着门，"我说，"雷说我们可能会有几只早到的鸟儿。"

"如果是这样的话，"她说，"我就去用一小时来做一直拖着没做的除尘和清洁工作。然后六点半左右到你的书店，你觉得怎么样？"

"我会在这里的。"

"而且我们仍旧可以向上帝表达我们的感激之情。只是这一次，我们手里没有拿着酒杯庆祝。"

* * *

确保雷克斯·斯托特的安乐椅侦探尼禄·沃尔夫系列有货一直很困难。因为人们不断地发现这个系列多么有趣，继而来寻找他们还没有读过的他的其他作品。还有他多年的粉丝会经常来这里，希望能够补充上系列里某本被亲朋好友借走就再没还回来过的书。

我设法找到了一本该系列里读书俱乐部版的《还不如就死了》来作为谋杀案座谈会对房间和嫌疑犯布置的参考，上面写着沃尔夫如何在解决案件之前安排了一大堆嫌疑犯来座谈，将各种各样的人安置在各种椅子上。我没有一把红色的皮椅子，也没有一批黄色的椅子，实际上我所有的客人都得站着听，但我还是做了一个小演说图表，试图排列好我将要演讲的文稿顺序。

这其实比你想的要花时间，因为每当书中沃尔夫的助手阿齐提及某句不着边的关于嫌疑人的线索，我都要把书翻回到前面，努力找出这个人第一次出现时的场景。我没有找到那些，却发现其他写得好的地方，然后意识到唯一明智的做法是把这本书从头到尾再读一遍。自我上次读这个系列的书以来已经有好几年了，所以我满心期待地准备再去把它读一遍。

我想门打开时我确实听到了铃声响起，我对它的注意力同对外面街道上传来一阵刹车声的注意力差不多。当门铃响后又随之而来其他的声音，我确实应该抬头去看一眼。否则那声音也只算是城市里嘈杂背景音乐的一部分。

"我不敢相信！"

一个女人的声音，声音里透着惊讶与喜悦。好像很高兴找到一家老式书店，这点毫无疑问，也或者更令她特别高兴的是意外地找到一本她一直在寻找的书。如果不是因为我正在读的书特别引人入胜，我会抬头看她一眼。但是——

"我几乎要确定你永远也不会开门了。我还以为你琢磨出了我每日的行程表,所以能够确定在我过来这里时,你刚好可以关上门。但现在我们都在这里不是吗,你怎么看?"

哦,天啊,是那位给我留下便条的女士。我从我的书上抬起头来,看到一个年轻苗条的亚裔女郎站在那里,身穿黑色的休闲裤和一件蓝色的丝绸上衣。她把一个书包甩在肩上,脸上的表情在看到我后从高兴转为惊讶。

我怀疑自己的表情也一定经历了同样的转变。

然后我们的眼睛盯着彼此仔细看牢对方。与此同时,我们都开口说出了同样的话:

"朱诺洛克!"

41

"你会说英语。"我说。

"你也会。谁能猜得到呢?"

"但是——"

"天啊,这很尴尬。你看,当你生活在一个除了对大胸女人有迷恋,就是对亚裔女孩上瘾的文化中,你若想要生活变得简单些,就最好在交流的时候装成你不会说他们的语言。"

"我可以理解这么做的道理,"我说,仔细看着她,"但这只是你不说英语的其中一部分原因,不是吗?你在装的过程中也自得其乐不是吗。你喜欢愚弄人。"

"哎呀,"她说,"被看穿了。是啊,你说得对。那不太好是吧?"

"嗯,这可能是一个性格上的缺陷。"

"那正是我所担心的。"

"但也是性格缺陷里比较可爱的一种。"

"你这么想吗?"她笑了起来,"它确实帮我打发了时间。而且我也没有太多娱乐方式。"

"你一定工作很长时间。"

"足够长的时间,长到让我无法在你每天极为短暂的工作时间内赶过来。事实上,我每天都要在餐厅工作,从早上十点到晚上六点。偶尔月亮呈绿色的时候,我会乞求我的叔叔在中午生意不忙的时候放我半个小时假。你在微笑,有什么好笑的?"

"偶尔月亮呈绿色的时候。"我说。

"我说绿色了吗?我的意思是蓝色,我甚至知道这句谚语的来源是什么。你知道吗?"

我确实知道。"在一个月里,有两次满月就被称为蓝色的月亮。"

"而月亮很少会一个月圆两次。但为什么是蓝色的呢?有什么典故吗?不管怎么样,我们可以随时上谷歌搜索。不管对或不对,我们总会得到一个答案。无论如何,不管月亮是蓝色的或是绿色的,我有空就会赶过来,而你却总是大门紧闭。"

"然后你开始留便条。"

"我没忍住。我这么做很让人讨厌,是吗?"

"更让人觉得着迷。"

"真的吗?"

"给人启发,甚至可以说。"

"其实,"她说,"那就是我想要达到的目的。就好像一种在线调情,你不知道这个人是什么样的,如果你认识他,给你一百万年你也不会和他调情,但是如果是在线上,谁又会在乎呢?"

我们的眼神相遇,她突然意识到我们现在正在面对面地调情,然后脸红了起来。她迅速转开脸去。"哦,这倒让我想起来了。"她说着从我身边走开。跑到放了一堆书的架子上，然后抽了一本迪特尔·博赫尔森的《安东尼·德沃夏克：这位音乐家和他的音乐》回来。

"你不会相信我找这本书找了多久。"她说。

"你不会相信我拥有这本书拥有了多久。"

"真的吗？"

"我买下这家书店的时候它就已经在书架上了。"

"我可以从外面看到它，"她说，"只是我永远不能进来把它买走。这价格还对吗？只要十美元？"

我摇摇头："这是旧的价格。"

"这也是我担心的。你想要多少钱？"

"不要钱，"我说，"免费。"

"别这样，我是认真的。"

"我也是认真的。这本书在我的存货里已经有些日子了，而你是第一个对它感兴趣的人。想想我从你手中拿到的那些美味的食物，更不用说你为了买这本书经历的种种困难。真的，请把它放进你的包里吧。"

"嗯，如果你确定的话——"

我告诉她我很确定，她把那个男人和他的音乐放进自己的书包里。"谢谢你，"她说，"我甚至不知道你的名字。"

"我叫伯尼，"我说，"伯尼·罗登巴尔。"

"我是凯蒂·黄。"

"你来自台中吗？"

"台北。"

"好吧，但叔叔是台中来的两个人之一吗？"

"二人组的两个人都是他，"她说，"再说为什么要改变餐馆的标志呢？他也来自台北，但他认为台中听起来更有异国情调。"

"他是对的。我甚至不知道它在哪里。"

"在台湾的中间，台北的西南部。"

"我也是刚刚才发现。"

"你上谷歌搜了吗？不管怎么样，我们做的饭还是偏台中口味的。"

"特别是像左宗棠鸡和橙汁牛肉。"

"我是说真正的食物。"她说。

"朱诺洛克。"

"你会一直拿这个笑话来逗我吧，对不对？"

"你在我这里估计翻不了身了，哦，德沃夏克，嗯？"

"自从我第一次听到他的《自新大陆》，他就成了我最主要的男人。而买到这本的时机刚刚好，简直完美，因为我将在星期天下午演奏他的长笛和钢琴奏鸣曲。就是A小调的那首。"

"幸亏你仔细说明了一下。所以你是一名音乐家。"

"还不算，但是计划当一名。"

"一位刚露头角的音乐家。你在做公演吗？"

"那只是一个学生的练习演奏。我是茱莉亚德音乐学院的学生。这就是为什么我从来没有闲暇时间，我在餐厅度过全天时间，晚上一半的时间去学院上课，其余都是练习的时间。你想来吗？我的意思是说，这只是一个学生的练习演奏会，我们谁都还没有去参加爱乐乐团的试镜考试，但另一方面演奏的门票与博赫尔森先生的书价相同。"

"也是十块钱吗？"

"免费的。你可以带来那位，嗯——"

"她的名字叫卡洛琳，"我说，并决定回答这个并未被提起的问题，"她是我最好的朋友，但我们不是一对情侣。而且她，呃，喜欢女孩子。"

"你知道吗，我隐约察觉到了——"

"是因为她的发型。"

"但是你们一直在一起，虽然我从来没有真正同时看到过你们两个，但我的意思是，你们总是轮流来，每次每人都是买两份食物，朱诺洛克还有其他的——"

"我知道。"

"呃，那你——"

"我也和卡洛琳一样，"我说，"就是说我们都喜欢女孩子。"

"我也有这种感觉。哦，上帝啊，我迟到了。我应该去排练的。我的朋友肯定要杀了我。"

"他是吹笛子的那个吗？"

"是弹钢琴的那个。我是吹笛子的，而大多数人说笛手时的发音都不正确，但你却是正确的发音，不是吗？这不知为什么让我感到高兴。"

"我也不知道。你的演奏在星期天的什么时候？"

"爱丽丝·塔利演奏厅下午三点钟。座位可以随便坐，所以你可能需要早一点到。你真的会来吗？"

"我不会错过的。"

"你知道，有一些男人对于吹木管乐器的女人有奇怪的迷恋。"

"真的吗？哎，我不知道为什么会那样。"

"这是人生的奥秘之一。我很高兴你不是那样的人。"

"我也很高兴。但是我可能也有你刚提到的另一个癖好。"

"我希望是对亚洲女性，而不是对大胸。"

"比这个更具体些。是针对来自台北聪明可爱的女孩的。"

"可爱？我的虎妈听到你用这个词形容我会感到非常骄傲的。哦，糟糕，我真的要晚了——"

"我知道了。周日下午三点，爱丽丝·塔利演奏厅。然后我们去吃晚餐。"

"那太棒了。但有一件事，伯尼——"

"只要不是中国菜——"

"哦，我想我已经爱上你了。"她说，然后飞身出门。

42

凯蒂离开时大概是六点十五分，如果她再多等五分钟，她就可以帮卡洛琳扶着门。卡洛琳弄来了两瓶博若莱红酒和一盘来自甜蜜苦痛奶酪餐厅的聚会拼盘。当我试图弄清楚该把各种东西放在哪里的时候，她拿下了挂在门上营业或关门的标牌，标牌上显示的文字一般取决于标牌到底是朝哪一个方向，她换上一块用手写的纸板，上面写着"私人聚会"。

"如果他们认为这是一个类似节日的时刻，"她说，"至少当你把地毯从他们身下拉下来时，他们会往正确的方向倒去。我希望他们不介意用塑料杯喝酒。"

如果介意，他们至少很有礼貌地没有表示出来。在指定时间的十五分钟前，第一个到来的是位手上涂着明亮的红色指甲油的苗条长金发女郎。

"哦，我来得早了点儿，"她说，"我通常是那个早到的，而我要见的人通常会迟到。我是迪尔德丽·奥斯特迈尔。"

我见过她的照片所以认出了她,就像我认出了之后来访的客人一样,博伊德·奥斯特迈尔和史蒂芬·凯恩斯。他们身形高大,棕色的头发修剪得很短,他们的身上有着因长期运动隆起的肌肉,在切尔西健身房T恤和紧身莱威牛仔裤的包裹下非常有型。博伊德脸上有修剪完美的胡子,给拼盘里的奶酪投去专业的评审眼光,然后对其颇具吸引力的摆设表示赞叹。史蒂芬,没有胡子的那个,称赞葡萄酒选得很不错。

梅雷迪思·奥斯特迈尔和尼尔斯·卡尔德由一名穿着制服的巡逻员护送而来,巡逻员名叫莫顿·奥法隆,是个骨瘦如柴的家伙,脸上有尖耸的鼻子和带尖儿的下巴。梅雷迪思看上去更像是那种性感的地母型,全身肉嘟嘟的,带着温暖。而她的丈夫则像一节弹簧般悠闲自在。我不难想象出他在一个小舞台上来回踱步并告诉演员们该如何做的样子。他往杯子里装满葡萄酒,但是没有要奶酪。而他的妻子梅雷迪思,则扮成斯普拉特夫人①,和他的选择完全反过来。

巡逻员奥法隆既没有要酒也没吃奶酪,但是他把自己放在一个可以观察到在场每个人的地方。可不久之后,他也找到了一个可以谈话的人——另一名便衣警察(但不难让人看出他的职业)与杰克逊·奥斯特迈尔先后走进屋来。杰克逊看起来就像一个律师,一个非常成功的律师,他的理发成本恐怕超过了警察穿的衣服,而他身上穿的定制西装恐怕比外边停的警车还贵。

我没有听到便衣警察的名字,我也不认为他告诉过我,但我听到奥法隆称他为汤姆。

---

①来自一首一六三九年的英文儿童歌谣,里面杰克·斯普拉特先生只吃瘦肉,而他的夫人只吃肥肉,所以他们的盘子干干净净,是鼓励小朋友吃光饭的意思。

卡洛琳晃悠到我的身边,视线在房间里扫动。"他们似乎都是很正常的人。"她说。

"确实是的,"我同意道,"而且他们都在交谈,就像人们在社交聚会场合上做的那样。你真是个天才,想到葡萄酒和奶酪拼盘。"

"呃,你总会需要一些东西来打破沉默,伯尼。如果不是用这个,你就得让梅雷迪思和尼尔斯请大家把每个人的钥匙都放进帽子里①。"

这个时候屋里的交谈声有着优雅的聚会韵调,当门再次打开时,屋里的声音足以淹没门口的铃铛声。不过,一定是有什么事引起了他们的关注,因为房间安静了下来,然后大家都把头转过去看向最新到来的人。

在雷·基希曼身旁的是一位身着三件套西装的中年男子。他的翻领上缝着一个看起来像是一颗小黄铜片的纽扣,但是我不能看清楚上面的图案是什么样的,也无法猜测出它是为支持哪位候选人而做的。

"诸位,晚上好,"雷说,他的声音响彻整个房间,"我叫雷·基希曼,是纽约警察局的警探,但是就像我今天晚上告诉过你们的那样,这次的聚会完全是非官方性质的。我想你们都彼此认识,因为你们中的大多数都是兄弟姐妹。但也不是所有的人都认识这里的这位绅士,他是我请来帮助我们大家的。"

众人的眼睛从雷转到他身边的男人身上。

"这位先生名叫奥尔顿·阿尔顿·史密斯。"他说,梅雷迪思·奥斯特迈尔把奶酪拼盘传了过去,就在她的妹妹迪尔德丽拿过来两杯葡

---

①在互换夫妻的游戏里,通常会这样做来选择如何交换。

萄酒的时候。

"现在我会把事情交给我们今晚的主人,"雷说,"这位是伯尼·罗登巴尔,是我认识了多年的一个人,他除了拥有这家满是旧书的书店以外,还有一些可以把兔子和帽子区别开的真本领。伯尼,你觉得你可以开始了吗?"

现在所有的目光都集中在我身上了,而其中大部分眼神都有些迷茫。只有一个例外,那双眼睛今晚第一次直视着我。

不过,我知道我接下来该怎么办。"欢迎来到巴尼嘉书店,"我说,"我想你们一定都想知道我今晚为什么把你们召到这里来。"

"不久以前,"我说,"发生了一件非常不幸的事,它触动了这个房间里的每一个人。海伦·奥斯特迈尔,今天晚上在座的四个孩子的母亲,去大都会歌剧院观看一场歌剧演出。中场休息时,她告诉一位朋友她感觉不太舒服,所以想要早些离去。

"她坐了一辆出租车回家,但显然那天她以这种或那种形式和花生有了接触,而她本人对花生有严重的过敏反应。回家的时候,她没有好转,反而感觉更糟了。她试图给自己注射肾上腺素,以抵制她已经开始经历的过敏性休克,但这一针来得太少太迟了,她微弱的心脏无法应付巨大的压力。她跌倒在地,躺在那里。"

迪尔德丽眼里含着眼泪不肯掉下来。史蒂芬则握住了博伊德的肩膀,安慰着他,尼尔斯对梅雷迪思也做了一样的动作。

"这是非常悲惨的事情,"我说,"但这是由自然原因导致的。海伦·奥斯特迈尔幼年时便患上了哮喘,而且对很多东西都过敏。随着她的成长,哮喘消退了,过敏症也是如此,但是近年来它们又回来了,而且一路发展成心脏病。虽然她可能已经比预期的多活了好多年,但是在任何时候都可能会以这样或那样的形式被夺去生命。"

"至少它来得很快,"迪尔德丽说,"她没有受什么苦。"

"她直到最后都还精力充沛,"博伊德说,"而且她会很讨厌卧床不起,幸亏她没有去受那个罪。"

"博物馆新展、歌剧、话剧,"梅雷迪思说,"那些事情就是她的人生。如果没有它们,她就不会想继续下去。"

"她去世前还很康健,"杰克逊补充道,"她在精神上没有任何问题,她对那个前景感到十分恐慌。当她的一个好朋友出现早期的老年痴呆症迹象时,她大受震动。"

"她告诉我,希望自己在变成那样之前就死掉。"博伊德说,而迪尔德丽附和道她也被告知了同样的事情。

"不过,"我说,"这还是一件让人感到难过的事。"

房间里传来一阵赞同的声音。

"而且,"我继续说,"这不是完全不可避免的。哦,我是说过敏反应,过敏性休克,倒地不起——这些都是无法预防的。但在海伦·奥斯特迈尔倒地不久之后,有人打开了大门走了进去,而且走过了她躺倒的地方。这个人有自己的钥匙,而且知道这个时候的房子应该是空的,因为管家已经在几个小时前离去,而奥斯特迈尔太太则应该正在上演瓦格纳的歌剧院里,至少还要一个小时以上才回来。"

"这也我想到的第一种可能,"迪尔德丽说,"当我发现她时,所有的东西都散落在她的身边,仿佛一个小偷一直在寻找什么。我猜是因为她走进门时看到了那个贼,而他就杀了她。或者如果他没有真的打她或刺伤她,看到他的震惊也可能会导致妈妈心脏病发作。事情就是那样发生了,不是吗?"

"那也是我们想到的第一种可能,"雷对他们说,"在我们开始调查以后,就发现她身上没有任何遭受暴力的迹象。"

"让我们先来专注于入侵者,"我说,"我们对他有什么了解?"

"如果那个入侵者是男性的话,"梅雷迪思说,"我想那就排除了我和迪尔德丽。"

"的确是一位男性,"我同意了,"而且不是任何一位奥斯特迈尔家的孩子,或他们的伴侣之一。当然他也不是警察,那就把这个范围缩小了很多。入侵者使用过其他的名字,但他今晚在这里是以他出生的名字来向我们介绍自己的。他的名字就是奥尔顿·阿尔顿·史密斯,我相信你其中的一个人对他已经很熟悉了。"

我看了一眼现在看起来很迷惑的杰克逊。"我是史密斯先生的代表律师,"他说,"但我不确定在没有律师与客户的特权保护下,我还能说多少。"

"你是史密斯先生的税务代表。"

"没错。"

"那么你可以自由地说话,"我说,"史密斯先生的税务情况并不是我们在这里要讨论的问题,而你们的专业关系也不在这方面。他不是在寻求你的专业建议,奥斯特迈尔先生。而是你正在寻求他的建议。"

"我不知道你到底要说什么,"杰克逊说,"但你可以在这里打住了。我想你已经发现了奥尔顿去过我母亲家的一些证据。那么,他的确是应我的邀请,在我的陪伴下去母亲家里的。而这发生在事件的两个星期之前。"

"那时候你母亲在家吗?"

"不在,"他说,"我带他去家里的时候,她正在一家博物馆参加展览开幕会。但是我恐怕不记得是哪一家博物馆了。那有什么关系吗?"

"对我来说没有,"我说,"但为什么呢?"

"什么为什么?"

"为什么把自己的客户带到你母亲的家里去?"

他宁愿不回答这个问题,但他没有选择,因为他所有的兄弟姐妹都在盯着他看。他说:"奥尔顿对美国早期艺术了如指掌。我父亲多年来收集了很多肖像画。先祖们,我们总是这样称呼他们,我想他们很有可能是某个人的祖先,只不过不是我们的。它们都只是买来做装饰的画,但我总是想着它们。"

"想知道它们到底值多少钱。"博伊德猜测。

"嗯,是的。我们从来没有注意过画里的内容或者作画的艺术家,它们只是在我们长大时一直挂在墙上的严肃面孔。假设其中有一幅是由吉尔伯特·斯图亚特或托马斯·艾金斯或者其他一些重要的画家画的呢?"

"难道母亲会不知道吗?"

"她对这些比我们更重视吗?我只是觉得知道价钱会比较好。"

"如果其中一幅真是稀有珍品,"这是来自梅雷迪思的想法,"那又怎么样呢?"

"那么也许我们可以说服她去把画脱手卖掉。"

"她从来没有卖过任何东西,"迪尔德丽说,"'等我走了,亲爱的,你会有足够的时间去对你想要的东西做任何事情',这就是她说的,你知道。"

"另一方面,"博伊德说,"我们这些敬爱的先祖之一,也可以在神不知鬼不觉的情况下,被默默地从房子里拿出去。"

"如果真有这种事情发生,"杰克逊说,"而且如果那幅被拿出去的画真的被卖掉了,你们都会得到自己应得的那份。"大家冲他翻了翻眼睛,但他仍继续说,"但是无所谓,这些先祖的肖像虽然不是完全没有价值,但离无价之宝还有很大一段距离。即使拍卖,它们每幅也就只值一两千而已。"

"那我们是怎么知道这个的,杰克?"

"我列了一个清单,"他说,"所有画画的艺术家的名字,如果我可以在画上看出他们的名字的话,然后我用手机给它们拍了几张照片,向奥尔顿展示了这一切。他说这里似乎不太可能有什么价值连城的宝贝,但是如果他能亲自去查看一下,就可以确保我们不会漏掉某幅真正的宝贝。所以我就带他过去了——"

"而且是当你知道母亲不在家的时候。"

"只是因为我觉得没有必要让这件事烦她。我们前后不到一个小时就出来了。奥尔顿没有用很长时间就把他需要看的一切都看了。"

"啊,"我说,"史密斯先生,你究竟看到了什么?"

"就像我原先预期的,先生。美国的肖像,其中大多数是十八世纪所作,而画画的艺术家们也都是些无名小卒,或者说无名对他们来讲可能更好一些。有些画画得还算不错,其他的就没那么好了。这些对一位室内装潢师来说可能还有些意思,或者某位需要一两幅先祖像的人会感兴趣,但没有一幅具有真正的价值。"他笑了,"没有什么可以诱惑到一个小偷。"

"那么没有什么是你自己想要的。"

"很难有,"他说,"正如杰克逊所说,我对艺术有一点了解,特别是那个时期的画。但我自己并不收集。"

"但是你却回来了,"我说,"这一次没有奥斯特迈尔先生的陪伴,在你知道房子是空的那一小时里。"

"我怎么会知道呢?我又怎么能把门打开呢?"他盯住我的眼

睛,"不像我们中的某些人,"他说,"不需要钥匙就可以打开锁,但是——"

"我本是有钥匙的。"杰克逊突然说。

"那当然,"梅雷迪思说,"我们都有钥匙。你带史密斯先生去看画的时候,用的一定是你自己的那把。"

"然后我有几天就找不到那把钥匙了,"杰克逊说,"先是找不到了,几天以后,它又回到我的钥匙圈上,而几天前我还没有在那上面看到它。"他盯着史密斯,"奥尔顿,你到底为什么要拿走我的钥匙呢?"

"这太可笑了。"史密斯说。

"你把它拿走了,不是吗?然后你去复制了,再把它放回我的钥匙圈上。那期间我们进行了三次不必要的磋商,只是每一次我都是按时收费的,所以我很难做出什么反对,但是我一直不明白为什么你需要见我那么多次。你想要我的钥匙。"

"简直是一派胡言。"

"不,我不这么认为。"杰克逊的身板似乎挺得更直了,眉头也皱了起来,"你净找我说些无关紧要的东西,"他说,"而悠闲的喋喋不休从来不是你的风格,可是突然之间,你却在我的收费时间询问我母亲平时都做些什么。上帝啊,奥尔顿,你竟然闯进了我母亲的房子!"

有人提起一些关于防盗报警器的事。"她并不总是把报警器开着。"博伊德说。杰克逊说,当他陪史密斯一起进去时,报警器就没有被打开。

"但是你注意到了墙上的键盘,"他对史密斯说,"你说你希望这个密码组合不会太难,要让我母亲能记得住。我还告诉过你那是什么!"

"我不记得我们有过这番谈话,杰克逊。而且即便我们有过这个谈话,我也肯定没有记下什么数字组合。"

"那么这就很有趣了,"我说,"因为出于某种原因,我知道如果某人现在去你在柳树街的那栋房子的二楼会客厅里,他会在书桌右上角的抽屉里看到一个笔记本,然后他会发现那上面写的正是那四位数字的组合。"

"如果真有人那么做了,"史密斯说,瞪着我,"那也绝对无法说明什么,因为那四个数字可能意味着任何事情。一二三四,一个非普通的序列,而且——"

他停了下来,房间里的大部分呼吸声也停了下来。我可以问他是怎么知道的呢,如果他没有回想起那场谈话,也没有碰巧把这四个数字密码记下来,他怎么会这么巧就记起了那些数字密码的顺序。但是我什么也没有说,因为所有人都已经明白是怎么回事了。

43

"我们在这里讨论的,"我说,"是贪婪,而各种贪婪几乎一致的特征就是它没有限度。也许你们听说过一个谚语故事,一位农民坚持认为自己不是贪婪的,他只想要和自家的土地挨着的那块地方。但贪婪是无法被喂饱的。你喂得越多,就越饿。

"对金钱的贪婪是我们最经常想到的一种。是贪婪让人们去玩彩票,那种无法满足的贪婪让彩票的赢家还会接着去玩。为什么一个人即使赢得了九位数的大奖,还要重新排队买彩票呢?因为,就像那个农夫,贪婪是没有限度的。它让人总想要更多。

"但是贪婪也有其他的形式。有时候,它像一种饥饿感,比如不停地需要更多的性伴侣和更强烈的性体验。"我非常小心地不去看梅雷迪思和尼尔斯,却犯了看向博伊德和史蒂芬的错误,后者红了脸。谁又能猜得到呢?

"我可以继续说下去,"我说,但是觉得我已经说得够多了,"现在让我们来看看这个案子。奥尔顿·阿尔顿·史密斯是一位收藏家,正是对某种东西特殊的痴迷,使他成了一个非比寻常的贪婪的人。"

"你说得够多了,"史密斯说,"我要走了。"

"不行,"雷说,"我不认为你可以走。"

"哦?那你要逮捕我吗?"

"还没有,"雷告诉他,"但你想我成全你吗?"

史密斯要反对,又改变了主意。"好吧,我也可以留下来听听。"他说。

"你是一个收藏家,"我说,"对某个主题有着广泛的兴趣。这个主题就是纽扣。你收集纽扣,从服装纽扣,政治运动纽扣,到军服上的纽扣,以及其他各种纽扣。你也收集有关纽扣的书籍,以及人物名字为纽扣(巴顿)的书。"

"就像本杰明·巴顿一样,"史蒂芬说,扬起一个明亮的笑容,"我们还看过这部电影。"

"是布拉德·皮特出演的。"博伊德回忆说。

"就像本杰明·巴顿,"我同意道,"真实生活里名叫巴顿的人还真的没有很多,而他们其中一位还算有些名气。"

我等着在座的人提供这样一个人的名字。当没有人提的时候,我有意地看了看卡洛琳。

"比如像巴顿·格威内特。"她说。

"那个签名人,"尼尔斯·卡尔德说,"是很少听到他。"

"他的签名就更加难以获得。"我说,又和在座的分享了关于这个男人的一两件轶事,我在前文已经讲过很多,这里便不再和你赘述了。

"史密斯先生痴迷于纽扣,"我继续说下去,"并且很快就开始着迷于巴顿·格威内特的种种。他的收藏品包括十分罕见的关于这个人的书籍，以及这个人的出生地佐治亚州格威内特郡的原版郡徽设计手绘图。那幅手绘图现在就挂在他书房的墙上。"

有人想知道我是怎么知道这些的。

"我有异眼，"我说，"这是一个超能力，我学会了不去质疑它。我认识史密斯先生是起因于他觉得我可以帮助他去获取一把上面刻着巴顿·格威内特像的勺子。勺子是一位来自纽约的银匠所制，他名叫迈耶·迈耶斯，而且——"

"你是说迈耶·迈耶，"雷打断了我的话，"埃德·麦克班恩书里的角色。对我来说，他是有史以来最伟大的作家，他写关于警察的故事，而且写得很到位。警察是他书中的好人，即使是坏警察在他的笔下也都还说得过去，你明白我的意思吧？"

"如果你把这句话的措辞再润色一下，"我说，"它就可以用来当书开篇的引言了。'这是我会读的那类书，因为即使是里面的坏警察，人物塑造也是好的——纽约警察局雷·基希曼'，这句话听上去很有味道。但那是迈耶·迈耶，我在这里讨论的另有其人。"

"是迈耶·迈耶斯。"卡洛琳很有帮助地说。

"他制作了巴顿·格威内特的银勺，而史密斯先生对它很是垂涎，就像他对许多其他的东西也很是垂涎一样。我原本以为我可以帮他弄到勺子，但是最终没有成功。"

史密斯先生发出了一个声音。一声不屑的闷哼，你也许可以这样形容。

"所以你就是这样认识他的，"迪尔德丽说，"而且也解释了你为什么知道挂在他墙上的东西。"

"也可能是的，"我同意道，转向杰克逊，"当你给史密斯先生看你家里的画作清单时，里面有一位艺术家名叫昌塞林。"

"好像是这个名字,"杰克逊说,"画的右下角有一个签名,但是不太好认。昌塞勒,昌塞林什么的。也没有名字,只有一个首字母。"

"那应该是字母J。"

"你说是就是吧。"

"J.昌塞林,"我说,"除了他的姓氏和这个首字母以外,人们对他所知甚少。而他为我们的朋友巴顿·格威内特绘制了他唯一的一幅为世人所知的肖像。这幅画在一个多世纪前便销声匿迹,落在了你们母亲在第九十二街的房子里,被挂在主卧室的墙上,一挂就是好多年。"

"但现在它不在那里了吗?"

"恐怕不在了。但是,如果你去拜访史密斯先生在布鲁克林高地的家,你会发现那幅肖像,有着J.昌塞林的签名,被挂在一个被珍视的地方。"

不知道是否可以将沉默适当地描述为沉思性的?如果可以,现在房间里的沉默就是那样的。这种沉默一直延续到奥尔顿·阿尔顿·史密斯将它打破。"我在杰克逊的艺术家名单上确实看到了这个名字,"他说,"只是我并不相信那画是昌塞林的。那个签字更像是昌塞勒。不过,我想知道它会不会是昌塞林的另一幅画,甚至也许它会是格威内特的第二幅画像。"

"第二幅画像。"我说。

"因为我已经拥有他给巴顿·格威内特画的第一幅肖像,而且我拥有它已经很多年了。但在这种情况下我还是应该小心不去透露我是怎么把画弄到手的。它的来历有些不太正当,我们甚至可以说,它不是一个上得了台面的交易，虽说不是严格意义上的违法交易，但肯定也不能算得上有多道德。所以我确实很想亲自去看一下杰克逊的那幅画，可我看到了以后才知道，画根本就不是昌塞林的，而画中的人物当然也不是格威内特。如果你说那幅画已经不在它本来的地方，那么我也猜不出来它到底是去哪儿了，因为我无法理解为什么任何人会想要把它偷出去。"

"萨奇①写过一个短篇故事，"我说，"名字叫《敞开的窗户》，你们有没有读过？"

他们都没有。嗯，我并不感到惊讶，这年头谁还读书呢？

"我提到它，"我说，"是因为那个故事里有一个年轻的女孩，她很有才华，可以在很短的时间里做出精彩的即兴创作。我不得不说，你和她不相上下。我对你发明了五代博腾·巴顿的整个故事印象深刻，但你有足够的时间可以想出那个故事。但刚才那段确实是即兴而成的，我不得不说我很佩服。"

而杰克逊显然也是，也许是他刚刚意识到他有可能失去了一个重要的客户。"你知道吗，"他说，"你在这里做的指责是很严重的。奥尔顿·阿尔顿·史密斯是有家底的人。如果有他想收藏的东西，他可以写一张支票。他犯不着用偷盗的手段去获取。"

"或者他也可能会雇用一些不道德的盗贼去代替他做一些犯法的事情，"我说，"但即使如此他还是违法了，只是没有弄脏他的手。但也许他发现他实际上想弄脏。而这一次他觉得正是时候。"

我让他们想了一会儿。

然后我说："下面我来讲讲到底发生了什么。史密斯先生看到这幅

---

①萨奇（Saki, 1870—1916），英国著名讽刺短篇小说家，剧作家以文笔诙谐幽默著称。

画,然后立即认出了它是什么,也就是昌塞林失踪多年的巴顿·格威内特肖像。他无论如何也要得到它,但如何得到呢?他的律师需要钱,但这幅画不是他可以卖的,画属于律师的母亲,而老太太完全不希望放弃自己的任何财产,那和把她从老房子里搬出来一样困难,虽然那栋房子让她一个人住确实太大了。可老太太就是想要保持她周围的环境一成不变,而那是不是也包括她墙上的画呢?

"即便他能清除这个障碍,他又怎么能确定这张肖像画最后能落在他的手中呢?如果杰克逊·奥斯特迈尔知道自己拥有一幅什么画,他难道不会想要把它卖个最好的价格吗?而那不是就意味着肖像会被公之于众,还会在佳士得或苏富比拍卖行里被拍卖?买家将包括所有人,从佐治亚州历史学会的代表到一些来自阿联酋的石油大亨,都可能会希望在俄罗斯的某位巨商把它买下之前就抢走。

"史密斯先生可能是一位富有的人,但他的财富来源是很老式的。他继承了它,虽然这些财富可以为他提供奢侈的生活,甚至还更多一些,但他的财富并没有达到数十亿。虽然人们可能认为他可以拥有任何他想要的东西,但他们并没有考虑到他贪婪的本性。

"所以正是这幅画,他必须拥有的画,也许他觉得这是他的权利。毕竟是他发现了画,不是吗?他在清单中认出了昌塞林的名字,然后又在杰克逊母亲的家里看到画上格威内特的脸。这不正是给了他对这幅画的一点儿精神所有权吗?"

我的目光与史密斯的锁在一起。"然后你是这么做的。你先告诉杰克逊他先祖的肖像值不了多少钱,无法解决任何人的财务问题,这样杰克逊就不会再惦记这幅画了。然后你把他母亲家的钥匙从他的钥匙圈上拿下来,将它拿去复制后又放回去。你通过和杰克逊谈话确定了他的母亲什么时候会离开家,房子届时会是空的。"

"你去拜访了那栋房子，但不是空手去的。如果你不想让人对你的拜访有任何察觉，就必须安排出肖像画没有被人动过的样子。这就意味着需要找到另一幅画来代替原本挂画的地方。画像原本在楼上的主卧室里，画后盖着墙壁上的保险箱。"

"所以你带来了一幅画。你可能去各种画廊和古董店里搜寻了一张和那幅肖像画镜框差不多大的肖像画。但是，那么做会花费你一两千美元，而且去找这样一幅画也费时费力，而你在自己的屋子周围看了一圈，然后选了一张，它是一幅博物馆的高仿画，裱它的画框很是高雅。由约翰·康斯太勃尔所作，生于一七七六年卒于一八三七年，画的是在草坪上的牛。"

"那些奶牛，"迪尔德丽说，"我站在那里，低头看着母亲时，用眼睛的余光刚好看到了它们。当时我就想我以前从来没有真正注意过它们有多奇怪。我当然没有注意过，因为它们以前根本就不在那里。"她皱着眉头，"但那些奶牛是被挂在西墙那里的，就在皮制顶面的圆形小桌上方。你不是说格威内特的画像在楼上吗？"

"挡着保险箱，"我说，"但那是你母亲睡觉的房间，而且他意识到，如果一幅乡村的景观画突然取代了一位先祖的画像，马上就会引起老太太的注意。

"所以他将楼下的一幅先祖肖像画像挪到楼上，去换出他心爱的巴顿·格威内特的画像。而那幅画放在楼上一点儿也不显得突兀，很合适。

"而康斯太勃尔的乡村奶牛画和客厅的装饰搭配得很好。只是画的大小出了纰漏。它比原本的先祖画像更高。墙壁的颜色会随着时间的推移变暗，只除了曾被覆盖的地方，如果你现在认真地查看康斯太勃尔的那幅画，就会发现它身后有一块大小不一样的画框印记。"

"也许那也是为什么我会注意到它。"迪尔德丽说。

"本来也许永远没有人会注意到什么,"我说,"只是发生了你母亲的悲剧。由于她提前离开了歌剧院,比预期更早回到家,然后非常不幸的事就发生了。史密斯先生在一个小时左右以后出现,我相信他在使用钥匙开门之前,已经采取了一些预防措施,比如按响门铃。这样的话,如果有人在家,他可以说自己找错了地址,然后换到另外一个晚上再来拜访。"

"但房子的女主人不仅在家,这已经是很不方便了,而且她已经死了,这就更糟糕了。"

"特别是对那位女主人来说。"卡洛琳说。

"所以你按响了门铃,"我告诉史密斯,"也许你还按了两次,就是为了确保无误。当没有人来应门时,你就用钥匙开门走进了屋子,你首先看到的便是海伦·奥斯特迈尔躺在地毯上。"

有人抽泣了一声。是梅雷迪思,我想。

"一个专业的盗贼,"我说,"在这种情况下,会转身离开。只有一个业余的新手,心被贪婪蒙蔽,才会留下来继续偷盗。而你已经在屋里了,巴顿·格威内特的肖像就在楼上等着你,你怎么可能抵制这个诱惑呢?

"此外,如果这个女人死了,那么她的遗产就会被评估。某个精明的评估员会不会发现格威内特肖像的真正价值?而你能在金钱上赢得了俄罗斯人和阿拉伯人吗?你已经到这里了,已经在老太太的家里了,你怀里揣着用来替换的康斯太勃尔的画,而现在你甚至不必担心房子的女主人把你当场抓个正着。因为她已经在那里了,而且再也不会走到任何地方。

"所以你下定决心开始干活儿。你从墙上拽下一幅先祖画像,把康斯太勃尔挂在它的位置上。然后你把这张肖像带到楼上，把它和巴顿·格威内特的肖像互换了位置，然后回到客厅。"

"最后离开房子。"博伊德说。

"如果只是那样的话，"我说，"因为到目前为止我们都很难给史密斯先生做什么定论。我们可以说说到底发生了什么，也可以推断出有一个入侵者出现在现场，还有他做了什么和为什么，但我们怎么能确定那个入侵者一定是奥尔顿·阿尔顿·史密斯，而不是别人？"

"你不能确定，"史密斯说，"因为本来就不是我。一定是其他什么人也了解到了这幅画像。也许杰克逊把他家里的画作清单给其他感兴趣的人看过。"

"如果你只是拿到肖像就走了，你的说法是有可能成立的，"我说，"但你没有就此打住，不是吗？"

"请你再说一遍？"

"你还看到了别的东西，"我说，"而你抵挡不住诱惑。你不能让自己就这么离开那里而没有拿到它。"

迪尔德丽说："我就知道有人到过家里。其实我以为是有人杀死了妈妈，我还在想他可能还偷走了什么。那么还有别的东西失踪了吗？"

"一枚纽扣。"我说。

44

"当奥斯特迈尔夫人从歌剧院回来的时候,"我说,"她穿着一件非常特别的外套。暗绿的颜色,在领口上镶有皮毛。"

"一件看上去很时髦的外套,"博伊德说,"如果是我现在脑子里想的那一件。我记得它是阿尔文·泰尼鲍姆牌的。"

"就是那件,"迪尔德丽说,"但是她把它脱下来了。搭在椅子上。"

"是的,"我同意道,"而且我想知道她怎么会那么做。除非是你把它挪了过去。"

迪尔德丽说她没有碰过那件外套:"但是你说得对,你不会脱下外套,就把它扔在椅子上。"

"她会挂起来的,"梅雷迪思说,"除非,你知道的,她正在过敏反应中。但那样的话大衣不就会落在地板上了吗?"

"我不知道,"杰克逊说,"你到底能从放外套的方式推断出多少事情来?如果她觉得头晕眼花,也可以把它扔在任何地方。"

"那件外套唯一让我注意到的只有一件事。"我说,"当我仔细查看的时候,我发现它缺了一枚纽扣。"

"一枚纽扣。"有人说。

"这件外套有一套非常独特的纽扣,"我说,"新艺术运动风格的,在我看来,而且它们似乎是出自蒂芙尼工作室之手。"

"就是他们做的,"梅雷迪思说,"她在麦迪逊大街上买了一套,我忘了具体在哪里,她从泰尼鲍姆定了大衣的时候,就告诉他们要用蒂芙尼的纽扣。"

"她的品位总是那么好,"博伊德说,"你提到大衣缺了一枚纽扣?"

"衣服上一共有两排五对纽扣,"我说,"但是右排最下面的纽扣却没有了。我检查了一下,上面没有剩下一点线头来显示纽扣没丢以前的位置。"

史蒂芬建议说:"也许掉在歌剧院里了,你检查她的口袋了吗?如果是我掉了一枚纽扣,我会把它放在那件衣服的口袋里,这样的话等我稍后发现时,我才能记得把它再缝回去。"

"任何口袋里都没有纽扣,"我说,"雷,你在老太太的钱包里找到纽扣了吗?"

他不会找到的。迪尔德丽说这枚纽扣可能已经丢了好几周了,而当她的母亲发现它不见了的时候,她就决定把难看的线头拔下去。

"我想她会做得比这更多,"我说,"这个纽扣很难去买新的来替换,可以说几乎是不可能的。而且她是一位非常挑剔的女士,不会让大衣一边挂着五枚纽扣,而另一边只有四枚。但这也只是猜测,我们只讨论事实会更容易些。"

"而事实是,那位来盗取巴顿·格威内特肖像画的男人在地板上看到这样一件外套,外套的主人把它扔在那里。而上面的纽扣引起了他的注意。他认出来它们是蒂芙尼工作室的杰作,所以他也想要一个。他很可能想要所有的十个,但此时此刻,只拥有一颗他也同样感到满足。

"而把一枚纽扣取下来是不会耽搁他太久的。用一把小刀或指甲锉就可以剪断缝纽扣的线。如果不这样做,用力把纽扣拽下来也是可以的。然后,他会把剩下的线头清理干净来掩饰他所做的一切,再把外套整齐地放在椅子上,就算大功告成。"

"事实,"史密斯说,"讲事实而不是猜测。这是不是你说的?"

"和我说的差不了多少。"我说道。

"嗯,可是至今为止你讲的一切都只能算是猜测,而且所有的猜测都建立在一颗失踪的纽扣上面。就算是我拿走了这枚纽扣,它现在在哪里呢?"

"在你家里,"我说,"就是你布鲁克林高地的房子。在书桌抽屉里,如果我不得不去猜一猜的话。"

"你可以随便去找,"他说,"但你是不会在我家里发现这样的纽扣。"

我看了雷一眼。"等一下,"他说,然后拿出手机。按了一组数字,又对某人低声说了会儿话,在手机上点了一通。"啊,搞定啦,"他说,"搁在过去,你得让警察们满城地跑,拿着宝丽来相机照来照去,还得打破几条交通法规,才算完事儿。可现在只要在手机上点一点,你就都搞定了。"他举起手机,我的客人们都挤过去看他的屏幕。

"这张是挂在保险箱上的肖像,"杰克·奥斯特迈尔宣布,"我想这人应该就是巴顿·格威内特,虽然我们以前只知道他是别的什么人的先祖。"

"而它旁边的就是格威内特郡郡徽的手绘图,"雷说,"我把史密斯先生接过来之后,就马上从布鲁克林南局派出了几个人,他们带着搜捕证去了他的房子。其中一个人照了这张照片,刚刚给我发了过来。照得还不错,不是吗?"

史密斯说:"我已经解释了我是怎么获得巴顿·格威内特的肖像的。如果你对艺术有一点儿慧眼,杰克逊,你永远不会错把你给我看的那幅粗糙的破画当成这幅。而至于那颗推断中的纽扣——"

"对了,说到纽扣,"雷说,"虽然我不知道你是从哪儿看出来它是破烂①的。在我看来它还挺好的,"他点了一下,再次拿起手机,"这张对你来说怎么样?"

手机上的纽扣看起来很像是海伦·奥斯特迈尔那件暗绿色外套上的蒂芙尼纽扣,被放在抽屉里,旁边是一张笔记纸,纸上有人写了从一到四的一组数字。

史密斯死死地盯着那张照片。我一直希望他会以闪电般的速度再即兴编造一段借口,来解释这颗纽扣是怎么会出现在他办公桌的抽屉里的,而且还离防盗报警器的密码组合这么近。但是他当然不能解释,因为事实上他也不知道为什么自己明明把偷来的纽扣藏到没有人能找到的地方,但是现在它却以某种方式出现在他书桌的抽屉里。

如果时间允许,他本可以把整件事情的来龙去脉都想清楚。这第二枚纽扣,由在他之后的某位入侵者从同一件外套上剪下来,并故意把它放在他的抽屉里,好让某个有搜查证的警察可以找到它。毕竟,奥尔顿·阿尔顿·史密斯是个聪明的家伙,这个小计谋迟早可以被他搞明白。

但是现在的他处于极度震惊之中。

---

①英文里推理(Putative)和破烂(Putrid)这两个词发音类似。在中文里意思与原意一样,发音也有些相似,故选其作为翻译。作者想体现出雷与史密斯的教育水平不一样。

雷向两个警察点了点头，他们朝史密斯逼近。便衣警察汤姆上前对着史密斯朗读了他的权利，而奥法隆则铐上了他的双手。

"入室盗窃把画偷走已经够坏的了，"雷说，"连死者外套上的纽扣都不放过，实在是低级，但是一个女人在你面前垂死挣扎你却站着无动于衷，我想不出比这更坏的事情了。"

"她那时候已经死了。"

"谢谢你这么说，"他说，"而且是在给你读了你的权利以后。不过，你是怎么确定她死了的呢？你有没有至少去把把她的脉？或者检查一下她的呼吸？再或者叫辆救护车，让急救人员可以有机会看看她还有没有剩下一口气让他们来救？不，你着急抱着画逃出那里。你有时间从她的大衣上剪掉一枚纽扣，但却没有时间打电话给九一一，试图拯救一个好女人的性命。"

两个警察带着奥尔顿·阿尔顿·史密斯先后离去，关上门时房间里非常的安静。卡洛琳拿起最后一瓶葡萄酒，在全屋走了一圈，给空酒杯添上酒直到酒瓶空了为止。拼盘里还剩下很多奶酪。葡萄酒常常在奶酪被吃完以前就被喝光是个很有趣的现象。

尼尔斯·卡尔德想知道可以给史密斯定什么罪。"除了与盗窃相关的事情，"他说，"他没有给九一一打电话算是犯法吗？"

杰克逊也提出了一些可能定的罪。可以告他对垂死之人置之不理，这个罪名不限死者死因到底是什么，也不管他母亲当时确切的健康情况如何。他说："当他在那里时，我们几乎无法确认她到底是活着的还是已经死了，而在场的史密斯也不能确定，所以我认为对垂死之人置之不理的指控可能是成立的。"

"告他是帮凶怎么样？"雷说。

"帮什么凶呢？"

"对某件事的帮凶。"他说。

"某件事？什么事？"

他耸耸肩："你怎么想，伯尼？谋杀这件事听上去如何？"

"哦，对，"我说，"我正要讲到那里。"

45

"起初,"我说,"案件看起来好像是海伦·奥斯特迈尔惊到了闯进来的贼,也或者是闯进来的贼惊到了她。她的身上没有伤口,这就排除了凶杀案的嫌疑,但和贼撞见所受的惊吓可能引发了心脏病。"

杰克逊说:"恶意谋杀。"

"有可能,"我说,"直到有证据表明,这个盗贼是在她倒地身亡之后进去的。"

"除非当史密斯到达那里时,她还有呼吸。"博伊德说。

"我只是那么说来让他上钩,"雷告诉他们,"她那时候已经死了。医学证据表明,她几乎是倒地时就死了。"

这句话足以使梅雷迪思颤了一下,迪尔德丽的脸上看起来也有点儿苍白。

"而死因,"我说,"是过敏性休克。"

"那就是自然原因,"杰克逊说,"所以不能算是谋杀。"

"如果是诱发过敏性休克的话是可以算的。"

"如何能诱发过敏性休克呢?"

"这很复杂,"我回答道,"但是要去解释一个女人如何能够对花生发生过敏反应却没有在她胃里找到任何过敏源的痕迹也一样复杂。一定是有些什么事情引起了她的反应。"

"他们现在已经停止在飞机上发放花生了,"梅雷迪思说,"因为就连花生的气味有时候也会引起过敏。"

"是可以的,"我说,"这里的情况便是如此。每一种气味都是细微的颗粒。我从迈克尔·康纳利小说中了解到这一点。换句话说,如果你闻到一些味道,你其实是把组成它的微小颗粒带入了你的系统。"

"真恶心。"史蒂芬说。

"但这确实可以解释,"博伊德说,"一定是有人在歌剧演出的时候撒出了花生,让她的衣服带上了这个味道。那就是为什么她会提早离开剧场。"

"你不认为是因为瓦格纳吗?让花生撒在你身上这事也许会发生在洋基体育场或大苹果马戏团,但是你什么时候听说这种事儿出在大都会剧院呢?无论如何,事情不是你想的那样。她不可能在林肯中心闻到花生的味道,却在半小时以后,一英里外的距离才会有什么反应。她是在回到自己家里以后才闻到花生的味道的。"

"我不明白,"杰克逊说,"她是不会在家里放花生的。"

"对,她没有。是有人确定她从歌剧院回到家时才会闻到花生的味道。而且那个味道一定非常浓烈,因为我第二天到现场时还能在空气中闻到。当时我觉得很迷惑,我知道肯定闻到了什么特别的气味,但无法确定那到底是什么。后来,当我得知她的死因后,我突然意识到之前闻到的味道是什么。"

雷说:"那会杀死一个人吗,伯尼?只是闻了几颗花生?"

"可能不会,"我说,"但是会引起过敏反应,奥斯特迈尔夫人立刻感觉到了这种反应,就像她分辨出了能够造成这种反应的气味一样。所以她知道该怎么办。"

"她会给自己打一针,"他说,"就是那个叫什么注射剂的。"

"肾上腺素注射剂,"我说,"她的钱包里就有一支。那是一种被称为注射笔的注射器,可以在一段时间内分成几次的剂量使用。我相信你在她的钱包里可以找到一支空的注射笔。"

"对。我们找到它后想到的第一个推测就是她在很久以前就用完了注射笔里的最后一剂,然后就忘记了要重新去开一剂替换。"

"但事实不是那样的,对吗?"

"对,"他说,"不是。"

"嗯,"杰克逊说,"那你要不要告诉我们是什么?"

"我正要说到那里,律师先生。你看,我带来的这位顾问向我提出了一两个假设。我就去核实了一下,找到法医鉴定人员再去检查一遍尸体。他们查出有证据显示在大腿有注射痕迹。所以她当时确实给自己打了一针。"

"但是如果笔是空的——"

"不是,"我说,"在她给自己注射的时候不是空的。后来当警察发现她的钱包时,注射笔里装的东西已经被清空了。但那是在她给自己注射完,被里面的物质害死了之后。"

"是什么东西?"

"花生油,"雷说,"肌肉注射花生油,这便解释了是什么导致她的血液中有花生过敏源,而胃里却没有。她试图用来救自己的东西却杀死了自己。笔是空的,但里面仍残留了花生油的痕迹。"

"所以这就是为什么可以说是谋杀，"我说，"通过空气传播的花生颗粒会导致因花生的味道而引起的过敏反应，这有可能只是意外。但是偷换肾上腺素注射笔里的物质，让本来应该救人的药成了杀人的武器，这很难被解释成意外。"

早些时候在房间里的唏嘘声此时又重新回来了一次，这一次又是杰克逊打破了："如果有人故意破坏注射器把里面的东西换成花生油——"

"这很难说是意外之举。"

"当然不是意外。但是，即使是故意这样做也只能算是预谋的谋杀。"

"对，这看上去也不是一时半会儿想出来的。"我同意道。

"而且也不是个可以由外人做出来的事情。"

我环视了一下房间，在座的一批人都做着同样的事情，他们的眼神在彼此身上来回逡巡。

"那将是我们中的一个。"杰克逊说。

"哦，不止一个。"我说。

"四个孩子，"我说，"你们都需要钱。而你们的母亲独自一人住在一栋对她一个人来说过大的房子里安享晚年，如果她同意搬出来，你们可以迅速把房子卖个很高的价格。但是不，她想要留在已经住了这么多年的房子里，直到生命终结。

"而且她的心脏状况很糟糕，她还能期待什么样的生活呢？也许她已经有精神不济的迹象。也许她已经开始健忘，有时会怎么也想不起一个名字，或者说出正确的词。"

我看到他们中的一些在点头表示赞同。

"这样看来,"我说,"让她平静地离开这个世界,几乎可以被看作是一种仁慈的行为。而且如果做得对的话,可以让她走得既快又温和,最重要的是,无论是海伦·奥斯特迈尔或是其他任何人都不会认为她的死亡是一场精心设计的谋杀。"

谋杀这个词引来了一两口吸气声。

"她独自一人,"我说,开始设置场景,"在她最喜欢的大都会歌剧院里度过了一个晚上,回到舒适的家里。走进客厅,她看到一个蓝色的盒子,里面裹着礼物。也许上面有一张卡片,上面写着,送给你,妈妈!或者现在把我打开!"

"谁能抵制这样的惊喜呢?她打开盒子,拉开包装纸想看看它包的是什么。但里面似乎没有任何东西,只有一股强烈的花生酱气味扑面而来,她马上感觉到她熟悉的过敏反应要来了。

"幸运的是她知道该怎么办,她甩掉外套,把手伸进钱包,找到肾上腺素注射笔。把它打开,然后给自己打了一针。但是,这不但没有阻止过敏反应继续发作,反而让它迅速恶化转为过敏性休克。没有过多久,老太太就死了。"

"哦,上帝,"梅雷迪思说,"听上去真的是太可怕了。我从来没想到——"

"不要说了,"博伊德告诉她,"这位先生只是在给我们讲一个故事,只是一个故事而已。所以你什么也不应该说,梅雷迪思。我们谁都不应该说什么。"

"其实,"迪尔德丽说,"我们应该离开这里。如果我们说了什么——"

"那是不能在法庭上使用的,"杰克逊说,"我没听到有人给我们朗诵米兰达宣言①。也没有人给我们任何人念我们的权利。"

"你当然知道这些,"雷说,"你就是律师,所以知道你的权利,还有任何在电视机前看过十五分钟以上电视的人也是知道的。但是,由于这次仅仅是家庭成员和朋友,以及其他对此案感兴趣的各位的非官方聚会,所以我不会给你念诵权利,不是今晚。"

"非官方的,"杰克逊说,"如果是这样的话,我承认我想听听你接下来要说的,罗登巴尔。我在这个房间里有一个兄弟和两个姐妹,听起来好像你在指责他们中的一个或多个人谋杀了我们的母亲。"

"是他们三个,"我说,"这其实是一次集体努力。梅雷迪思,你去了A大道的一家诊所开了张肾上腺素注射笔的药方,就是你母亲随身携带的那种。然后你又在下个街区的一家药店拿到了装着肾上腺素的注射笔。诊所给了你一张收据,药店也给了,而你把它们都保留了下来。"

"太好了。"尼尔斯说。

"不过有没有收据都无所谓,"我说,"现在一切都记录在案。就现在来看,你对两个地方的拜访都有安全摄像头的摄像。无论如何,你买了笔,把它交给你的兄弟博伊德。"

博伊德翻了翻眼睛。"毫无疑问,你可以找出安全摄像机镜头,上面显示着梅雷迪思把笔拿给我。"

我摇摇头。"在这件事上我可以指出的,"我说,"是一瓶六盎司的'大自然最棒的冷榨花生油',上面的标签保证瓶里只装有机种植的花生,而且里面含有细微的花生颗粒以确保在最大限度上保留花生的原味。虽然瓶子上的标签原话不完全是这样写的,但是意思差不多,因

---

① 美国刑事诉讼中的特殊权利,也就是犯罪嫌疑人在被指控时保持沉默的权利。源自一九六三年的一起强暴案。案中嫌疑人未被阐述任何权利而签下招供书。

为那样的措辞往往会留在人的脑海里。"

"我是一个厨师和一名餐饮筹备人。"他说,"我的厨房里有各种各样的调料。"

"但这一瓶没有和其他的油存在一起,不是吗?它被藏在另一个橱柜里。而且,从瓶子上印的最佳食用期来看,它应该是最近刚刚购买的。"

"那你也不能证明那瓶油就是在注射器里发现的油。"

"事实上,"雷说,"我们大概是可以证明这点的。你的这个产品这么特别,好吧,花生油不会有DNA,但也可以找到几乎类似的证明。你把几个实验室的技术人员放在这上面,他们肯定可以做好的。"

"你把梅雷迪思给你的注射笔里的肾上腺素倒出去,"我告诉博伊德,"然后往里面灌了花生油。接着你把它交给了与母亲吃午饭的梅雷迪思,"我转向梅雷迪思,"你们两个人在天天汤度过了愉快的一个半小时,在这段时间里,你拿到了你母亲的钱包,把里面的笔调了包。你给她留下了一支装有花生油的笔,拿走了那支含有肾上腺素的。你把换下来的那支怎么样了?"

"我不会回答你的。"

"我希望你回答一下,"博伊德说,"如果你做了你应该做的事情,我们现在也不会听着这些话。"

"我也在想这个问题,"我说,"梅雷迪思,你不是应该把那支装肾上腺素的笔拿给你妹妹吗?这样迪尔德丽可以在她发现你母亲的尸体后再把笔换回来。"

梅雷迪思张了嘴巴愣在那里,找不出话说。尼尔斯把手放在她的手臂上。"只是假设,"他说,"好吧?"

"可以,请讲。"

"假设,我们没有人告诉梅雷迪思,在她换了笔之后该怎么办。让我们假设她对刚刚做的事情感到非常难过,所以她无法忍受把笔留在自己的身上。所以在回家的路上,她把笔扔进了地铁的垃圾桶里。"

"实际上是扔进了下水道里,亲爱的。"

"我还是在假设中。"

"这是一个很好的假设,"我说,"博伊德,你还有一个任务要完成。你在搅拌机中粉碎了几盎司的花生,并将它们拿去给了迪尔德丽。迪尔德丽,你把它们包裹在礼盒的包装薄纸中,然后把它们装进一个礼盒里,并用丝带把它绑好。你母亲离开家不久之后,你自己开门进去,把盒子放在咖啡桌上,这样当你母亲回家进门时,那将会是她看到的第一样东西。"

"然后你就回家了。你知道歌剧大约会什么时候结束,还有你母亲应该到家的时间。你等到那个时候拨了她的电话号码。如果她接了电话你又会怎么办呢?"

"她怎么可能接呢?"

"哦,谁说这个计划一定会成功呢?也许花生的气味不足以产生过敏反应呢?那样的话她就没有理由给自己注射肾上腺素,她的状态很好,然后接起电话。"

"但是你不能通过电话听出她的声音来判断该怎么办。也许你不得不问她几个问题,'妈妈,你看到咖啡桌上的蓝色礼盒了吗?你把它打开了吗?'"

"如果她没有打开,那么你可以做出选择。你会选择告诉她什么呢?是去立即打开礼盒?还是告诉她不要打开?"

"哦,上帝,"迪尔德丽说,"她没有接电话,她没法接电话,她已经——"

"死了，"我说，"我给你出了一个真正的美人还是老虎①的问题，不是吗？当然，你不能完全肯定她已经死了，你是不会知道的，除非你亲自过去，在那里发现她的尸体，所以在此之前你一定要等待足够的时间。你等了等，再打电话给你母亲的朋友，她们告诉你她早些时候已经离开了。这使你的计划看上去似乎更有可能是成功了，但你仍然不得不花时间，再拨打母亲的电话号码几次。然后，你回到早些时候你去放礼盒的房子里。

"那里有你的母亲，躺在地板上，她的额头摸起来已经冰凉。注射笔还在她的腿上吗？"

"在她旁边的地毯上。"

"如果梅雷迪思把原来的笔拿给了你，"我说，"你可以把它们对换掉。但她没有，所以你不得不对现场做些手脚，因为注射笔里的物质有很大概率会被人检查。而花生油仍然是半满的，因为注射笔注射一次只能分配出一小点儿剂量。"

"那么你能做什么呢？把这支笔和原来那支一样也送到城市的下水道系统？不，她习惯随身带着一支注射笔，它的消失会引起怀疑。所以你把它带到厨房或洗手间里，拔掉柱塞，把里面的物质一剂一剂地注入水槽或者马桶里。"

"所以到底还是把它扔进了下水道，"史蒂芬·凯恩斯说，然后把手捂到嘴上。"对不起，"他说，"我就是把脑子里想的说出来了。就像你在电视上看到的一样，我有这种令人讨厌的习惯，我有对着演出说

---

① 一八八二年刊登在美国《世纪》杂志上的一个小故事。有位残忍的国王，喜欢把罪犯带到两扇门前，一个后面是老虎，一个后面是美人。犯人要选。选老虎会被吃掉，选美人可以马上圆房。国王的女儿爱恋的人因各种机缘成了罪犯，门后的美人是国王的女儿一直忌恨的对象。当小伙儿要去选的时候，公主给了他开门的暗示。但是故事没有讲明暗示的是哪扇门。比喻没有结果，两边都有可能，不知怎么办的事情。

话的习惯。"

"然后你回到客厅,"我对迪尔德丽说,"把空的注射笔放回你找到的地方。然后你想出了一个更好的主意。"

"没有注射器,也没有任何证据表明她给了自己一针,谁又能知道你的母亲是怎么死的呢?特别是如果你为他们提供了一个很好的替代场景。例如一场入室抢劫。"

"但是盗贼确实去了那里,"杰克逊说,"奥尔顿·阿尔顿·史密斯偷了一幅画。你刚刚在几分钟前就确定了这个事实。"

"是的,"我说,"但是你妹妹怎么会知道呢?"

"也许是因为这个地方看上去更像是被龙卷风席卷过的拖车营地。"雷说。

"确实如此,"我说,"任何人都会想知道是什么样的盗贼导致现场这么混乱。当我们知道盗贼的身份时,事情就变得更加难以理解。史密斯有一把钥匙,他可以进出这栋房子而不必留下任何证据,而现场有一具女人的尸体,这就让他有更多的理由要对此次到访保密。那么他为什么会把客厅的东西四处分散在整个地方呢?"

"嗯,他不会,他也没有。但是,迪尔德丽却灵光一现,想到做出一场入室抢劫的假象刚好是对真正发生了什么的一个完美的伪装,而一个盗贼则是完美的凶手。当她倒下去的时候,妈妈不会在地板上撞到她的头吗?这不也可能是盗贼袭击她的结果吗?"

"所以她开始布置。她把粉碎的花生冲掉,把空盒子和里面的包装纸扔在地板上,这样让它们成为混乱的现场的一部分。她把一沓卡片撒向空中,让它们在房间里自由落下。她从桌面上和抽屉里拿出许多小件物品,散在地上。"

"她把空的注射笔放回母亲的钱包里,因为如果没有花生也没有花生油，母亲就没有机会给自己注射肾上腺素。虽然笔里可能会含有花生油的痕迹，但谁会去费力测这个呢？"

"我们没有去测，"雷说，"直到有人向我提议去这么做。"

"而且，"我说，"还因为空气里的味道不大对劲儿。"

"你闻到了花生味。"卡洛琳说。

"我闻到了，虽然我当时并没有一下子认出来。不过，我确实感觉事有蹊跷，因为我知道现场的情景不是盗贼所为。它看起来更像是有人故意摆出来的。"

"摆出来的？"

"你想把整个房间都弄得乱七八糟，"我告诉迪尔德丽，"只不过你并没有做到，那些脆弱的小物件都在地板上，没有任何破碎。连小瓷狗都没有一点磕碰。一切就好像是什么人非常有条不紊地摆放的，即使所有小物件都不在它们原本的地方。"

他们都在看着迪尔德丽。

"那都是她的东西，"她说，"你们都知道母亲对她那些东西的感情。我不能把它们都扔到地上去，不能摔破。"她收紧了下巴，"我就是做不到。"她说。

46

星期一的早上由毛克利的到访拉开序幕,当他找不到博赫尔森写的那本《德沃夏克传记》时,他感到很失望,不敢相信我居然卖掉了。

除此以外,他还找到了别的想买的东西,我的其他客户也是这样。然后一位四十多岁的女人带来了两个购物袋,里面装满了科幻小说。我问她心里是否有个想要的价格。

"你想给我多少。"她说。这可能不是开始谈判的最好办法,但她的愤怒比对金钱的向往更为强烈。和她同居的情人离开了她,而且这些书都是他的。

"我反正是绝对不会看这些的,"她说,"我要在他为这些书回来之前把它们卖掉。谁会在乎 A.E. 范·沃格特[①]?"

有人会的。相当多的书是精装书,即使是平装书也有很多是已经

[①] A.E. 范·沃格特(A.E.Van Vogt, 1912—2000)加拿大科幻小说家。著作非常受欢迎,被喻为科幻小说黄金时代的代表。

绝版的版本或是品相很好的印刷版。我给它们定了价并放了几本到书架上，把剩下的暂时放在一边，然后看到一位眼神悲伤的小个子男人在减价桌上找到了一本书，他想知道我的两美元价格能不能砍。我告诉他给我一美元就行，他这么做了，拿走了书。走的时候他仍看起来很伤心。也许这个贪便宜的家伙很想知道他是不是应该砍到五十美分。

然后卡洛琳带来了我们的午餐。

"朱诺洛克！"她没有必要说出来，因为饭菜的香气已经充满了书店，毫无疑问，"我必须告诉你，伯尼。我很担心。"

"担心什么？"

"担心午餐，"她说，"你昨天去了音乐会，不是吗？在茱莉亚德？"

"噢，其实是在爱丽丝·塔利演奏厅。音乐会很不错。演奏了很多名家之作，德沃夏克、巴赫、波凯里尼，以及一些我不太清楚名字的现代作曲家。我记得他是爱沙尼亚人。"

"那他应该还是爱沙尼亚人，伯尼。你之后带她去吃晚饭了吗？"

"去了卢森堡咖啡厅。"

"那不是挺好。而且绝对不是中国菜。"

"对你这两句话我都可以给予肯定的答复。"

"那么，"她说，"你度过了愉快的时光吗？"

"是很愉快。"

"那凯蒂呢？她觉得开心吗？"

"嗯，我想是这样，"我说，"不过你最好去问她。"

"我不会问她这样的事情，尤其是当她在工作的时候，伯尼。即使问了我也不会明白她对我说的话。我会告诉你，当我走进去的时候，我很紧张。但我发誓，她还是原来那副样子，挂着同样的微笑，在说得很简陋的英语中咯咯笑。所以我就明白了那个暗示，就像我一直很能明白别人的暗示那样,这倒是卸下了我心里的一个负担,因为我原本担心我们要开始找别的地方买午饭了。"

"那只是一个约会。"我说。

"我知道。"

"甚至都不能算是约会。我去看了一场她参与表演的演出,之后我们一起吃了晚餐。"

"在卢森堡咖啡厅。"

"对。"

"不是那种你必须打扮才能进的正式餐厅,但在上西区算得上是时髦的地方。"

"嗯,"我说,"我不是要改变话题——"

"当人们要改变话题时,他们都会这么说。"

"不是要改变话题,"我说,"但是雷和我联系了。"

"然后呢?"

"你还记得杰克逊最后有多好笑吗?一方面,他不能相信其他三人做了那些事。与此同时,他对这三个人把他剔除在外感到很困扰。"

"嗯,博伊德告诉他,因为他是一名执法官员。他们害怕会损害他的诚信。"

"这年头诚信真是少见了,"我说,"因为他原本打算背着他们把先祖的肖像都卖掉。无论如何,雷随着他们四个人一起出去了。"

"尼尔斯和史蒂芬呢?"

"他们可能跟着去了,也可能回家了,我不知道是怎样。也不觉得需要知道。就像杰克逊指出的,没有任何人的证词可以在法庭上使用,雷说,也有办法让这事永远不要闹到法庭上去,我不知道他们之后都说了些什么,但你可以猜到。"

她放下筷子:"我不敢相信。所有的这些都被扫到地毯下藏起来了?"

"那不是一块普通的地毯。我们正在谈论是一块特伦特·巴林地毯。"

"上帝啊,伯尼!他们中的三个人策划了一个阴谋,并执行了,一位非常好的女士——"

"对海地的司机很好的女士,至少。"

"那女人死了,伯尼。他们杀了她。"

"看起来确实是这样。"

"然后他们一个也不会受到惩罚吗?"

"看上去是这样的,"我说,"但这不是那么简单。"

"不是?在我看来似乎很简单。"

"嗯,也许是很简单,"我说,"但其实还是很复杂的。如果你停下来仔细想一想,想象你是一位工作负担过重的地区助理检察官,而这个案子落在你的桌子上。"

"嗯,好的,"她说,"我可以明白为什么对陪审团来说,这可能是一个很难办的案子。"

"陪审团?首先,你必须说服你的老板起诉一个他会告诉你不可能赢的案子。然后你必须说服一个大陪审团去给他们定罪。然后,你必须向十二个人解释,而这十二个人没有一个有那么聪明,可以履行陪审的责任,在第九十二街的房子里究竟发生了什么事情。卡洛琳,我刚才在跟一些非常聪明的人打交道,就连他们自己对到底发生了什么事都仍感到困惑。"

"可他们正是真正做了那些事的人,伯尼。"

"对,"我说,"所以就结案了。事情是他们干的,我们知道是他们做的,而他们自己也知道。只是除了那三个人,还有他们的兄弟杰克逊,还有几个并不完全微不足道的关联人,你和我,还有雷·基希曼,还有谁知道呢?那两个警察是不知道的,因为在我们聊到谋杀案之前,他们和史密斯一起走出去了。史密斯也不知道,因为直到他被带走时,我们一直都把老太太的死因归咎于自然死亡。"

"所以他们可以逃开法律的制裁。"

"在雷的帮助下。"我说。

"他这么做估计会得到一定的补偿。"

"这似乎是公平的,你会这么说吧?"

"嗯,他也确实花了些时间在这上面,"她说,"而且让犯罪实验室去做他们本来就应该做的事情。如果他没有办法逮捕任何人,我想,往他口袋里多装些美元也不算过分。但他们不是都很穷吗?那不正是他们当初决定这么做的原因?"

"他们不会永远穷下去。雷愿意等待能拿到他的那份的时候。"

"这么说他还是有两下子的,"她说,"但你说他最终没能逮捕任何人。那个巴顿呢?"

"史密斯。"

"奥尔顿·阿尔顿本人。他被捕了,不是吗?"

"不完全是。"

"不完全是?"

"我不知道你是否还记得,"我说,"但是雷开会前挑了他可以合作的警员。事实证明,史密斯先生在布鲁克林高地的家中有一些现金。如果我不得不猜一下的话,我会说他有四万五千美元的现金。"

"那只是一个大概的数字吗,伯尼?"

"好吧——"

"因为那笔钱的数目刚好是史密斯放在他公文包里要给你的数,而他却把它从饶舌酒鬼中拿走了。有些过于巧合了,不是吗?"

"我在他的书房里找了找。我的猜测是,他一回到家,就会把它放在保险柜里。而我没有在客厅的那层找到保险箱,即使找到了,我也没有办法把它打开,尤其不能在他睡在我头顶上仅几英尺的地方。"

"你认为他们是怎么分赃的呢,伯尼?每人一万五?"

"我不会去瞎猜,"我说,"而史密斯的事算是另一种类似情况,没有机构会想要把这个案子送上法庭。你不可能真的把史密斯定罪。最多也就是让他感到尴尬,而且在此过程中让很多其他人感到尴尬。比如杰克逊·奥斯特迈尔,当然还有某位在东十一街书店买书的人。"

她点了点头。"所以这一切就只是让史密斯破费了一些,"她说,"而且是他本该同意支付在勺子上的钱。伯尼,他为什么要带着钱跑掉呢?他本来也是愿意花这个价钱去得到那把勺子的,为什么等你去洗手间时,他却改了主意,卷款而逃了呢?"

"因为他可以那么做。"

"仅此而已?"

"他已经有了勺子,"我说,"而我在另一个房间里,数着百元钞票,在我数到五十张之前他就早早溜掉了。他已经用过我两次,从高顿堂偷走本杰明·巴顿的手稿,再从爱德温·利尔波德那里偷走勺子,他也不会再用我做任何其他事情了,那干吗要让我拿走四万五却没有什么后续的必要呢?我不知道他的真实姓名,也不知道怎么找到他。一旦他出门,就可以永永远远地离开我的生活,而我也不用再出现在他的生活里。"

"而他不知道我一直在门外等着说'跟上那辆出租车!'"

"他怎么可能知道?他以为我相信了他讲的关于博腾·巴顿的故

事。而事实上我确实信了，直到我用谷歌去查了查他的名字背景。你不可能是博腾·巴顿的第五代传人而不在网络上留下任何痕迹。电话簿里当然也从来没有记录过这个人，还有汽车管理登记部、人口统计局都没有。也许我不知道他的真实名字，但我也知道事情并不像他所说的，这足以让我留个心眼儿跟踪他。"

"而我就像一个毛刺一样挂在他身后，"她自豪地说，"但是如果你没有去洗手间的话——"

"他可能会很愿意为勺子付全价。"

"但是你给了他一个骗你的机会。"

"我是给了他机会，对吧？"

"因为你知道他会那么做的。"

"我不明白他为什么不会。"

"为什么，伯尼？难道因为这样，他就可以用现金来买通雷？"

"不是。"

"所以？"

"这听起来可能很愚蠢，"我说，"但是既然你问了。史密斯和我做了一个交易。我们已经一起做了'菲茨杰拉德手稿'的那个案子，而且合作得很好。我们共同谋划了一场罪行，所以已经离守法的边缘很远了，但鉴于我们彼此的真实面目，那也算是一场有道德的交易。"

"好吧，我猜我还是能跟上你说的。"

"同时，我知道他在东九十二街做了什么。我想揭发他，但是我这样的人又有什么道德权利那样做呢？"

"所以你把他骗进了你四万五千美元的陷阱，而他也上钩了，而现在你就有借口去找他算账了。"

"还有借口从他那里偷回勺子。那件事儿也让我心里别扭。"

"把勺子偷回去？"

我摇摇头："是最初就不该把勺子偷走。爱德温·利尔波德是一个不赖的家伙。确实很疯狂，但他是一位绅士。如果我没有见过他，我可以眼都不眨地从他那里偷走勺子，但我们坐在一起，喝了咖啡，愉快地聊了一晚上，我很喜欢他。"

"而你怎么可以去偷你喜欢的人的东西呢？"

"嗯，也可以把这些事情解释得合理些，"我说，"如果我不想去偷他的勺子，我一开始也不会认识他。所以任何关于友谊的感觉都是幻想，一切都只是一次预谋偷盗的结果。"

"我想我明白了。"

"我也曾试图告诉自己，他是一个肮脏的老头儿，在一个年轻女孩身上占便宜。但事实上，他是她所有工作中最好的老板，她所做的一切也只是每天给他做一次按摩，最后还有些美满结局，所以那又有什么问题呢？无论如何，当我有机会把勺子放回它原本的地方，我就把它拿走了。"

"而克洛伊可以把钱留着。"

"嗯，当然可以。她做了她该做的那一部分。"

"哇，"她说，"我最好回到店里去，有人在几分钟后会带来一只荷兰毛狮犬。我还有一些想知道的事情，但一时半会儿想不起来是什么。"

"别担心，"我说，"早晚会想起来的。"

47

而她也确实想起来了，几个小时以后，在饶舌酒鬼里。

"我在想，"她说，"就让史密斯这么轻易地逃脱任何惩罚，似乎有点儿不对劲。"

"你这么认为吗？"

"他不得不出钱贿赂把自己洗脱出来，但是即使如此他也没有什么太大损失，因为这本就是他应该支付给你的勺子钱。"

"但他最终也没有拿到勺子。"我指出。

"哦。对，但是——"

"当然，他也没有得到昌塞林给巴顿·格威内特所作的那幅肖像画。它被重新挂在了九十二街的墙上。"

"它会有什么样的命运呢？"

"我想奥斯特迈尔的继承人最终会卖掉它，"我说，"而且，因为有一个人比任何其他人都想要得到它，我可以猜得出它最终会落在哪里。"

"史密斯会买吗?"

"为什么不呢?但这次他要花钱来买。画在他那里待了一段时间,而他没有为此付出任何代价,但他也没能留住,就像他没能留住勺子一样。或者手稿。"

"本杰明·巴顿的那篇手稿?你偷走了它。"

"我把它从他那里偷回来了。手稿就被放在他的书房里,我离开的时候把它一起带回了家。"

"现在手稿在哪里呢?你的公寓还是书店里?"

"都不是,"我说,"我把它放在一个邮包里寄出去了。"

"你在开玩笑吧。你把它送回了高顿堂?"

"我为什么要那样做?好让那些人再次把它遗忘在地下室里或者再把它弄丢吗?我把它寄给了普林斯顿。"

"普林斯顿?"

"大学,"我说,"新泽西州。"

"我知道,伯尼。可我不明白你为什么那么做。"

"嗯,那不是一个很合适的地方吗?和菲茨杰拉德其余的手稿一起,学者们可以在那里研究它们,虽然为什么会有人愿意这样做是我从未真正理解过的。然而,那才是手稿的好归宿,所以我就把它寄出去了。"

"就只寄了手稿吗?"

"我还加了一张没有签名的字条。'我已故的父亲,一个非常注重隐私的人,把这份手稿留在了他的遗产之中。我知道他会希望由你们来保管它。'"

她想了想,深呼吸了一下,然后举起手来招呼玛克辛。

"那朱诺洛克呢?"她稍后说,"虽然这不是她的名字,但我们就是这么叫她的,我们也许应该改口不再这么叫她了。她的名字是凯蒂,但我不记得她的姓了。"

"黄,"我说,拼了一下,"不要和王或宏混淆,就像你和我一样,所有的圆眼睛外国佬都搞不清楚发音。不过中国人念的时候是不一样的,这就是为什么会有不同的拼写。"

"我估计不需要知道那么多,伯尼。如果我就叫她凯蒂呢?"

"那就行了。"

"所以你们在一起很愉快?"

"嗯。"

"爱丽丝·塔利演奏厅,卢森堡咖啡厅,都离你不远。距离你的公寓只有几个街区的路程。"

"对。"

"呃,然后你就回到你的地方了吗?"

"是的。"

"真的啊?"

"而她回了她自己的家。"

"哦。"

"这只是第一次约会,卡洛琳。"

"对。你会再见到她吗?"

"星期六晚上。"我说。

"在那之前呢?"

"嗯,我明天会去那里拿午饭,大概星期四也会去,这样就不得不见到她。但是如果你的意思是在她没有工作的时候见面,那就要等到星期六了。她工作时间很长,她在茱莉亚德学院课业繁重,其余的时间都在练习她的音乐。"

"长笛。"

"对。"

"但你喜欢她,对吧?"

"很喜欢,"我说,"我们也许可以持续很长一段时间,因为我们不会有太多见面的机会。"

"这是一件好事,伯尼。还记得和我约会的那个已婚女人吗?不是同性恋结婚,是异性结婚的那个。"

"她住在罗恩科马①。"

"在马马罗内克②,"她说,"但是罗恩科马离得也够近了。她每个月几乎也不能出来一次,她很疯狂,而且我们也不合适,那甚至不是真正的同性恋爱,但我们之间这种关系持续了两年半。你还记得吗?"

"我记得。"

"我甚至不喜欢她。但在这两年半的时间里,我有过一两段专一的恋情。"

"专一的恋情?"

"嗯,当然如果你算上偷情的话就不是专一了,所以当她来到城里时,我都会和她在一起。如果她一直保持婚姻状态,我可能每个月会和她做一次。"

"她和丈夫分手了?"

"是的。'嗨,'她说。'再见,'我说。我的意思是,不然我还能做什么?伯尼,凯蒂听起来非常适合你。很少见得到,而且她也没有和

---

①纽约州长岛上的一个小镇子。
②纽约州北部的一个小镇子。

任何人偷情。"她举起玻璃杯,"我为你高兴。"

当我们面前摆上了一轮酒时:

"伯尼,我在想。"

"啊哦。"

"不,我是认真的。你在短时间内做了很多非法的事情。但是你真正做的并不是偷窃。"

"不是吗?"

"你是在侦查,伯尼。你帮助了一名执法人员。你帮他解决犯罪案件。"

"嗯。"我说。

"而且你对这个很擅长。一直很擅长这个,但大部分时候是因为你把自己带进麻烦里,唯一逃出来的办法就是去抓住真正的杀手。"

"好吧。"

"这一次,"她说,"你和雷在一起合作得很不错。很多时候他还是怀疑你,这是一种敌对关系,但是这次他知道你没有参与,而是因为你的特长来寻求你的帮助。"

"哦。"

"所以这就是我在想的。"

我举起一只手来。"我知道你在想什么,"我说,"答案是否定的。"

"但是——"

"你在想我可以改头换面,"我说,"不再去溜门撬锁闯进别人的房子和公寓,不要偷东西。你在想,我可以成为一个私人侦探,或是纽约警察局的一位非官方顾问,并且把我的时间分成两半,一半为一个蹩脚的书店谋生,而另一半为警察解决他们无法解决的犯罪案件。这就是你在想的,不是吗?"

"嗯,是的,"她说,气馁了下来,"伯尼,那样又有什么坏处呢?你很擅长,也会喜欢。而且是合法的,我仍然可以成为你的铁杆儿帮手。不行吗?"

我喝了一口酒:"我只有一个名字要对你说,卡洛琳。伯爵德雷克。"

"伯爵德雷克。"

"正是他。"

"伯爵德雷克究竟是谁?"

"他是书里的一个人物,"我说,"一个名叫丹·马洛的人写的系列小说中的人物。他第一次出现在一本名为《游戏的名称是死亡》的书中。德雷克是一个抢劫犯,一个可以闯银行和开装甲车的人,是一名结结实实的重量级犯罪分子。"

"像帕克一样,"她说,"就是理查德·斯塔克写的那套书。"

"就像那样,"我说,"虽然没有人能媲美帕克,但德雷克也相当不错了。"

"所以?"

"然后,一两本书以后,那个浑蛋就洗心革面了。他去为某个政府机构,中央情报局或什么的工作,成了遵纪守法的那种人。"

"然后呢?"

"从那时起,"我说,"就没有什么真正的理由去读另一个关于伯爵德雷克的故事了,因为如果他不再是真正的自己,谁会去在乎他呢?我现在就可以告诉你,那样的事不会发生在我身上。"

"但是伯尼——"

"我是一个贼,"我说,"我要一直当一个贼,也许我当贼也没什么钱,但光靠卖书也赚不了很多钱,哦,可那又有什么关系呢?至少我知道我是谁,会做什么。"

"好的,"她说,"不过也用不着这么教训我。"

"抱歉。"

"我明白,"她说,"我真的明白。我只是想——好吧,不用介意我的想法。"

"没问题,"我说,拿起我的酒杯。"此外,"我说,"我也不是完全空手而归。"

"你没有?那你拿了什么回来?"

"嗯,这个,"我说,然后伸手掏进口袋里,"我在周一晚上的第一站,就是九十二街奥斯特迈尔的房子里拿出来的。"

"你是提到过这个,"她说,手里拿着它,"这是象牙的,不是吗?在我看来,它有些年月了,但我又知道什么呢?这个雕刻真是精致,伯尼。我可以明白你为什么想要它。"

"雷第一次告诉我让我随便拿点儿什么,反正也没有人会察觉。第二次回到那里的时候,我就决定听他的话,把这个带走。你喜欢它吗?"

"嗯,很喜欢。"

"太好了,"我说,"因为我是为你拿的。我想这个小家伙在你的书架上看起来应该很不错。"

"伯尼,我不能收下——"

"你当然可以。而且最好收下,因为这是我把它拿走的唯一理由。因为我可以把它交给你。"

她盯着我看。"嗯,谢谢你,"她说,"但是做得太多了,伯尼。你累得苦哈哈的，最后却没有为自己拿到任何东西。"

"只有你是那样想的。"

"哦？除了成就感之外，你得到了什么？"

我笑了："一件非常值钱的东西，哦，至少值六位数。"

"你在开玩笑吧。"

"一封信的手稿，"我说，"写于一七七七年，是关于制定佐治亚州法原始草案的一封信。只有一个十几行长的段落。你能不能猜到是谁撰写并签名的？"

"这只能是那个人。这信是属于史密斯的那封吗？"

"我不知道它能不能算是属于他。他贿赂了博物馆的工作人员，所以他从来没有合法的来历。我相信他知道是谁偷了它，但我看不出他能对此做什么。"

"而它值——"

"一大笔钱，"我说，"如果我可以出售的话，但我当然不能。而且你猜怎么着？"

"那对你来说反正无所谓。"

"没错，"我说，"我就喜欢拥有它。而且它被裱在很漂亮的相框里，我有一个可以放置它的完美的地方，就在我的蒙德里安画作旁边。"

"你说得对，"她说，"它在那里看起来会超级棒。"

The Burglar Who Counted the Spoons
by Lawrence Block
This edition Published by agreement with the author c/o Baror International, Inc.
through the Chinese Connection Agency, a division of The Yao Enterprises, LLC
Simplified Chinese edition copyright©2018 New Star Press
All rights reserved.

图书在版编目（CIP）数据

数汤匙的贼 /（美）劳伦斯·布洛克著；屠珀译．－－北京：新星出版社，2018.4
ISBN 978-7-5133-2071-9

Ⅰ．①数… Ⅱ．①劳… ②屠… Ⅲ．①长篇小说－美国－现代 Ⅳ．① I712.45

中国版本图书馆 CIP 数据核字（2018）第 034566 号

午夜文库
谢刚 主持

数汤匙的贼

〔美〕劳伦斯·布洛克 著　屠珀 译

责任编辑：王　欢
特约编辑：郑　雁
责任印制：李珊珊
责任校对：刘　义
装帧设计：周伟伟

出版发行：	新星出版社
出 版 人：	马汝军
社　　址：	北京市西城区车公庄大街丙3号楼　100044
网　　址：	www.newstarpress.com
电　　话：	010-88310888
传　　真：	010-88310899
法律顾问：	北京市岳成律师事务所

读者服务：010-88310811　　service@newstarpress.com
邮购地址：北京市西城区车公庄大街丙3号楼　100044

印　　刷：	北京玥实印刷有限公司
开　　本：	910mm×1230mm　1/32
印　　张：	11.25
字　　数：	178千字
版　　次：	2018年4月第一版　2018年4月第一次印刷
书　　号：	ISBN 978-7-5133-2071-9
定　　价：	49.00元

版权专有，侵权必究；如有质量问题，请与印刷厂联系调换。